... und nebenbei ein toter Lehrer

Dietrich Weichold

... und nebenbei ein toter Lehrer

Kriminalroman aus der Schule

Schmetterling Verlag

Bibliografische Informationen *Der Deutschen Bibliothek*
Die Deutsche Bibliothek verzeichnet diese Publikation in der Deutschen Nationalbibliografie; detaillierte Daten sind im Internet über
http://dnb.ddb.de
abrufbar.

Schmetterling Verlag GmbH
Lindenspürstr. 38b
70176 Stuttgart
www.schmetterling-verlag.de
Der Schmetterling Verlag ist Mitglied von aLiVe

ISBN 3-89657-134-6
1. Auflage 2009
Printed in Germany

Umschlagentwurf: Dietrich Weichold
Satz und Reproduktionen: Schmetterling Verlag
Druck: GuS-Druck GmbH, Stuttgart
Binden: IDUPA, Owen

Allen meinen Kollegen und Schülern aus neununddreißig Dienstjahren – und ganz besonders meiner Frau gewidmet.

Obwohl die Geschichte an einem realen Ort spielt,
sind doch die Handlung und alle Personen frei erfunden.

Inhalt

Anhang

Verzeichnis der wichtigsten Personen

Schüler und Eltern

Sina Pitsch, Abiturientin
Sarah Pitsch 9E
Sandra Pitsch 7A
Herr Dr. Stefan Pitsch, Rechtsanwalt
Frau Sibylle Pitsch, ehemalige Elternbeiratsvorsitzende

Frau Helene Adis, befreundet mit Sibylle Pitsch
Silvie Adis 9E
Jessica Adis 7A, befreundet mit Sandra Pitsch

Frau Marie Biesinger
Andi Biesinger Jahrgangsstufe 13
Marcel Biesinger 9E, Sarahs Freund

Katja Metzger, Sinas Freundin, ebenfalls Abiturientin
Frank Sauer, Abiturient

Lehrer

Eberhard Blech, Spanisch, Englisch, Lehrer von Sina und Sandra Pitsch
Bruno Schwarz, Mathematik, Lehrer von Sarah Pitsch
Susanne Schild, mit Bruno Schwarz liiert
Detlev Fellbauch, genannt Faulbaum, ehemaliger Liebhaber von Susanne Schild
Thomas Gaiser, genannt Käser
Siegfried Rossburg, Schulleiter

Teil I

Mi. 2.5.2007

Trüb und heiter

Schon vor fast einer halben Stunde hatte man den Sarg hinuntergelassen, und aus der riesigen formlosen Menge der Schulgemeinde heraus bewegte sich eine Schlange im Fünfzehnsekundentakt zu dem Loch in der Erde hin, und noch lange war kein Ende abzusehen. Hintreten, ein Schäufelchen Erde oder eine Blume hineinwerfen, innehalten, abtreten. Es sah aus, als versammelte der rätselhafte Todesfall im Gymnasium die halbe Stadt: Angehörige, Kollegen, Vertreter der Stadtverwaltung und der Schulen, Eltern und Schüler. Eine unüberschaubare Menschenmenge, für welche die freie Fläche des neuen Gräberfelds gleich rechts neben dem Eingang viel zu klein war, bevölkerte immer noch den Sülchenfriedhof. Überall zwischen den Grabsteinen warteten schwarz gekleidete Menschen darauf, an das Grab zu treten, um dem Toten den letzten Gruß nachzuwerfen.

Hunderte von Kindern und Jugendlichen verteilten sich gruppen- und klassenweise überall zwischen den Gräbern. Die Jungen, die großen wie die kleinen, standen da wie angewurzelt, hielten sich an einer Blume oder einem Sträußchen fest und kämpften mit sich, um nicht loszuheulen. Immer wieder schnäuzte sich einer oder wischte sich mit dem Ärmel die Tränen aus dem Gesicht.

Viele Mädchen hingen aneinander und ließen ihren Gefühlen freien Lauf. Sie weinten, schluchzten, heulten, fanden kurz die Fassung wieder und lösten sich von Neuem in Tränen auf, wenn sie nur die verheulten Gesichter ihrer Freundinnen sahen.

Während der Reden war es noch ganz still gewesen, aber als danach der Chor «Wenn ich einmal muss scheiden» gesungen hatte und dann das Bläserquartett einsetzte, war es mit der Beherrschung vorbei gewesen und die Trauer hatte laut um sich gegriffen. Und sie wollte nicht verstummen.

Eine vielköpfige Gruppe von Kolleginnen und Kollegen des Toten stand am Rand der Menschenmenge, ziemlich weit hinten am Chor der Kapelle. Einige von ihnen, von Kopf bis Fuß in Schwarz gekleidet, hoben sich kontrastreich von den Grabplatten der Chorkapitelherren ab, die dort an der graugrünen Sandsteinwand angebracht sind. Andere hatten nur einen dunklen Mantel übergezogen, und eine schwarze Krawatte oder ein dunkles Halstuch kennzeichneten sie als Trauergäste. Die Frauen hatten sich eingehakt, die Männer vergruben ihre Hände in den Manteltaschen oder hatten sie vor ihrem Bauch gefaltet. Schweigend blickten sie mit feuchten Augen ins Leere und warteten, bis sie an das Grab gehen konnten.

Ein leichter Wind kam auf und schob eine Wolke vor die Nachmittagssonne. Es wurde kühler. Heini Hüttner, ein kleiner untersetzter Fünfzigjähriger, trat von einem Bein auf das andere und schlug seinen Mantelkragen hoch.

«Ich geh. Mir dauert das zu lang. Er wäre mir sicher nicht böse», sagte er leise und schaute sich fragend um. Sein Nebenmann Fred Kirch flüsterte ihm zu:

«Ich bleib noch. Aber geh nur. Wir treffen uns dann.»

Heini Hüttner sah sich um. Es war unmöglich, sich auf dem von Platanen gesäumten Hauptweg zwischen den vielen Leuten zum vorderen Tor durchzuschlängeln, ohne Aufsehen zu erregen. So strebte er auf das Eisentor in der hinteren Friedhofsmauer zu. Drei Leute aus der Gruppe schlossen sich ihm an. Die anderen nickten ihnen Einverständnis zu und blieben zurück.

«Bis dann.»

«Bis dann.»

Das Eisentor quietschte. Sie schauten sich erschrocken um. Aber niemand schien es gehört zu haben. Klaus Nussbaum machte ein paar schnelle Schritte, um Hüttner einzuholen.

«Heini, kannst du mich mitnehmen?», flüsterte er.

«Klar, du kommst doch auch noch mit?»

«Sicher. Er hätte nichts dagegen, dass wir jetzt ein Bier trinken gehen.»

«Wohl kaum. Und ich möchte jetzt nicht allein daheim herumsitzen. Ich kann jetzt nichts tun.»

«Denkst du ich? Mir war das zu viel. So schnell steck' ich das nicht weg.»

Sie durchquerten das kleine Stück Brachland hinter dem Friedhof und folgten dann einem Feldweg zwischen der fast kniehohen Wintersaat hindurch bis zu der schmalen Birkenallee, in der Hüttner sein Auto abgestellt hatte. Heini Hüttner fuhr im Schritttempo an die Straße vor. Nussbaum schaute zum Friedhof hinüber und sagte vor sich hin: «Was soll 's? Die schwätzen den auch nicht wieder lebendig.»

Hüttner bog nach links auf die Sülchenstraße ein. Erst als er auf der Höhe des Sägewerks war, dessen Stapel von Dielen und Bohlen sich entlang der Straße auftürmten, gab er Gas. Leichter Regen setzte ein. «Siehst du, jetzt wären wir auch noch nass geworden. Das muss nicht sein. Ich denke, ich gehe morgen einmal an das Grab.»

«Ich vielleicht auch. – So eine lange Beerdigung ist was Furchtbares», brach es aus Nussbaum heraus.

Beide schwiegen lange und sahen geradeaus auf die Straße, die schnurgerade stadteinwärts auf den Dom zuführte, dessen Turmhelm mit seinem gezackten Umriss die niederen Häuser des östlichen Stadtrands überragt. Wie oft hatten sie hier Bruno Schwarz auf dem Schulweg gesehen, wie er jeden Morgen, jahraus jahrein bei Wind und Wetter, die Straße entlang radelte, leicht gebückt, die Ellbogen etwas nach außen gestellt und immer mit ganzer Kraft tretend. Agil war er gewesen, energisch, verlässlich, eine Größe in der Schule, die man sich eigentlich nicht wegdenken konnte.

«Fast alle waren da. Der Chef wäre stolz, wenn es bei einer Konferenz einmal so viele wären. Hast du schon einmal das Kollegium so komplett gesehen?», fragte Nussbaum nachdenklich.

«Nein, nie, obwohl es ja auch heute nicht alle waren», sagte Hüttner.

«Wieso? Wer fehlte denn?»

«Die GmbH.»

«Doch, die war auch da. Jedenfalls habe ich den Faulbaum gesehen, und dann kann ja der andere auch nicht weit weg gewesen sein», sagte Nussbaum.

Die sogenannte GmbH, das waren zwei Kollegen, die ihre modelinke Studentenzeit der späten Siebzigerjahre noch nicht überwunden hatten und immer wieder die Gesamtlehrerkonferenzen durch abwegige Vorschläge verlängerten. Eigentlich hießen sie Detlev Fellbauch und Thomas Gaiser, waren aber von Kollegen, keiner wusste mehr genau von wem und wann, wegen ihres berühmt-berüchtigten Arbeitseifers und ihrer suboptimalen Diskussionsbeiträge in Faulbaum und Käser umgetauft worden. Sicher hatten sie irgendwann davon gehört, was sie aber nicht veranlassen konnte, ihr Wesen und Treiben auch nur geringfügig zu verändern. Und so kam es, dass gegen Ende einer Konferenz, welche die beiden wieder einmal auf gewohnte Weise verlängert hatten, ein älterer Kollege ein Blatt herumreichte, auf welchem er ein Firmenschild entworfen hatte:

Faulbaum & Käser, Einwegflaschen, Genossenschaft mit beschränkter Hirnleistung.

Diese unfreiwillige Firmengründung machte die Runde und es gab wohl kaum jemanden im Kollegium, der mit der Bezeichnung GmbH nichts hätte anfangen können.

«Wenn der Faulbaum da war, dann der Käser erst recht. Der hatte ja nichts gegen Bruno.»

Nach einer Pause fügte er hinzu: «Ich glaube, so eine große Beerdigung will ich mal nicht.»

«Wer denn schon? Meinst du, Bruno hätte das gewollt? Damit du so beerdigt wirst, musst du entweder ein ganz Großer sein oder dich eben früh verabschieden, so wie Bruno.»

«Verabschiedet werden.»

« Meinst du, er war da?»

«Wer?»

«Der Mörder. – Aber eigentlich kann ich es immer noch nicht glauben, dass einer Bruno umgebracht hat. – Wer sollte denn einen Grund gehabt haben? Und dann noch in unserer Schule.» Er machte eine lange Pause. «Wieso ist das passiert?»

«Ich weiß es nicht. Das muss ein Irrer gewesen sein. Ich komm' damit nicht klar.»

Kurz vor dem Eugen-Bolz-Platz bogen sie in die Mechthildstraße ein und stellten ihr Auto auf den Parkplatz an der Schule. Gleichzeitig kamen Ingrid Herzog und Roland Rasch an und stiegen ebenfalls aus. Die vier überquerten den Schulhof, jeder für sich allein, keiner sagte etwas; es sah fast aus, als würden die vier Leute in Schwarz einander gar nicht kennen und hätten nur zufällig denselben Weg. Erst als sie am Martinshof angekommen waren und Hüttner den anderen die Tür aufhielt, kam wieder ein Gespräch auf.

Die letzten Mittagsgäste waren längst gegangen, die große Gaststube war leer, und sie konnten sich an den größten Tisch setzen.

«Ich brauche erst mal einen psychischen Aufheller. Ein Kännchen Kaffee und einen doppelten Williams Christ, bitte», bestellte Nussbaum.

«Keine schlechte Idee», lautete der einstimmige Kommentar der anderen und alle bestellten dasselbe. «Prost», sagte einer. Die anderen nickten nur, und dann kippten sie ihren Schnaps hinunter und schauten eine Weile vor sich hin.

Roland Rasch rührte lange in seinem Kaffee und schwieg.

«Was denkst du?», fragte Ingrid Herzog. «Was brütest du aus?»

«Ich denke über die Reden nach. Ich hätte heute keine Rede halten mögen. Unter diesen Umständen ist das sehr schwierig. Man hat es ja auch gemerkt. Der Pfarrer hat mir besonders leidgetan. Das Übliche passte heute einfach nicht. Der Herr hat ihn heimgeholt oder sein Schicksal hat sich erfüllt, das passte wie die Faust aufs Auge. Aber was will man denn sagen, wenn einer so ums Leben gekommen ist? Kann man so einer Situation überhaupt mit vernünftigen Worten gerecht werden? Es passt einfach nichts zu diesem Tod. Weil sein Tod nicht zu seinem Leben passt.»

«Tja», stimmte Nussbaum seinem Kollegen zu, «was die redeten, war eher Dünnbier als Pils. Alle waren offensichtlich in Verlegenheit. Die Lobhudelei wird eben schwierig, wenn du gleichzeitig über einen Mord reden musst.»

«Jetzt red' nicht so daher», sagte Ingrid Herzog.

«Stimmt doch, oder?», erwiderte Nussbaum und rührte in seiner Tasse.

«Wer weiß, was da noch rauskommt, wenn überhaupt», sagte Hüttner. «Aber da sollen sich andere den Kopf zerbrechen. Die letzten Tage habe ich nur im Kreis herum gedacht, und ich will nicht mehr. Ich will einfach meinen Kopf wieder für etwas anderes frei haben.»

Die anderen nickten stumm und sagten eine Weile nichts.

Da hörte man Stimmen von draußen, die Tür öffnete sich und eine weitere Gruppe von Kolleginnen und Kollegen betrat die Gaststube.

«Erst mal ein Kännchen Kaffee», sagte Gisela Hirschmüller-Hase zur Bedienung und wischte sich die letzten Tränen aus ihren geröteten Augen. «Und was haben Sie heute für einen Kuchen anzubieten?»

Der Kreis hatte sich bald so vergrößert, dass man ein paar Stühle mehr an den großen Tisch gerückt hatte und nun ein gutes Dutzend Kolleginnen und Kollegen eng beisammen saß, um gemeinsam mit den Eindrücken der Beerdigung fertig zu werden.

Die Käsesahnetorte war wieder einmal vorzüglich, Kaffee, Williams Christ und Weißweinschorle taten ihre Wirkung, und bald entfernten sich die Gespräche immer wieder vom Anlass des Treffens, kehrten zu ihm zurück, um sich dann wieder in Belanglosigkeiten zu verlieren. Die Damen sagten verstohlen zueinander, dass man sich doch die Käsesahnetorte eigentlich nicht erlauben sollte; diese Kalorien würde man kaum wieder los.

«Ich sitz' doch morgen wieder den ganzen Nachmittag und Abend über diesen Achteraufsätzen, dreiunddreißig Stück, ohne mich rühren zu können, und fürs Wochenende habe ich noch einen Stapel von den Elfern daliegen; vor denen graust es mir jetzt schon», klagte die Hirschmüller-Hase. «Stellt euch vor, gestern waren wir, oder war ich an Goethes Mailied, O Mädchen, mein Mädchen, wie lieb ich dich. ‹So liebt die Lerche Gesang und Luft› heißt es da, und niemand von diesen einunddreißig Leuchten wusste, was eine Lerche ist. Ich weiß nicht, ob es noch sinnvoll ist, dieser Generation mit Lyrik zu kommen.»

Damit brachte sie die Rede auf die stundenlangen Korrekturen und den damit verbundenen chronischen Bewegungsmangel. Gisela Hirschmüller-Hase betitelte sich manchmal selbstironisch als sehr freischaffende Oberstudienrätin, da sie im Unterschied zu ihren Kolleginnen nur arbeitete, weil sie wollte. Sie stammte aus einer begüterten Familie, und da auch ihr Mann als Manager in der Pharmabranche mehr als sattsam verdiente, hätte sie auch die Hände in den Schoß legen können. Aber sie unterrichtete mit Begeisterung. Nur wenn sie ab und zu bei ihren Klassen auf basses Unverständnis stieß, was, wie sie meinte, in letzter Zeit immer häufiger vorkam, dann kamen ihre leichte Zweifel am Sinn ihrer Bemühungen.

«Jetzt fangt heute nicht auch noch an, über unseren Job zu klagen. Das fehlt mir gerade noch», unterbrach Hüttner seine Kolleginnen, «jetzt sollten wir einfach einen schlucken.»

«Richtig!», stimmte Kirch zu. «Ich weiß gar nicht, wann wir das letzte Mal in dieser Runde beieinander gesessen sind.»

Der Williams Christ hatte ihm bereits eine recht gesunde Gesichtsfarbe verliehen. Er war nicht mehr so bleich wie sonst und redete noch schneller als gewöhnlich.

«Ja, es ist ganz gemütlich hier», lachte Gisela Hirschmüller-Hase etwas albern, «fast könnte man ein schlechtes Gewissen bekommen.»

Sie nippte an ihrem Glas und schaute sich um, gespannt auf die Reaktionen auf ihre Bemerkung.

«Hab' ich nicht», sagte Hüttner, «ganz im Gegenteil. Wenn du oder ich heute beerdigt worden wären, dann würde Bruno garantiert hier am Tisch sitzen.» Er nahm sein Weizenglas in die Hand. «Auf Bruno, Prost!»

«Ja, Prost auf Bruno», rief die Hirschmüller-Hase exaltiert und schaute wieder in die Runde, und «Prost auf Bruno» kam es vielstimmig zurück, und das Trankopfer wurde zelebriert.

«Kennt ihr diese Melodie?», fragte Nussbaum in die Runde und ahmte eine Trompete nach: «Taa raa tataa, taa tataa, tata raaa, taataa rata taa taa raa.»

«Nein. Was soll das sein?»

«Muss man das kennen? Sing es noch mal.»

«Taa raa tataa, taa tataa, tata raaa, taataa rata taa taa raa.»

«Klingt nach Trauermarsch.»

«Richtig, aber nicht der von Chopin und auch nicht der von Ludwig van.»

«Ich weiß», rief Fred Kirch, «New-Orleans Function. Davon hab ich noch eine uralte Single mit Louis Armstrong. Tolle Musik!»

«Ja», bestätigte Nussbaum, «erst der Trauermarsch, und dann geht's aber los mit ‹Didn't he ramble›», und fing an eine Dixielandmelodie zu singen.

«Jawohl, erst wird getrauert, und dann gefeiert», kündigte die Hirschmüller-Hase den weiteren Verlauf der Sitzung an und rief nach der Bedienung.

Niemand wollte so schnell nach Hause gehen. Der gewaltsame Tod ihres Kollegen hatte sie alle tagelang beschäftigt und ihnen Angst gemacht. Die Atmosphäre im Lehrerzimmer, ja in der ganzen Schule war gedrückt. Jeder, der das Haus betrat, sah Bruno Schwarz in Gedanken noch auf den dunklen Fliesen des Foyers liegen, und niemand konnte sich erklären, warum gerade er dort gelegen hatte. Hätte nicht jeder andere, der abends noch in der Schule zu tun gehabt hatte, an seiner Stelle sein können? Und wie oft hatte nicht jede Lehrerin und jeder Lehrer hie und da abends im Dunkeln allein das verlassene Gebäude betreten, um noch etwas vorzubereiten, eine Klausur zu kopieren oder in einer Sammlung aufzuräumen? Meist hatten sie die ungewohnte Ruhe im Haus fast genossen und waren nach getaner Arbeit mit dem guten Gefühl weggegangen, etwas so ordentlich erledigt zu haben, wie es im Trubel des Vormittags kaum möglich gewesen wäre. Doch jetzt schienen alle die Schule nach dem Unterricht möglichst bald verlassen zu wollen. Niemand mehr wollte an diesem unsicheren Ort der Letzte sein.

Nun, nach der Beerdigung, saßen sie zum ersten Mal seit langem wieder in größerem Kreis zusammen und es tat ihnen allen gut, mit ihren Gefühlen nicht allein zu sein. Daher stieß Gisela Hirschmüller-Hases Aufforderung zu feiern auf ein lebhaftes Echo, auch wenn sie etwas zu schrill geklungen hatte.

Es wurden weitere Bestellungen aufgegeben und man prostete sich zu. Ein richtiges Gespräch wollte aber nicht gleich aufkommen. Es war gerade so, als müssten sie alle erst nach Worten suchen, um über diesen Gefühlswirrwarr aus Trauer, Angst und Neugier, der ihnen seit Tagen die Ruhe nahm, überhaupt reden zu können.

Schließlich zog Roland Rasch einen großen zerknitterten Umschlag aus der Innentasche seiner Jacke und sagte:

«Hoffentlich findet ihr es nicht pietätlos, wenn ich euch die Bilder von neulich zeige. Ich habe sie erst gestern bekommen.»

«So was nimmst du zu einer Beerdigung mit?», kam prompt die Frage von Ursula König-Schreiner.

«Klar, und ich weiß warum. Wenn du schon so oft beim Leichenschmaus gewesen wärst wie ich, dann wüsstest du, dass das Leben nach Trauerfeiern immer seinen Tribut fordert. The show must go on.»

«Ich weiß nicht», sagte sie, «mir ist jetzt nicht nach Bilderangucken, und dann noch von eurer Sportclique. Muss das jetzt sein? Ich glaube, ich gehe lieber heim.»

«Jetzt bleib doch, sei doch nicht so», kam es von allen Seiten. Aber sie stand auf und ging.

Einen Moment sagte niemand etwas. Dann aber machte Rasch einen neuen Vorstoß:

»Wollt ihr sie also sehen oder nicht?», und legte den Umschlag mit den Fotos auf den Tisch. Alle wollten sie natürlich sehen, die Fotos, die sie gemeinsam vor ein paar Wochen beim Lehrersport mit Raschs Kamera geschossen hatten, Bilder vom Aufwärmen und dann natürlich vom Volleyballmatch selbst. Die Bilder gingen nun herum und die Komik eingefrorener Mimik und Bewegung löste große Heiterkeit aus. Nussbaum betrachtete zwei, drei Bilder, dann lächelte er resigniert:

«Wenn Schwimmer so gut schwimmen würden, wie wir Volleyball spielen, dann würden sie absaufen.»

«Sag doch so was nicht, das ist demotivierend», widersprach Kirch. «Lass mal sehen, so schlimm kann es doch gar nicht sein.»

Nussbaum reichte ihm die Bilder. Von der Seitenlinie des Spielfelds aufgenommen, sah man ein paar leicht ergraute Gestalten, wie sie mit gebeugten Knien und zum Baggern vorgehaltenen Armen völlig überrascht auf einen Ball schauten, der genau in ihrer Mitte niederging.

«Schau, genau du hast in diesem Moment gepennt», sagte Nussbaum zu Kirch, «und so, wie du deine Arme wieder mal hältst, wäre aus dem Bagger sowieso nichts geworden.»

«Du musst gerade an mir rummeckern», lachte Kirch.

«Sieh mal hier, wie du voll ins Netz läufst, statt hochzuspringen. Jeder Schiedsrichter hätte hier abgepfiffen.»

«Gott sei Dank haben wir keinen», lachte Nussbaum. «Vielleicht sollten wir doch weiterspielen, aber nur bei absolutem Fotografierverbot.»

«Aber nein», meinte Rasch, «ich finde schon, dass wir wenigstens alle zwei Jahre solche Bilder machen sollten, als Bilddokumentation der sportlichen Entwicklung unseres Kollegiums, als sportliche Chronik.»

«Mehr eine Chronik des Spotts als des Sports», spann Nussbaum den Faden weiter, «die festhält, wie unsere Haare grauer oder weniger werden, die Bäuche dafür etwas dicker, und wie die Knie- und Knöchelbandagen zunehmen ...»

« ... und wie wir selber immer weniger werden», übertönte ihn Hüttner. «Denkt doch dran, wir hatten doch in letzter Zeit kaum einmal volle Spielstärke, und jetzt, ohne Bruno ... Wir müssen wieder einmal bei den jungen Kollegen eine Werbekampagne machen.»

«Richtig, fragt doch mal die langen Kollegen, die auch über die Netzkante wegkommen, den Blech zum Beispiel», schlug Ingrid Herzog vor.

«Den habe ich schon gefragt, nie wieder», wies Rasch den Vorschlag ab.

«Wieso?»

«Wir sind ihm zu spießig. Er sagte zu mir, jeden Donnerstagabend will er nicht dasselbe tun, das sei ihm zu spießbürgerlich.»

«Wirklich? So eine Unverschämtheit. Was glaubt der eigentlich?»

«So ein arroganter Typ! Kein Wunder, dass ihm seine Frau abgehauen ist», sagte Nussbaum. «Aber es gibt ja noch ein paar andere, die wir fragen könnten. Bloß ist natürlich fraglich, ob die Betreffenden dann auch mit der Altersklasse ‹50 plus› Sport treiben wollen.»

«Dann fragt doch die Genossenschaft», schlug Ingrid Herzog weiter vor, «der Faulbaum ist doch groß und stattlich.»

«Und so flink wie ein Faultier», sagte Rasch.

«Willst du mich vertreiben?», warf Susanne Schild ein.

«Entschuldigung, an dich habe ich gerade nicht gedacht.»

«Solltest du aber», sagte Susanne Schild und zog die Brauen hoch.

«Wo war der Blech heute? Habt ihr ihn auf dem Friedhof gesehen?», fragte Ingrid Herzog.

«Nein, der war nicht da. Ich glaube, er ist krank. Otto hat am Freitag darüber gemeckert, dass er ihn schon wieder mal vertreten musste.»

Susanne Schild saß ganz still da und betrachtete wortlos ein Foto. Gisela Hirschmüller-Hase sah von ihrem Kuchen auf und blickte fragend zu ihr hinüber.

«Susanne, was ist?»

Susanne Schild traten die Tränen in die Augen. Sie schob das Bild über den Tisch. Am linken Bildrand sah man den Angreifer, Heini Hüttner, wie er in der Luft stand und zu einem Schmetterschlag ausholte. Ihm gegenüber sprangen Susanne Schild und Bruno Schwarz hoch, beide dicht nebeneinander, Brunos gestreckte Hände reichten sogar über die Netzkante und seine aufgerissenen Augen waren genau auf den Ball gerichtet. Susanne Schild aber reichte gerade mal zehn Zentimeter unter die Netzkante, und man konnte ihr ansehen, wie viel Mut sie dieser Einsatz kostete: Ihre Augen hatte sie krampfhaft zusammengekniffen und streckte zwei kleine Fäuste nach oben.

«Das ist wohl das letzte Bild von euch beiden», sagte Hirschmüller-Hase.

«Ja, und ich möchte es haben», schluchzte Susanne Schild, nahm es wieder an sich und steckte es in ihre Handtasche.

Teil II – vier Monate zuvor

Fr. 12.1.2007

Schaulaufen

Sie standen außerhalb des Schulhofs an der Ecke und rauchten. Sie inhalierten tief, legten dann den Kopf in den Nacken und bliesen den Rauch in großer Geste in die Luft. Noch war die Gruppe klein, es war erst kurz vor halb acht.

«Walle, wie war's gestern noch? Seid ihr noch lang dort geblieben?»

«Nee, kaum warst du weg, da kamen die Schild und der Schwarz und noch so ein paar und haben uns ziemlich blöd angeschaut. Das hat dann nichts mehr gebracht. Wir hatten aber auch schon genug.»

«Kann man wohl sagen. Ich glaub, der Ede war schon ziemlich voll.»

«Glaub' ich auch. Aber auf jeden Fall macht's ja keinen Spaß mehr, wenn auf einmal deine ganzen Lehrer in die Kneipe kommen und du blöd angeglotzt wirst. Sollen die doch nach ihrem Scheißsport irgendwo anders hin und sich volllaufen lassen.»

Nun kamen noch ein paar dazu, alle in weiten Hosen und viel zu großen Jacken, die meisten trugen dunkle Wollmützen. Zur Begrüßung klatschten sie einander ab, als hätten sie gerade zusammen nach einem Doppelpass ein Tor erzielt. Nach der Begrüßung standen sie wieder still, eine eng gedrängte Gruppe in Schwarz,

Dunkelgrau, Hellgrau und Weiß. Farbe brachten nur ein blauer Schriftzug auf einem grauen Sweatshirt und ein paar grüne Turnschuhe.

«Hast du's auch schon gemerkt? Der Schwarz ist freitags immer ziemlich schlecht drauf. Wahrscheinlich hat er einen Kater», meinte Walle.

«Kann schon sein. Ich glaub, der schluckt ganz schön. Mal sehen, wie er heute drauf ist», sagte sein Freund. Er warf seine Kippe auf den Boden und trat sie aus.

«He Leute, das war übrigens voll krass, wie ich gegangen bin, laufe ich auf dem Marktplatz dem Blech genau vor die Füße. ‹Was tun Sie hier um diese Zeit›, macht der mich an.»

«Und? Was hast du dem gesagt?»

«Könnt ich Sie genauso fragen. Da hat er nichts mehr gewollt. Er hat den Kopf geschüttelt und sich verzogen.»

Allgemeines Gelächter. Einer machte Blechs hohe gepresste Stimme nach: «Was tun Sie hier um diese Zeit? Was tun Sie hier um diese Zeit?»

Das Gelächter wurde noch lauter.

«Auf Walle, zieh deine Kippe vollends runter, ich muss rein, noch etwas abschreiben», sagte Alex.

«He Alter, keine Panik, mach's doch in Reli.»

In diesem Moment fuhr ein kobaltblauer BMW mit getönten Scheiben vor und ein elegant gekleidetes Mädchen stieg aus.

Alex drehte sich zu einem etwas dicken Jungen um und sagte so laut, dass sie es hören konnte:

«Hat Papi dich heute auch zur Schule gebracht, Julian?»

«Nee, ging heut leider nicht. Sein Moped ist doch kaputt.»

Allgemeines Gelächter. Aber alle schauten dem Mädchen nach, das erhobenen Hauptes an ihnen vorbeiging und geradewegs auf den Haupteingang zusteuerte.

«Wie die heute wieder daherkommt», sagte einer und schwenkte leicht die Hüften. Und Sina Pitsch ließ tatsächlich leicht die Hüften schwingen, wenn sie sich beobachtet wusste. Sie steckte in einer eng anliegenden weißen Hose, deren Beine sie auf halber Wade umgestülpt hatte, damit man ihre hochhackigen weißen Lackstiefel bewundern konnte. Ihre kurze beige Jacke mit dem weißen

Kunstpelzkragen ließ ihr rosarotes Top sehen, das bei jedem Hüftschwung leicht verrutschte, so dass im Rhythmus ihrer Schritte ein schmaler Streifen ihrer Haut aufblinkte und wieder verschwand. Auch jetzt noch, im Januar, trug sie einen Bronzeton zur Schau, als sei sie eben aus den Sommerferien zurückgekehrt. Ihre Haarfarbe hatte sie genau auf das Graubraun ihrer runden Ledertasche abgestimmt, die lässig am Trageriemen von ihrer linken Schulter hing.

«Und wie die heute wieder mal riecht», sagte Alex und schnüffelte hinter ihr her.

«Wenn du bei der landen willst, musst du mindestens einen Porsche fahren», sagte Walle.

«Pfff, geschenkt. Die ist doch doof.»

«Ich weiß nicht, ich glaube, ich wollte gar nicht, dass mich meine Alten in die Schule fahren. Wäre mir peinlich.»

«Wäre mir gar nicht peinlich, wenn mein Alter so einen Schlitten hätte.»

«Aber nur, wenn er ihn dir leihen tät.»

«Tja, das könnte schon ein Problem sein. Tät' er wohl kaum. Krieg ja nicht mal sein Moped.»

Einige nickten zustimmend, andere schauten wortlos dem Mädchen nach, bis es im Schulgebäude verschwand.

«Kommt, jetzt packen wir's halt», sagte Walle, nahm seine Tasche vom Boden und setzte sich in Bewegung. Nach und nach folgten ihm die anderen.

Fr 12.1.2007

Sarah an Bill

Mein lieber, lieber Bill!

Die Weihnachtsferien sind erst eine Woche her. Aber es ist irgendwie, als hätten wir schon viel länger wieder Schule. Alle Lehrer wollen vor dem Zeugnis noch eine Arbeit schreiben. Die sind doch blöd. Nächste Woche schreiben wir noch Englisch, Bio und Mathe. Mathe ist blöd. Sina kann ich ja nichts fragen. Mathe ist ihr Katastrophenfach, sagt sie. Und sie hat ja nie Zeit. In den Ferien war sie in so einem Mathe-Kurs fürs Abi. Aber sie sagt, dass sie immer noch schwimmt. So eine Schwester brauch' ich eigentlich nicht.

Silvie möchte ich auch nicht fragen. Ich fand sie diese Woche ätzend. Hatte sich die ganze Zeit voll affig mit ihrem neuen Handy. Weihnachtsgeschenk von ihrer Oma. Knipste einen die ganze Zeit, vor allem, wenn man gerade nicht gut aussah. Und das hat sie dann rumgezeigt und sogar per E-mail verschickt. Gemeine Ziege! Hätte ich nie von ihr gedacht! Wie man sich täuschen kann!

Sandra kam gestern heulend von der Schule heim. Aber sie will nicht sagen, was los war. Wahrscheinlich haben sie die Typen im Bus wieder angemacht. Am Montag kann ich mit dem gleichen Bus fahren wie sie. Mal sehen, was da abgeht. Mama sage ich lieber nichts. Die wird sonst peinlich und rennt gleich wieder in die Schule.

M. war heute nett zu mir. Hat mir Physik erklärt. Jetzt blick ich's endlich. Vielleicht ist er doch in mich verknallt? Da tät Silvie aber blöd gucken!!!

In heißer Liebe
Deine Sarah

Mo 15.1.2007

Blickst du Mathe?

Morgens vor dem Unterricht standen Sina Pitsch und Katja Metzger im Foyer verfroren neben dem Kaffeeautomaten und wärmten ihre Hände an einem Becher Cappuccino.

«Hast du Mathe gemacht? Blickst du's?», fragte Sina und sah ihre Freundin Katja hilflos an.

«Mathe? Nee.» Sie schüttelte ihren schwarzen Kopf. «Auch nicht besser als du.»

«Also gar nicht. Mist! Ich hab' schon zwei Mathekurse in den Sand gesetzt, und wenn ich in der Klausur nicht wenigstens fünf Punkte mache, dann wird es ganz schön eng.»

Katja nickte bedächtig mit dem Kopf.

«Von null auf fünf in drei Wochen. Super! Mach doch noch einen Kurs.»

«Ach was! Der Kurs in den Weihnachtsferien hat mir nichts gebracht. Ich weiß einfach nicht, wie ich das schaffen soll.»

«Besser wär's, wenn man den Nachtermin kriegen würde», sinnierte Katja.

Sina verstand nicht, was sie meinte. «Und? Was soll das bringen?»

«Ganz einfach. Du hast mehr Zeit zum Lernen, und außerdem war der Nachtermin letztes Jahr viel leichter. Ein Freund von meinem Bruder hat gesagt, das sei immer so. Ist doch auch ganz logisch. Die können dich doch nicht dafür bestrafen, dass du am Haupttermin krank bist. Also können die Aufgaben schon mal nicht schwerer sein. Und ein wenig ähnlich müssen sie auch sein. Das wäre ja sonst nicht gerecht. Und wenn sie ähnlich sind, dann hast du wenigstens eine Ahnung von dem, was drankommt.»

Sina starrte einen Moment vor sich hin.

«Also beim Haupttermin krank sein?»

«Klar. Das bringt's vielleicht.»

«Wäre zu überlegen. Vielleicht krieg ich ein Attest vom Freund meines Vaters.»

«Und ich? Woher soll ich eins kriegen?»

«Weiß ich auch nicht. Aber Mathe pauken müssen wir trotzdem. Bloß hätten wir ja mindestens zwei Wochen mehr Zeit. Super, oder?»

«Nee, so toll finde ich es dann auch wieder nicht. Stell dir vor, die andern alle sind schon am Feiern und wir armen Schweine pauken noch Mathe. Das gönne ich den andern nicht wirklich.»

«So? Und wie soll das anders gehen?»

«Weiß nicht», sagte Katja, «vielleicht fällt mir ja noch was ein.»

«Na dann überleg mal schön.»

«Mach ich. Kannst dich drauf verlassen.»

Sie warfen die Kaffeebecher in die Müllbox und gingen die Treppe hoch.

Mi 17.1.2007

Im Stau

Ursula König-Schreiner kam völlig abgehetzt im Kopierraum an. Zu einer Tasse Kaffee hatte es zu Hause gerade noch gereicht, ihre obligatorische Scheibe Vollkornbrot mit dem Olivenaufstrich hatte sie zur Hälfte noch am Steuer ihres Wagens verschlungen, nachdem sie zuvor den Pflegedienst für ihren Vater angerufen hatte. Dann brachte sie Leon zu seiner Tagesmutter im nächsten Dorf, setzte Wolfgang vor seinem Büro ab und fuhr dann, so schnell es eben ging, Richtung Schule. Sie hatte die Französischklassenarbeit ihrer Elfer nach Fehlern ausgewertet und mehr als zwei Seiten Beispiele zusammengestellt. Das wollte sie alles in der ersten Stunde besprechen. Vorher mussten diese Seiten aber noch kopiert werden. Und nun stand sie gute drei Minuten an einer Kreuzung im Stau, ehe sie sich mit einem Blitzstart in die Blechkarawane einreihen konnte, die sich auf der fast geraden Landstraße durchs Neckartal bewegte. Aber auch dort ging es nicht so schnell, wie sie wollte. Nervös trommelte sie mit ihren Fingern auf dem Lenkrad, während sie hinter einem Bus her zuckelte, der ihr ständig Schmutzwasser auf die Windschutzscheibe spritzte. Den hätte sie lieber hinter sich gehabt. Aber der Berufsverkehr nach Tübingen ließ ihr einfach keine Möglichkeit zum Überholen. Wenigstens fand sie noch direkt bei der Schule einen Parkplatz. Schwungvoll ging sie durch die Tür des Seiteneingangs und schritt auf die Tür des Kopierraums zu, die bereits offen stand.

«Guten Morgen!»

«Guten Morgen, 'n Morgen, Morgen, Tag, Hallo, Hallo, Hi», tönte es zurück.

Der Raum war so überfüllt, dass sie nicht wusste, wo sie sich hinstellen sollte. Sie fühlte sich ausgebremst und spürte, wie ein Druckgefühl von ihrer Magengegend aufstieg, und musste erst mal tief Luft holen.

«Schön, dass ich hier nicht so allein bin. Richtig gemütlich hier», witzelte sie.

«Wir lassen eben Kaffee kommen, oder willst du lieber Tee», fragte Roland Rasch.

«Lieber Tee, zwei Minuten ziehen lassen, nicht mehr und nicht weniger, und dann mit einem Schuss Zitrone ohne Zucker.»

Die Luft war schlecht wie immer. Die Abluft der Kopierer mischte sich mit dem Dampf feuchter Kleidung. Ursula König-Schreiner schaute sich um. Acht Leute, noch im Mantel oder Anorak, standen in dem kleinen fensterlosen Raum mit den zwei Kopierern, der für ein Kollegium von achtzig bis neunzig Lehrkräften lächerlich klein war. Und der eine Kopierer tat es wieder mal nicht. Nach spätestens drei Kopien blieb das Papier stecken. Karl-Heinrich Hammerschmidt kniete leise vor sich hin schimpfend auf dem Boden neben dem Gerät und war dabei, Papierfetzen herauszuziehen.

«Das kannst du sein lassen. Der spinnt schon seit gestern», sagte Rasch zu ihm. «Vielleicht kommt heute der Kundendienst tatsächlich. Töpfer hat ihn schon angerufen.»

Hammerschmidt stand auf. Seine Hände waren sehr schmutzig, und so klopfte er sich mit dem Handrücken den Staub von den Knien.

«Hier wirst du zur Sau», sagte er, «hier könnte sich die Putzkolonne mal nützlich machen.»

«Du bist aber auch absolut overdressed für dieses Ambiente hier», sagte Heini Hüttner. «Warum ziehst du nicht deine Gartenhose an, wenn du vor dem Ding da in die Knie gehen willst?»

Der Kundendienst war zwar schon gestern nach vier Uhr benachrichtigt worden, würde aber natürlich erst wieder kommen, wenn die Kopier-rush-hour längst vorbei war. Denn wo wird denn schon vor acht Uhr gearbeitet außer in den Schulen?

Ursula König-Schreiner wurde ungeduldig. Sie hätte sich gerne vor dem Unterricht noch wenigstens fünf Minuten still hingesetzt und gesammelt.

«Habt ihr alle sehr viel?», fragte sie und bekam natürlich unterschiedliche Antworten.

«Take it easy. Das braucht eben so lange, wie es braucht», sagte Klaus Nussbaum.

«Klar, nur wenn ich das gewusst hätte ... ich bin halt noch in Fahrt.»

«Kriegen wir nicht endlich mal einen neuen Kopierer? Der kleine da macht‘s doch gar nicht mehr», fragte Gisela Hirschmüller-Hase.

«Es hat geheißen, dass wir Ende Juni einen neuen bekommen.»

«Na wunderbar.»

Otto Wolf betrat den Raum und hustete sofort. «Was ist hier wunderbar? Guten Morgen», brachte er zwischen zwei Hustenanfällen heraus. «Eine Luft ist das hier wieder.»

«Dass wir im Juni einen neuen Kopierer kriegen», antwortete Rasch. «So lange genießen wir morgens die menschliche Nähe unserer Kollegen.»

«Right», sagte Wolf, «no man is an island», und hustete noch einmal kräftig.

»Ich bin um halb sechs aufgestanden, damit ich meine Klausuren hier in Ruhe kopieren kann», sagte die Hirschmüller-Hase, «aber künftig reicht das wohl nicht mehr.»

«Wir sind doch alle flexibel, wir stellen eben unseren Biorhythmus etwas um», meinte Nussbaum, «die Nacht ist nicht allein zum Schlafen da.»

«O.k., ich hab's», sagte Bruno Schwarz, «der Nächste, bitte», nahm seine Kopien aus dem Finisher und lochte sie. «Jetzt will ich mal sehen, ob meine Dreizehner mit diesen Aufgaben etwas anfangen können. Sind die bei euch auch so anstrengend?»

«Anstrengend auch», sagte Hirschmüller-Hase, «aber doch eher träge.»

«Kann ich eigentlich nicht sagen», sagte Blech, «bei mir läuft es bis auf ein paar Ausnahmen ganz gut.»

«Na ja, jung und attraktiv, wie Sie nun mal sind, da hängen die Mädchen sicher an ihren Lippen, Sie haben doch überwiegend Mädchen in ihrem Kurs, oder?», sagte Wolf trocken. Er wollte den stillen Kollegen etwas aus der Reserve locken, bekam von ihm aber nur ein «Ich sagte auch etwas von Ausnahmen» zurück.

«Und wer sind die Ausnahmen?», interessierte sich Hirschmüller-Hase.

«Vor allem Katja Metzger.»

«Was? Die? Bei Ihnen auch?», fragte Bruno Schwarz.

«Wenn ich die und ihre Freundin, die Sina Pitsch, nicht unterrichten müsste, dann wäre mir wohler. Beide machten null Punkte in der letzten Klausur, null Punkte, das muss erst mal einer schaffen.»

«Reg dich nicht auf, Bruno, die wird das schon machen. Der Herr Doktor Pitsch wird doch seiner Tochter ein paar gute Nachhilfestunden gönnen können», wollte Rasch ihn beruhigen.

«Hat er ja schon. In den Weihnachtsferien. Aber ich habe nicht den Eindruck, dass das irgendetwas gebracht hat. Mathe und Mode passen halt nicht unter dieselbe Frisur. Und Katja Metzger hat meiner Ansicht nach bis jetzt gar nichts getan. Der Fasnetsverein ist halt wichtiger als das Abitur. Die sollte endlich mal begreifen, dass das Abitur kein Laufnarrenschönheitswettbewerb ist.»

«Nimm's nicht persönlich, Bruno, sie ist doch nicht deine Tochter.»

»Aber sie versaut mir den Schnitt. Meine Abi-Schnitte waren immer weit über dem Landesdurchschnitt, aber diesmal ... ich sage dir ...»

«Was bist du aber auch so ehrgeizig!»

«Ich bin nicht ehrgeizig. Ich will bloß sehen, dass mein Einsatz etwas bringt.»

«Haha», lachte Otto Wolf, «dann hättest du aber nicht Lehrer werden sollen», er hustete und lachte zwischendurch, «sondern Holzhacker, haha. Wir hatten in den Fünfzigerjahren einen Mathelehrer, der sagte immer zu uns, wenn er in unserer Unterrichtszeit lieber einen Meter Holz gehackt hätte, dann würde er wenigstens sehen, was er geschafft hat. Du siehst also, dein Problem ist ziemlich alt.»

«Ich bin fertig. Wer ist dran?», fragte Nussbaum, packte seine Kopien und wollte verschwinden.

«Halt», rief ihm Ingrid Herzog nach. «Hier neben dem Locher liegt noch dein Schlüsselbund. Sei doch nicht immer so vergesslich.»

«Das sagst gerade du», lachte er. «Bist du sicher, dass du deinen Schlüsselbund heute wirklich dabei hast und nicht wie gestern ...?»

«Schau, hier ist er!», sagte sie und klapperte stolz mir ihrem Schlüsselbund herum. «Aber den stecke ich jetzt in meine Tasche, sonst nimmt ihn wieder irgend so ein Nervenzipfel mit.»

«Du solltest einen schweren Stein daran hängen, dann kennt ihn jeder.»

«Das will ich schon lange. Ich vergesse es bloß immer wieder.»

Gisela Hirschmüller-Hase war jetzt an der Reihe.

«Ich möchte jetzt doppelseitig kopieren und heften. Weiß einer, wie das geht?», fragte Hirschmüller-Hase.

«So etwas Riskantes würde ich aber jetzt nicht machen», sagte Heini Hüttner.

«Ich muss aber, sonst gehe ich heute völlig baden. Ich habe dummerweise angekündigt, dass die Klasse heute kein Buch braucht. Ich habe sechs Seiten Vorlage, für morgen auch noch gleich.»

«Na dann, beten wir halt, dass der Apparat das packt, und fass ihn zart an, der ist sensibel.»

Er drückte für seine Kollegin auf die entsprechenden Tasten und legte die Vorlagen in der richtigen Reihenfolge ein.

«Danke. Sehr freundlich.»

Ursula König-Schreiner stand daneben und raschelte in ihren Vorlagen herum.

«Wie spät ist es jetzt? Hat es schon das erste Mal geklingelt?», fragte sie sichtlich nervös.

«Nein. Es ist erst kurz nach halb. Ganz ruhig. Du schaffst es noch.»

«Ich hätte ja alles gerne schon gestern kopiert, aber da hatte ich das noch nicht vorbereitet. Bei uns zu Hause geht es eben wieder mal rund. Leon war krank, und meinem Vater geht es wieder schlechter, und Wolfgang muss die ganze Zeit Überstunden machen. Ich komme zurzeit einfach nicht mehr ganz rum. Und dann dieser Scheißlehrauftrag. Ich wollte doch gar keine Oberstufe dieses Jahr. Und dann krieg ich doch die Zwölfer reingedrückt. Manchmal glaube ich, ich packe es nicht mehr. Wenn es nur schon rum wäre!»

«Komm, ich lass dich vor», sagte Heini Hüttner, «ich habe erst in der zweiten Stunde Unterricht. Ich bin bloß schon da, weil ich meine Kinder mit hergebracht habe.»

«Danke, das ist lieb von dir», sagte Ursula König-Schreiner und schaffte es dann doch noch mit den Kopien in der Tasche rechtzeitig das Klassenzimmer zu erreichen. Aber sammeln konnte sie sich vorher nicht mehr.

Do 18.1.2007

Sarah an Bill

Mein geliebter Bill!
Ich glaube, dass Sina und Katja kiffen. Gestern Abend war Mama beim Yoga. Da saßen sie mit Frank in ihrem Zimmer. Ich wollte sie nur was fragen. Haben mich rausgeschmissen und die Tür zugeschlossen. Sie haben die ganze Zeit leise von was geredet, was niemand wissen darf. Mehr habe ich nicht mitgekriegt. Und dann haben sie geraucht, und Sina raucht ja sonst gar nicht. Und dieses blöde Gekicher war auch was Neues. Haben dann lauter geredet. Irgendwie ging es ums Abi und um Blech. Ich glaube, Katja kriegte einen Lachanfall und kugelte auf dem Boden herum. Konnte nur verstehen, dass sie wieder aufstehen soll. Und dann haben sie das Fenster aufgemacht, obwohl es saukalt war. Mir wurde es sogar vor der Tür kalt.

Als Mama kam, bin ich schnell ins Bett. Sie hat den Roller von Frank vor dem Haus stehen sehen und hat ganz hektisch an die Tür von Sina geklopft. Hat wohl gemeint, die machen es. (Die weiß wohl nicht, wie bescheuert Frank aussieht!) Die haben dann aufgemacht. Mama hat gefragt, warum sie abgeschlossen hatten, wo doch Katja dabei war. Da haben sie alles auf mich geschoben. Sie hätten Mathe gemacht und ich hätte sie genervt. Ich habe nichts gesagt und einfach so getan, als täte ich schon schlafen. Merke mir das aber, und wenn ich Sina wieder einmal decken soll, dann kann sie aber was erleben.

Deine dich liebende Sarah

Fr 19.1.2007

Geburtstagsfreuden

Es klingelte zur großen Pause. Karl-Heinrich Hammerschmidt gab der Klasse schnell noch die Hausaufgabe.

«Und auf morgen macht ihr die Aufsatzverbesserung. Ihr wisst ja jetzt, wie das sein muss. Gibt es noch irgendwelche Fragen dazu? Nein? Gut. Dann also bis morgen. Ihr braucht bei dem Wetter nicht hinauszugehen, aber macht mal ein Fenster auf und lasst das Klassenzimmer heil, verstanden? – Tschüss.»

«Tschüss, tschüss, tschüss», kam es aus der Klasse zurück.

Die beiden Mädchen vorne links am Fenster standen auf und schoben ihre Stühle zur Seite.

«Ich hab‘ dir doch schon gesagt, dass es mir leidtut. Ich hatte gestern Ballett, und da hab ich es einfach vergessen. Ich war gestern Abend so müde.»

«Das gilt nicht. Ich hab‘ deinen Geburtstag auch nicht vergessen, und der war ja montags, und wir waren das ganze Wochenende verreist.»

«Ach Sandra, komm, ich bring‘ dir doch dein Geschenk heute Nachmittag. Sei doch jetzt nicht sauer», bettelte Jessi.

«Heute Nachmittag kannst du es behalten. Alle kriegen in der Schule was von den anderen, nur ich nicht», sagte Sandra mit Tränen in den Augen.

«Soll ich dir verraten, was du kriegst?», sagte Jessi verheißungsvoll.

«Pfff, ich weiß nicht», überspielte Sandra ihre Neugier.

«Ich sag‘s dir: Ohrringe, aber solche Dinger», sagte Jessi und markierte mit Daumen und Zeigefinger die Größe eines Hühnereis.

«Wow», machte Sandra, und in ihrem Gesicht ging die Sonne auf.

Sie machte sich an ihrer Tasche zu schaffen und zog eine große Packung Merci-Schokolade heraus. Jessi griff sofort zu. Dann drehte sich Sandra zu der Klasse um und rief:

«Wer mag Schokolade? Ich hab‘ heut Geburtstag.» Mit gestrecktem Arm hielt sie allen die Schokolade entgegen.

Zwei Mädchen kamen von der anderen Seite des Mittelgangs, nahmen jede ein Stück und sagten artig danke. Und Sandra hielt weiterhin die Schokoladenschachtel in ihrer ausgestreckten Hand. Da polterte es von hinten. Ein dicker blonder Junge mit roten Backen kam auf sie zu gerannt, schlug mit seiner Faust unter ihre Schachtel, so dass die Schokoladenstängchen in hohem Bogen durchs Klassenzimmer flogen und schrie: «Friss doch deine beschissene Schokolade selber!»

Ihm folgte eine Horde von sechs, acht weiteren Jungs, die über die Schokolade weg trampelten und schreiend und lachend aus dem Klassenzimmer stürmten.

Sandra sank auf ihrem Stuhl zusammen, vergrub ihr Gesicht in den Händen und heulte los.

Do 25.1.2007
Sarah an Bill

Mein lieber Bill!
Sandras Klassenkameraden sind voll fies! Halten sich immer die Nase zu, wenn sie an Sandra vorbeigehen. Und sie haben ihr an ihrem Geburtstag die Schokolade, die sie verteilen wollte, einfach aus der Hand geschlagen und sind drübergelatscht wie die Ochsen. Ich habe auch rausgekriegt warum. Sandra hat vor Weihnachten mal heimlich Mamas Parfum ausprobiert, ‹Poison› heißt das Zeug, und hat zu viel genommen. Die Jungs haben es wohl gerochen und sie ausgelacht, feine Dame und so was. Sandra hat sich gewehrt und gesagt: «Immer noch besser als nach alten Klamotten stinken.» Seither ist sie bei denen unten durch. Wenn sie nur in die Nähe kommt, halten die sich die Nase zu und schreien: «Luft, Luft!» Und das nun schon fast zwei Wochen. Diese Idioten! Zu dumm, dass die hier aus dem Dorf sind und immer mit dem gleichen Bus fahren. Als ich heute dabei war, haben sie sich nicht richtig getraut, die Feiglinge. Aber ich kann ja nicht immer auf Sandra aufpassen!

M. hat sich blonde Spitzen gefärbt. Sieht echt geil aus, einfach cool. Gelt die Haare, dass sie wie eine Bürste hoch stehen. Sieht besser aus als die ganzen Rappertypen mit ihren idiotischen Baseballmützen. Wahrscheinlich waschen die sich nicht einmal die Haare. Silvie hat gleich so getan, als wollte sie sich von ihm Mathe erklären lassen. Aber da hat er abgewinkt und gesagt, er blickt es selber nicht. Ist natürlich nicht wahr. Kann sie bloß nicht leiden. Gut für mich, oder? Ich freue mich auf morgen.

Aber dich mag ich trotzdem noch.
In Liebe
Deine Sarah

Fr 26.1.2007
Thank you, Mr. Blech!

Es war Freitag gegen halb zwölf. Schon vor Minuten hatte es zur fünften Stunde geklingelt und das Treppenhaus und die Korridore waren leer. Alle waren schon in den Klassenzimmern. Nur Blech stieg langsam in den obersten Stock hinauf. Er war übermüdet und hatte keine Lust mehr. Gestern hatte er bis spät in die Nacht über

Korrekturen gesessen und war dann so aufgedreht gewesen, dass er bis mindestens halb drei nicht hatte einschlafen können. Nun ging er auf das Klassenzimmer zu, in dem ihn sein Englischkurs 13 erwartete. Vor der Tür blieb er kurz stehen, atmete noch einmal tief durch und betrat nach diesem inneren Anlauf mit seinem üblichen «Hello everybody» schwungvoll wie immer das Klassenzimmer.

«What's up today?», fragte er verwundert, denn gegen alle Gewohnheit saßen zwei Mädchen einsam in der ersten Reihe direkt vor seinem Pult: Sina Pitsch und Katja Metzger. Hinter ihnen waren zwei Reihen leer, wie immer, und die hinteren beiden Reihen waren vollständig belegt. Eine seltsame Sitzordnung.

«Nothing at all», sagte Sina und schaute ihm in die Augen.

Er stellte seine Tasche auf den Tisch und nahm seinen Ordner heraus. Er konnte sich eine Bemerkung nicht verkneifen und fragte spitz: «Darf ich in Ihrer Ortsverlagerung ein Anzeichen von Sinneswandel sehen?»

«Kann schon sein.» Sina strahlte ihn an.

Für heute hatte er sich vorgenommen, die Geschichte des Britischen Empires noch einmal in ihren Grundzügen Revue passieren zu lassen, damit er endlich einmal auf die historischen Hintergründe würde zurückgreifen können, wenn er die Pflichtlektüre interpretierte, das sogenannte Sternchenthema für das schriftliche Abitur. Er wollte heute einfach dozieren. Er hatte es aufgegeben, mit Arbeitsblättern zu historischen Themen seinen Schülerinnen und Schülern irgendwelche mündlichen Äußerungen abringen zu wollen. Denn was dabei herauskam, stand in keinem vernünftigen Verhältnis zu seinem Aufwand an Vorbereitung. Entweder war es sachlich falsch oder sprachlich miserabel. Sollten sie es doch mitschreiben und dann auswendig lernen. Es war ihm egal.

«After losing her American colonies, Great Britain concentrated her colonial endeavours on Africa and India.»

»Herr Blech, please, what is the meaning of the word endeavour?»

»Bemühungen, Anstrengungen.»

»Thank you, Mr. Blech.»

»Great Britain tried to win colonies in Africa and India.»

»And did they win colonies?»

»Of course they did.»

»Thank you, Mr. Blech.»

»At first, there was only the East India Company ...»

»And who was that?»

Sina ließ ihn einfach nicht in Gang kommen. Sie unterbrach ihn immer wieder mit Fragen und stellte damit seine Geduld und Konzentration auf eine harte Probe. Eigentlich wäre er unwillig geworden. Aber jedes Mal, wenn sie ihr «Thank you, Mr. Blech» ausstieß und ihn anlächelte, blieb sein Blick an ihren blauen Augen hängen. Er riss sich dann schnell wieder los. Es sollte nicht auffallen, dass sie ihm gefiel. Und so wurde ihm die Doppelstunde zu einem Kampf mit sich selbst, mit seiner Konzentration, mit seiner Müdigkeit und nicht zuletzt mit diesen weiblichen Reizen, die dazu angetan waren, ihn um den Verstand zu bringen, gerade heute, wo er solche Mühe hatte, nicht den Faden zu verlieren. Sogar nach dem Unterricht hielten ihn die beiden Mädchen noch eine Weile fest.

«Meinen Sie, dass man das im Schriftlichen alles wissen muss?»

«Was meinen Sie, welche Geschichte drankommen könnte?»

«Und wenn es eine landeskundliche Klausur wird, muss man dann die ganze Kolonialgeschichte drauf haben?»

Er antwortete geduldig, versprach sich aber immer wieder, konnte manche Sätze nicht zu Ende bringen und rettete sich schließlich aus der Situation mit dem Versprechen, auch privat für Fragen zur Verfügung zu stehen. Und sie könnten ihm auch schriftliche Übungen zur Korrektur per Mail schicken. Seine Adresse sei der Homepage der Schule zu entnehmen. Und weil er ganz besonders nett sein wollte, rutschte ihm eine unüberlegte Einladung heraus:

«Und wenn ihr ganz dringende Fragen zum Sternchenthema habt, dann könnt ihr mich auch mal außerhalb der Schule fragen.»

«Wirklich? Echt? – Suuper!»

Er sah, wie die beiden Mädchen sich vielsagend anlächelten und wusste sofort, dass er eben einen großen Fehler gemacht hatte. Sein Angebot war zumindest unprofessionell.

Als er ins Lehrerzimmer kam, waren die meisten Kollegen schon gegangen. Er setzte sich auf seinen Platz, eigentlich nur, um seine Sachen zusammenzuräumen, stützte aber nur die Ellbogen auf und vergrub sein Gesicht in seinen Händen. Schließlich stand er auf, schüttelte den Kopf und seufzte. Dann ließ er alles liegen und ging nach Hause. Auf dem Heimweg hielt er kurz beim Chinesen an und nahm sich gebratene Nudeln mit Huhn mit. Völlig geistesabwesend fuhr er aus der Stadt hinaus und schreckte auf, als er auf der Ausfallstraße fünfzig Meter vor dem Ortsschild geblitzt wurde. Etwas über 60 km/h, das würde teuer. Er ärgerte sich über die Abzockerei dieser kommunalen Wegelagerer und trat aufs Gas. Aber schon nach kurzer Strecke hing er hinter einem Schwerlaster, der einen Bagger transportierte, und kam nicht an ihm vorbei. Er fluchte. Als er in Wurmlingen von der Hauptstraße abbog, überholte er Sina auf ihrem Roller. Im Rückspiegel sah er, wie sie ihm zuwinkte. Seine rechte Hand zuckte vom Lenker weg; aber auf halbem Weg ließ er sie wieder sinken. Nein, er wollte nicht zurückwinken. Das ginge zu weit. Natürlich, sie wohnte ja auch in Wurmlingen. Aber da sie bisher wohl immer mit dem Bus gefahren war, war sie ihm auf seinem Heimweg nie aufgefallen.

Zu Hause goss er sich missmutig einen Tee auf, setzte sich an seinen Esszimmertisch und stocherte lustlos in den gebratenen Reisnudeln herum. Heute fand er sie viel zu fett. Er aß die Hälfte und kippte den Rest in den Mülleimer. Seit Eva-Maria ausgezogen war, nahm er sein Mittagessen nur aus Gewohnheit ein. Vielleicht hatte er gar keinen Hunger. Doch wenn er nachmittags keinen Unterricht hatte, dann strukturierte diese Mahlzeit wenigstens seinen langen einsamen Tag. Trotzdem hatte er in diesen drei Monaten so viel abgenommen, dass er oft gefragt wurde, ob es ihm denn gut ginge. Und das ärgerte ihn jedes Mal.

Er setzte sich in seinen Sessel und legte die Füße auf den Couchtisch. Er wollte wenigstens einen Blick in die Zeitung werfen. Aber er nahm nicht auf, was da stand. Immer wieder lächelte ihn Sina durch die Zeitung hindurch an. Ihm war, als betrachtete er eine Doppelbelichtung. Und als er krampfhaft seine Augen schloss, sah er nur noch sie.

Fr 26.1.2007

Sarah an Bill

Mein lieber, lieber Bill!
Heute haben wir in Reli eine ätzend langweilige DVD anschauen müssen. Ich weiß nicht mehr, worum es eigentlich ging. Irgendwie um Arme halt, Dritte Welt und so. Das sollten wir aber selbst herausfinden. Dauerte mindestens zwanzig Minuten. Die Vorhänge waren zu und das Licht war aus, und der Lehrer hat immer auch selbst auf den Bildschirm geguckt. Ich saß ziemlich hinten und habe die ganze Zeit eure neuen Lieder auf MP3 gehört. Sie sind megageil!

«Über den Dächern ist es so kalt und still ...»
«Ich schreie in die Nacht für dich.»)*
Geht mir nicht mehr aus dem Kopf.

Jetzt, wo meine Haare ein wenig länger sind, merkt es niemand so leicht, wenn ich den Knopf im Ohr habe. Als der Film fertig war, habe ich mich erst mal eine Weile aufs Klo verdrückt, damit er mich nichts fragt.

Sina hat gerade Besuch. Katja ist gekommen. Mit der hängt sie ja immer ab, aber Frank Sauer ist auch da. Ich weiß nicht, was sie mit dem will. Hat doch selber noch vor kurzem gesagt, er sei ein doofer Spasti, ein vergammelter pickliger Computerfreak, ein unsportlicher Mickerling mit dreckigen Fingernägeln. Na ja, vielleicht gehört er auch zu Katja; passen tät das ja. Sie mit ihren schwarzen Klamotten und er mit seinen komischen Jeans, die aussehen, als hätte er sie voll.

Nerven mich mit ihrem ewigen Gelächter, machen einen Heidenkrach. Vor allem das gestörte Gekicher von diesem Genflop Frank. Konzentrieren unmöglich; nicht mal auf dich. Ich steck' es auf für heute. Sei mir nicht böse.

Deine dich trotzdem liebende Sarah

*) *Tokio Hotel, Spring nicht*

Mo 29.1.2007

Sechzig, achtzig, ein Meter

Mit einer leichten Vorlage und schnellen kurzen Schritten ging Bruno Schwarz auf das Klassenzimmer zu. In der linken Hand trug er eine schon stark mitgenommene Aktentasche aus dunkelbraunem Leder, unter den rechten Arm hatte er ein großes Geodreieck für die Arbeit an der Tafel geklemmt und er führte außerdem noch vier lange Stäbe mit sich, die abwechselnd rot und weiß bemalt waren. Trotz dieser sperrigen Last ließ er die Tür des Klassenzimmers geradezu aufspringen, rief laut «Guten Morgen!» und warf mit einer gekonnten Schleuderbewegung aus dem Handgelenk heraus seine Tasche aus gut fünf Meter Abstand exakt aufs Pult. Da lag sie, und seine Neuner grinsten wie immer, wenn er mit diesem Kunststückchen die Aufmerksamkeit auf sich zog.

«Was haben Sie für komische Stecken dabei?», fragte ein Junge in der ersten Reihe.

«Das werdet ihr gleich sehen. Zunächst einmal stellen wir die Tische anders hin. Bildet mal ein großes U.»

«Das geht hier doch gar nicht. Das Klassenzimmer ist zu klein», kam die Antwort von verschiedenen Seiten.

«Heute geht es schon. Ihr sollt auch nicht auf euren Stühlen sitzen, sondern einfach auf den Tischen und zusehen, was in der Mitte gemacht wird.»

So kam Spannung auf, es wurde sehr laut, die zweiunddreißig Neuner wirbelten durcheinander, und in knapp zwei Minuten waren die Tische so positioniert, dass in der Mitte des Klassenzimmers eine Fläche freigelegt war, die alle einsehen konnten. Schwarz legte seine Stangen auf diese Fläche und schaute in die Runde.

«So», sagte er, «jetzt will ich einmal sehen, ob ihr clever genug seid, um aus diesen vier Seiten ein richtiges Rechteck zu legen.»

Er war als Spaßvogel bekannt, und wenn er so etwas sagte, dann wussten seine Schüler, dass er sie zunächst einmal hereinlegen wollte, indem er ihnen eine Aufgabe stellte, die ohne einen Trick aus der Mathematik, wie er immer sagte, nicht auszuführen war. Er streckte seinen Kopf vor und schaute über seine Brille weg in die Runde. Ein paar Schülerinnen lächelten verlegen, ein paar schauten weg, ein paar Jungs lachten ihm frech ins Gesicht, ohne sich aber zu rühren, es meldete sich einfach niemand.

«Schämt euch was», sagte er lachend, «was seid ihr nur für eine feige Bande! Ich bring euch was zum Spielen mit, und ihr traut euch nicht. Da nehme ich eben meine Stangen wieder mit, wenn sich keiner von euch erbarmt.»

Und er tat so, als wollte er die Stangen aufheben und wieder gehen.

«Halt, Herr Schwarz, bleiben Sie ruhig hier. Wir machen es ja schon», sagte ein Junge und trat mit seinem Nachbarn zusammen in die Mitte.

«Schön. Es gibt also noch Mutige unter der Jugend. Mein Weltbild stimmt wieder. Also, probiert mal schön.»

Die beiden Jungen nahmen die vier Stangen und betrachteten sie zunächst; es waren zwei längere und zwei kürzere.

«Sie sind einen Meter und einsfünfzig lang. Die Dezimeter sind farbig markiert», erklärte Schwarz.

Die beiden versuchten nun ein Rechteck zu legen. Dann traten sie etwas zurück und betrachteten es. Von der Klasse kamen Hinweise, dass das Rechteck schief war. Also verrückten sie die Stangen ein wenig. Und so probierten sie eine Weile.

«Sollen wir nicht lieber ein Parallelogramm legen?», fragte der eine.

«Das würde euch so passen. Nein, es muss ein Rechteck sein.»

Die Jungen probierten es wieder aufs Neue, waren sich aber nie sicher, weil der graumelierte Linoleumboden keine Anhaltspunkte für die Positionierung der Stäbe bot. Schließlich ließen die Jungen von weiteren Versuchen ab und sagten:

«Besser geht es nicht. Wir lassen sie so liegen wie jetzt.»

«Und wie überprüfen wir nun, ob das hier wirklich ein Rechteck ist?», fragte Schwarz. Ein Mädchen meldete sich.

«Wenn es stimmt, dann sind die beiden Diagonalen gleich lang.»

«Gut, dann messen wir einmal», sagte Schwarz und reichte ihr ein Maßband. Das Mädchen nahm mit seiner Freundin zusammen Maß.

«Einsachtundsiebzig die eine und zirka einszweiundachtzig die andere.»

«Ja, seht ihr, das ist kein Rechteck. Jetzt legt mal die Stangen richtig hin.»

Nun versuchten die Mädchen ihr Glück, kamen aber natürlich auch zu keinem verlässlichen Ergebnis.

«Tja», sagte Schwarz, «hier haben wir wieder einmal ein Problem, das wir ...», er schaute ich um, «ohne einen Trick aus der Mathematik nicht lösen können», kam es von seinen Schülern, und Schwarz lächelte zufrieden.

«Wenn man weiß, wie es geht, dann ist es ganz einfach, und das sollt ihr jetzt lernen», kündigte Schwarz des Rätsels Lösung an. «Schaut her!»

Er zählte an der einen Stange sechs Dezimeter ab, sagte «Punkt A», an der anderen acht und sagte «Punkt B», dann bildete er mit ihnen einen Winkel.

«So, und jetzt muss ich nur noch dafür sorgen, dass die Distanz von Punkt A und Punkt B genau einen Meter beträgt.»

Er nahm eine freie Stange zur Hand und brachte mit ihrer Hilfe die beiden fraglichen Stangen in die richtige Lage.

«Und die anderen beiden Stangen müssen wir jetzt nur so anlegen, dass sie sich an den Enden berühren. Und dann messen wir mal nach.»

Die Mädchen maßen nach und verkündeten, beide Diagonalen seien genau einen Meter achtzig lang. Das stimme nicht, warf Schwarz ein, er wisse, dass es fast drei Millimeter mehr seien. Das werde er ihnen jetzt beweisen. Und damit hatte er seine Klasse für die Auseinandersetzung mit dem Lehrsatz des Pythagoras motiviert. Nun wurde er an der Tafel aktiv, zeichnete, erklärte, stellte Fragen und rechnete vor, dass die Diagonalen genau 1,8028 m lang waren – und das nur, wenn man aufrundete – und alles in ziemlichem Tempo.

«Obwohl Pythagoras ein Philosoph war, dem es nicht um die praktische Anwendung seiner Erkenntnisse ging, hat er uns doch etwas sehr Praktisches an die Hand gegeben, was auch die Maurer kennen. Ich habe das einmal selbst erlebt», begann er seine Geschichte. «Ich habe mir nämlich meine Garage selbst bauen wollen, und weil ich mich doch nicht ganz traute, habe ich mir einen italienischen Maurer geholt.»

«Einen Schwarzarbeiter?», kam von hinten die Frage.

«Einen Arbeiter, der Schwarz bin ich selber.» Die Klasse kicherte.

«Und jetzt kommt's. Wisst ihr, was der gemacht hat, als er die erste Ecke mauern musste? Der hat die unterste Reihe von den beiden Wänden gelegt, dann hat er auf der einen Seite achtzig Zentimeter gemessen und den Punkt markiert, auf der anderen sechzig Zentimeter ebenso, und dann hat er geprüft, ob die beiden Punkte genau einen Meter voneinander entfernt sind.»

«Und waren sie es?», fragte einer.

«Nein, noch nicht, aber sie ließen sich ja noch in ihre exakte Position verschieben. Und das hat er dann gemacht. Ich bin nur daneben gestanden und habe ‹Ach ja, Pythagoras!› gesagt. Da hat er mich mit großen Augen angeschaut. ‹Pythagoras›, hab ich wiederholt, ‹der Lehrsatz von Pythagoras›. Der Italiener hat mit dem Kopf geschüttelt und zu mir gesagt: ‹Nix Pidagoras. Weiß ich nix. Do sechzig, do achtzig, do Metter.›»

Das Geschichtchen löste wie immer die entspannende Heiterkeit aus, um die es Bruno Schwarz ging. Er arbeitete mit allen Mitteln, um seinen Klassen den Stoff begreiflich zu machen. Und zu den Referendaren sagte er lächelnd: «Machen Sie es lieber nicht so wie ich, sonst fallen Sie bei jeder Lehrprobe glatt durch.»

Das war sicherlich eine Übertreibung; doch seine Methoden waren unkonventionell, er unterrichtete eben mit viel Herz und die meisten Kinder schätzten ihn dafür.

Mo 29.1.2007

Sarah an Bill

Lieber Bill!

Heute war es nicht so langweilig wie sonst. Sogar Mathe war ganz gut. Der Schwarz kam mit so komischen Latten daher und hat uns ein Rechteck legen lassen. Aber nicht mal die Streber haben es hingekriegt. Silvie hat ziemlich blöd geguckt, weil sie es auch nicht blickte. Hätte mich totlachen können, wie die sich angestellt hat. Wurde sogar rot, weil sie es nicht geschafft hat. (Und dann hat sie sich bei dem Geschäft auch noch einen Fingernagel abgebrochen.) War ein Trick dabei, was mit Zahlen natürlich – oder Quadraten. Weiß nicht mehr genau, wie es geht. Aber M. wird es mir schon erklären. Morgen zieh ich mein neues Top mit den Spaghettiträgern und das rosa Sweatshirt mit dem Reißverschluss an und dann frag ich ihn. Hoffentlich ist es nicht zu kalt.

In Sport haben wir heute mit Bändern rumgefuchtelt. Fand es nur zum Lachen. Da hat sie mich rausgeschmissen. War super! M. musste nicht in Sport, hat gerade was am Fuß. Da haben wir zusammen Kaffee getrunken. Hätte ihn ja gleich wegen Mathe fragen können. Aber er hatte so geilen Hiphop dabei. Haben wir zusammen gehört; jeder einen Knopf im Ohr, ganz dicht nebeneinander. War ganz schön aufregend.

Silvie hat heute ziemlich viel Bauch gezeigt. Dabei ist sie einfach zu fett. Sie spart auf ein Nabelpiercing, weil ihre Eltern ihr es nicht bezahlen wollen.

Sina ist heute Abend weg. Habe ich mir ihren rosa Nagellack geholt und mich bedient. Holt sich ja auch immer meine Wimperntusche.

Geh jetzt schlafen. Ich denk an dich, vielleicht aber auch an M. – mal sehen.

In Liebe!
Deine Sarah

Di 30.1.2007

Tea and shortbread

Es war kurz nach drei, als Blech nach einer wohlverdienten längeren Mittagspause sich wieder an die Arbeit machte. Vor seinem Fenster sah er den verschneiten Kapellenberg in der Sonne liegen. Ein Winternachmittag wie im Bilderbuch. Wenn er sich heute schon keinen Nachmittagsspaziergang gönnen konnte, dann wollte er wenigstens das Licht in sein Arbeitszimmer lassen. Er stand auf und zog die Gardinen zurück. Dann setze er sich an seinen Schreibtisch.

Vor ihm lag eine Klassenarbeit einer zehnten Klasse, ein Stapel von dreißig Arbeiten, deren bloßer Anblick ihn schon deprimierte. Schon seit Mitte November hatte er sich nach allen Regeln der Kunst bemüht, diesem sprachlich unterentwickelten Verein wenigstens annähernd beizubringen, nach welchen Ausdrücken man ein Gerundium benutzen musste. Er hatte ihnen Wortlisten erstellt, besonders leichte Übungen herausgesucht, teils sogar selbst welche geschrieben, aber was sollte er machen, wenn die eine Hälfte so tat, als ginge sie das alles nichts an, und die andere Hälfte zwar die Hausaufgaben vorwies, sie aber wohl meistens von den wenigen Leuten abgeschrieben hatte, die etwas gewissenhafter arbeiteten. Was war denn so schwierig daran, sich ein für allemal einzuprägen, dass es «I'm looking forward to seeing you» und nicht «I'm looking forward to see you» heisst? Offensichtlich grenzte dieses Problem für manche an die Quadratur des Kreises. Er war nicht der Herkules, der diesen Augiasstall ausmisten konnte, und so sah er sich wieder einer öden Korrektur gegenüber, die ihn einfach frustrierte, obwohl er immer gegen dieses Gefühl ankämpfte. Jedes Mal, wenn er in diese Klasse ging, verordnete er sich eine Extraportion Frustrationstoleranz und Selbstdisziplin. Anders hätte er auf diese Klasse sicher nur traurig und unfreundlich gewirkt. Sie durften ihm ja nicht anmerken, dass er immer, wenn er das Klassenzimmer betrat, eigentlich lieber schon wieder draußen gewesen wäre. Und so spürte er in fast jeder Stunde, wie ihm ein kleines Rinnsal Schweiß den Rücken hinunterlief.

Bevor er mit dem Rotstift richtig zur Sache ging, überflog er ein paar Arbeiten und kam zu der Schätzung, dass auch diesmal der Schnitt nur knapp über der Vier liegen würde, selbst wenn er die Vier auf weniger als 50% ansetzte. Es war zum Davonlaufen!

Frustriert schob er die Englischarbeit auf die Seite. Die wollte er sich an diesem schönen Nachmittag nicht gleich zumuten. Wenn er schon an diesem strahlenden Tag an den Schreibtisch gefesselt war, dann wollte er wenigstens mit einer angenehmeren Arbeit beginnen. Er griff nach dem Vokabeltest seiner Anfängerklasse in Spanisch. Der wäre schneller zu korrigieren. Nach ungefähr vier Monaten Unterricht war der Stoff noch nicht so schwer und die Klasse war noch begeistert bei der Sache. Noch war Spanisch für die Kinder die aufregende neue Sprache, die sich anfangs so leicht lernen ließ. Mit diesem Test wäre er bald fertig, und dann könnte er ja immer noch mit seiner Problemklasse weitermachen.

Aber kaum hatte er damit angefangen, da klingelte das Telefon. Es meldete sich Sina Pitsch. Sie überfiel ihn mit einem Redeschwall ohne Punkt und Komma:

«Katjaundichsindgeradebeimirundmachenenglischwir-wollenunserenübungsessayzuendeschreibenundhaben-auchschonganzvielaberdagibtesnocheinpaarpunkte-wowirdiezusammenhängenichtganzblicken.-Undsiehabenunsdochgesagtwirdürftensieauchmal-außerhalbdesunterrichtsfragen. Dürften wir mal kurz bei Ihnen vorbeikommen?»

Er verstand nur «Und Sie haben doch gesagt» und «kurz bei Ihnen vorbeikommen.»

«Jjjja», antwortete er zögerlich, «ja, schon, nur jetzt gerade ... – ach doch, wo jetzt auch Katja gerade bei dir ist, dann kommt doch kurz vorbei.»

«Suuper! Danke! Dann bis gleich!»

Ehe er auch nur den Hörer aufgelegt hatte, bereute er schon seine Nachgiebigkeit. Schülerinnen nachmittags in seiner Wohnung – das hatte er nie gewollt. Er hatte doch nur gemeint, dass er in der Schule auch außerhalb des Unterrichts anzusprechen sei. Doch jetzt war es eh zu spät. Aber wenn die beiden schon kamen, dann wollte er wenigstens einen Tee anbieten. Er ging in die Küche, um eine Kanne Darjeeling aufzugießen.

Der Tee hatte noch nicht einmal richtig gezogen, da klingelte es schon. Er drückte auf den Türöffner, öffnete seine Wohnungstür und rief die Treppe hinunter:

«Kommt nur herauf!»

Erst hörte er nur das Tacktacktack von Damenschuhen auf den Terrazofliesen des unteren Korridors, dann tock tock tock tock auf der Holztreppe. Er sah zwei Hände auf dem Treppengeländer, eine lange, schlanke mit rosa lackierten Nägeln und Goldring mit blauem Stein am Ringfinger – und eine kürzere mit schwarz lackierten Nägeln und einem Silberring am Daumen. Sie erreichten den Treppenabsatz, Sina ging voran und lächelte zu ihm herauf. Sie war noch schöner als morgens in der Schule. Lidschatten und Wimperntusche ließen ihre blauen Augen strahlen, sie hatte ihre vollen Lippen leicht geöffnet und zeigte lächelnd ihre makellosen weißen Zähne. Sie kam auf ihn zu, strich sich mit der Linken eine brünette Strähne aus der Stirn und streckte ihm resolut ihre Rechte entgegen.

«Grüß Gott, Herr Blech», sagte sie, «und gleich mal vielen Dank, dass wir zu Ihnen kommen dürfen.»

«Ja, vielen Dank auch», sagte Katja hinter ihr.

In diesem Moment hörte man, wie sich unten eine Tür schloss.

«Wer ist die Frau da unten?», wollte Sina wissen.

«Frau Ruckhaberle, die Hausbesitzerin. Wieso?»

«Ich glaube, sie hat uns heimlich beobachtet. Wie wir gerade hereingekommen sind, hat sie ihre Tür aufgemacht und herausgeschaut.»

«Ach die, die kann's halt nicht lassen. Die hat euch sicher schon den Gartenweg lang kommen sehen. Aber egal, jetzt kommt schon rein», spielte Blech die Angelegenheit herunter, gab Katja auch die Hand und führte die beiden in sein Wohnzimmer.

Sina trug ihre kurze beige Jacke mit dem weißen Kunstpelzkragen offen und ließ ihr knappes rosarotes Top sehen. Dazu trug sie einen braungrau melierten Rock aus dickem Tweed, graue Strümpfe und weiße hochhackige Lackstiefel. Sie setzte sich mit übergeschlagenen Beinen in den Sessel, den Blech ihr anbot, und stützte sich mit dem Ellbogen auf der Armlehne auf.

Katja suchte ihre Identität offensichtlich in Schwarzweiß und Silber. Die schwarzgefärbten Haare ihres Bubikopfs fielen in ihre bleiche Stirn, die dunklen Augen waren schwarz umrandert. Sie hatte ihre Lippen dunkelrot geschminkt und sogar schwarz umrandet. Rechts an ihrer Unterlippe glänzte ein Piercing.

«With lemon or without. That is the question.»

«Lemon? Ach so, Zitrone, oder?»

Katja erschrak immer, wenn sie auf Englisch angesprochen wurde. Und dabei hätte sie doch für die letzten zwei Schuljahre auch Französisch statt Englisch wählen können. Aber vielleicht wäre das noch viel schlechter gelaufen. Sie hatte sich für Englisch entschieden, um nun im Schlepptau ihrer besten Freundin Sina über die Runden zu kommen. Merke dir, dachte Blech, Schülerinnen gibt es nur im Doppelpack, und zu einer cleveren gehört immer auch noch eine unbedarfte.

«Ja, Zitrone.»

«Ein kleines bisschen. Aber nur mit Zucker.»

«Zucker? Entschuldigung, dass der fehlt. Ich nehme sonst keinen», sagte Blech und ging in die Küche, um den Zucker zu holen. Die beiden Schülerinnen schwiegen und grinsten einander bedeutungsvoll an.

«Sehr gesprächig seid ihr ja nicht», kommentierte Blech die Stille, als er mit der Zuckerdose in der Hand zurückkam. Katja wurde leicht rot und Sina räusperte sich.

«Mmm, wir haben nur noch einmal genau darüber nachgedacht, was wir Sie fragen wollten», klärte Sina die Lage.

«Und? Womit kommt ihr denn nicht weiter?», erkundigte sich Blech in aller Freundlichkeit.

«Tja, so genau wissen wir das auch nicht. Und genau deshalb kommen wir ja nicht weiter.»

«So so», sagte Blech, «das scheint ja ein etwas komplizierteres Problem zu sein. Da trinken wir doch erst mal eine Tasse Tee. Would you appreciate a biscuit?»

«Biscuit» verstand Katja schon. Das hatte sie in Klasse 6 gelernt, als sie noch unter den Besten war. Aber was wollte der mit «appreciate»?

«Aaaa, hmmm, Kekse? Ja, warum auch nicht.»

«Real British shortbread», strahlte Blech wie ein Coach, der seine schlappe Mannschaft in einer Auszeit aus der Talsohle zu holen versuchte.

«Yes, please», antwortete Sina zunftgemäß und strahlte ihn an. «I'd appreciate some shortbread.»

Na, das war doch eine Antwort. Blech öffnete die Keksdose und füllte einen Teller, den er den beiden Mädchen zuschob.

«Dankeschön», sagte Sina und nahm sich ein kleines Gebäckstück und biss vorsichtig davon ab, wobei sie ihre freie Hand unter ihr Kinn hielt. Katja zog den Teller zu sich heran und nahm, wo sie nun schon einmal zugriff, gleich zwei. Sie biss in den ersten Keks, und schon fielen die Krümel auf den Teppich.

«Tschuldigung», sagte sie kauend und kniete nieder, um die Krümel aufzusammeln. Blech ignorierte ihre Anstrengungen und wandte sich ganz Sina zu.

Nach zehn Minuten mühseligem Smalltalk musste aber endlich das fachliche Problem zur Sprache kommen.

«Und nun, woran seid ihr denn bei eurem Essay hängen geblieben?», wollte Blech wissen.

«Nun, das ist so», begann Sina und setzte in aller Ausführlichkeit ein Problem auseinander, das Blech mit bestem Willen nicht als solches erkennen konnte.

Katja nickte dazu unentwegt und warf zwischendurch immer mal wieder ein «Genau» ein. Vielleicht haben sie die sozialpolitische Lage in den indischen Kolonien einfach nicht verstanden, dachte sich Blech.

«Vielleicht solltet ihr ‹A Passage to India› von E.M. Forster lesen.»

«Gibt‘s das auch als DVD?», fragte Katja mit vollem Mund.

«Ich glaube, da muss ich dich enttäuschen. Nicht, dass ich wüsste.»

«Schade», sagte sie und schluckte.

«Ja, schade.»

Katja zog an einer Silberkette eine Taschenuhr aus ihren schwarzen Jeans und sagte:

«Au, schon so spät. Ich muss machen, dass ich meinen Bus nicht verpasse. Ich habe heute noch einen Termin. Ich glaub, ich geh jetzt. Sina kann sich das ja von Ihnen noch vollends erklären lassen und sagt es mir dann morgen.»

Sie hatte es auf einmal ganz eilig und machte sich Hals über Kopf davon.

«Ade Herr Blech, ich find schon raus», und weg war sie.

«Wo rennt die denn hin?», fragte Blech kopfschüttelnd.

«Die muss noch zum Fasnetsverein.»

«Na dann», kommentierte Blech. «Zu eurem Problem», begann Blech, «so furchtbar viel Zeit habe ich heute auch nicht mehr. Aber ich geb‘ dir mal einen Aufsatz aus einer Sprachzeitschrift mit. Den müsstest du ganz gut verstehen. Und da findest du auch Antworten auf eure Fragen.»

Sina stand auf und trat ans Fenster.

«Schön haben Sie es hier. Tolle Aussicht.»

«Ja, und ich genieße sie auch», antwortete er und trat hinter sie. Und für einen Moment standen sie nebeneinander wie ein Paar, das am Meer den Sonnenuntergang genießt.

«Dann geh ich jetzt auch. Ganz ganz herzlichen Dank für Ihre Hilfe.»

«Wenn ich überhaupt habe helfen können», wehrte Blech ab.

«Doch doch», sagte Sina, «sehr sogar.»

«Mir soll es recht sein», versuchte Blech das Gespräch abzuschließen. «Ich begleite dich noch raus. Mal frische Luft schnappen.»

Sina steckte die Zeitschrift in ihre Umhängetasche, die sie sich über die Schulter warf. Als sie sich von ihm unter der Haustür verabschiedete, spürte er, was für eine schlanke, warme und trockene Hand sie hatte. Er sah ihr nach, und eben als er wieder ins Haus gehen wollte, drehte sie sich noch einmal um und winkte ihm lächelnd zu. Was für ein Mädchen!

Do 8.2.2007

Sarah an Bill

Lieber Bill!
Heute war ein supertoller Tag, echt geil! Die Herzog musste plötzlich aus der Schule nach Hause. Vielleicht ist sie schwanger und ihr war schlecht. Mir egal. Jedenfalls fiel die halbe Franzstunde aus und wir hatten keine Vertretung. M. hat mir Mathe erklärt!!! Das mit dem rosa Top und dem Sweatshirt hat voll gezogen. M. kann wirklich gut erklären, und das mit den Quadraten ist auch nicht arg schwer. Aber ich habe es mir zweimal erklären lassen!! Und – und das ist das Größte – er ist auch mit mir in die Pause gegangen!!! Ich habe natürlich meinen Mantel nicht angezogen. Musste ziemlich schnattern. Da hat er den Arm um mich herumgelegt. Da war mir gleich warm. Er riecht auch gut. Hoffentlich hat Silvie es auch gesehen.

Silvie und Manu haben sich abgesprochen: Beide hatten schwarze Jeans und ein rosa Sweatshirt an und ließen darunter ihr hellgraues Top raushängen. Machen sogar aus, wie weit sie den Reißverschluss aufmachen. Muss zugeben, sieht ja gar nicht schlecht aus. Aber so affig brauchen die trotzdem nicht zu tun; können ja vor lauter Angeberei fast nicht mehr gerade laufen.

Ich lege das Ohr an die Wand und kann Sina und Frank leise sprechen hören. Sie machen etwas am Computer. Das ist sonst gar nicht Sinas Ding, der Computer nicht und Frank erst recht nicht. Sie lachen immer wieder. Möchte gern wissen, was da abgeht.

Jetzt gehe ich schlafen. Denke ein bisschen an M. – sei mir bitte nicht böse!

Alles Liebe!

Sarah

Di 13.2.2007
Lug und Trug

Es war drei Uhr nachmittags. Wie ein Mückenschwarm an einem Sommerabend tanzte der Staub in den schräg einfallenden Sonnenstrahlen durchs Treppenhaus. Klaus-Heinrich Hammerschmidt kam die Treppe hoch und stieß auf Dorothea Kraus-Jakobson, die von zwei Schülerinnen unterstützt, die Produkte des Kunstunterrichts an den Wänden der Korridore umhängte. Eben hatten sie auf dem Treppenabsatz drei große Bilder von der Wand genommen. Die leeren Stellen mit ihrem dunklen Rand hoben sich ab und wollten schnell wieder verdeckt werden.

«Hängt da ja gleich wieder etwas hin, oder ihr müsst die Wand neu streichen», sagte Hammerschmidt zu den Mädchen und lachte Dorothea Kraus-Jakobson an.

«Wir sind allenfalls Maler, aber keine Anstreicher», gab sie zurück. Hammerschmidt schaute sich an, was die Mädchen bereithielten, und meinte:

«Das sieht mir aber nicht nach Malerei aus.»

In den Nielsen-Rahmen steckten auf 30 x 45 cm vergrößerte Fotos, einige in Schwarzweiß, andere in Farbe. Er pfiff anerkennend durch die Zähne und beugte sich hinunter und nahm einen Rahmen auf.

«Super», sagte er. «Das kann sich aber sehen lassen. Mit wem machst du so was?»

«Das sind Arbeiten von den letztjährigen Zwölfern. Die konnten wir letztes Jahr nur nicht ausstellen, weil wir damals die Vergrößerungen nicht bezahlen konnten. Aber jetzt haben wir eine billigere Quelle gefunden.»

Sie hängte eine Arbeit auf. Es war eine erstaunlich gute Aufnahme. Ein riesiger Vollmond leicht rötlicher Färbung stand hinter der Wurmlinger Kapelle. Es sah aus, als hätte sich der Fotograf so in Position gebracht, dass das winzige Türmchen der Kapelle genau in die Mitte des Mondes stach.

«Der muss ganz schön gelaufen sein, um das Motiv so vor die Linse zu kriegen», sagte Hammerschmidt anerkennend. Seine Kollegin und die Schülerin fingen an zu lachen.

«Denkste», erklärte Kraus-Jakobson, «dazu ist der viel zu faul. Der sitzt lieber auf seinem dicken Hintern vor dem Bildschirm und montiert die Bilder so zurecht, wie er sie haben will.»

«Pfui, das ist ja kriminell, Lug und Trug ist das. Wie kann man dann irgendwelchen Bildern noch glauben?» Hammerschmidt spielte den Entsetzten.

«Das ist wie mit den Statistiken: Man kann nur denen trauen, die man selbst gefälscht hat», sagte Kraus-Jakobson, und Hammerschmidt ergänzte: «... sagte Churchill.»

Er betrachtete noch einmal das Bild. Dann wunderte er sich und sagte:

«Das ist ja eigentlich schon fast bei Dunkelheit aufgenommen. Wie kann man denn da noch fotografieren?»

«Mit der Technik heute ist fast nichts unmöglich. 1600 ASA in der Digi, sagt dir das was? Da bist du auch bei Nacht nicht mehr sicher! – Aber Spaß bei Seite», erklärte Kraus-Jakobson, «in dieser Neigungsgruppe gibt es ein paar, die haben es wirklich raus. Da kann ich eigentlich nur noch künstlerische Ratschläge geben, zur Komposition, zu Farbtönen und natürlich auch zur sinnvollen Kombination von Motiven; aber zur Technik sag‘ ich da schon lange nichts mehr. Da sind die mir über. Und dann haben die zum Teil auch eine Ausrüstung, aber nur vom Feinsten, sag‘ ich dir. Schau mal, der zum Beispiel», sie zeigte auf ein Schwarzweißfoto vom Reichstag, auf dem nur die Bundesfahne und die Kuppel farbig hervorgehoben waren, «der liefert mir die tollsten Sachen. Ich wollte mir von ihm erklären lassen, wie man mit so einem Bildbearbeitungsprogramm umgeht. Aber der erklärt ziemlich schlecht und arbeitet in einem solchen Tempo, dass ich einfach nicht mitkomme. – Ja ja, ich müsste mich mal in den Ferien hinsetzen und etwas aufholen», schloss sie etwas resigniert. Hammerschmidt betrachtete das Foto genauer und las dann auch den Namen, der rechts unten im Bild stand.

«Frank Sauer, sieh mal einer an, das ist doch so ein ganz Stiller, dem hätte ich das gar nicht zugetraut.»

Die beiden Mädchen sahen einander an und lachten.

«Da kennen sie den aber schlecht», sagte die eine und nahm ihm mit einem «Darf ich mal bitte?» das Bild aus der Hand und hängte es auf.

«Nun, das sind schöne Überraschungen. Und überhaupt freut es mich, wenn ich hier vorbeikomme und immer wieder etwas Neues und Interessantes sehe. Etwas Schönes ist es nicht immer, aber das wollt ihr Künstler ja auch nicht.»

«Meistens ist es aber doch schön, oder?», fragten die Mädchen.

«Doch doch, meistens schon.»

«Dann danken wir schön für das Kompliment», sagte Dorothea Kraus Jakobson.

Klaus-Heinrich Hammerschmidt lächelte die drei noch einmal freundlich an und ging weiter ins Lehrerzimmer.

Do 15.2.2007

Sarah an Bill

Lieber Bill!

Habe mir heute die Haare hochgesteckt; hält aber nicht. Morgen vielleicht lieber Zöpfchen. Aber ja nicht Spangen oder Bänder wie Silvie und Manu!!

M. hat erzählt, dass sein Bruder Andi gesagt hat, dass ihre Mutter gesehen hat, wie Sina abends gegen zehn bei Blech aus dem Haus gekommen ist. Seine Mutter hat nämlich Andi gefragt, wie Sina aussieht, da hat er sie beschrieben (weiße Lackstiefel usw.) und dann war alles klar.

Seine Mutter sagt, Blech bekommt immer wieder Besuch von Sina und Katja. Aber warum kommt dann Sina abends im Dunkeln allein aus Blechs Wohnung? Das muss schon ein paar Mal so gewesen sein, wenn das stimmt, was M.s Mutter sagt.

Was will die dort? Die fängt doch hoffentlich nichts mit einem Lehrer an! Und dann noch ausgerechnet mit Sandras Klassenlehrer. Das darf nicht wahr sein! Nein, ich glaub' es einfach nicht!!!

Vielleicht gehe ich ihr einfach heimlich nach, wenn sie wieder weggeht. Ich muss einfach wissen, was da läuft. Wenn die nämlich Mist baut und ins Gerede kommt, dann hänge ich doch auch irgendwie mit drin. Und das gerade jetzt, wo M. vielleicht in mich verknallt ist.

Halte mir den Daumen, dass da nichts schiefgeht.

Liebe Grüße!

Deine Sarah

Mo 26.2.2007

Tarnung und Ballast

«Hast du mal 'ne Kippe?»

«Alter Schnorrer!»

«Ich hab' meine heute früh vergessen. Jetzt gib' schon eine her. Kriegst ja morgen wieder eine.»

Die Üblichen standen wieder vorn an der Ecke und rauchten. Sie hatten auch Zuwachs bekommen. Zwei kleine blonde Mädchen aus der Elften hatten sich zu ihnen gesellt und sorgten für den Fortbestand der Rauchergruppe, die sich vor und nach dem Unterricht gerade mal einen Meter außerhalb des Schulgeländes zusammenfand. Frierend traten sie von einem Fuß auf den andern und inhalierten gierig den Rauch, als würde ihnen davon warm.

«Was lief am Wochenende?», wollte Walle von Holger wissen.

«Nicht viel. Ich musste endlich mal den ganzen Mist für Englisch lesen. Ziemlich ätzend, dieser Schrott.»

«Gibt es da keine Zusammenfassungen?»

«Schon. Aber der Blech fragt manchmal so genau, dass du aufgeschmissen bist, wenn du den Text nicht gelesen hast. Das merkt der und schreibt dich dann auf. Wenn der mir fürs Mündliche noch was abzieht, dann krieg' ich gerade noch fünf Punkte, und das mit viel Glück.»

«Du musst dich halt ein bisschen bei ihm einschleimen, immer schön was fragen und dich dann bedanken. Thank you, Mr. Blech, thank you, Mr. Blech. Weißt du immer noch nicht, wie das geht?» fragte Max, der auch zu Blechs Dreizehnerkurs gehörte.

«Das zieht aber bloß, wenn du ein Mädchen bist und außerdem schicke Klamotten anhast. Stell dir mal vor, ich komme in weißen Lackstiefeln in die Schule», sagte er und ging hüftenschwingend einmal um die Gruppe herum. Alle lachten.

«Ich find's schon langsam widerlich, wie die zwei sich an den ranschmeißen», sagte Holger. «Weißt du, was Andi sagt? Die besuchen den sogar nachmittags und abends.»

«Glaub' ich nicht.»

«Aber wenn ich's dir sage», beteuerte Holger. «Der Andi hat letzte Woche erzählt, dass die so um fünf rum zu Blech in die Wohnung sind, und die Pitsch ist dann gegen zehn wieder heimgegangen. Kam allein aus dem Haus.»

«Und der Andi lag die ganze Zeit auf der Lauer», grinste Max. «Hat der eigentlich nichts Besseres zu tun?»

«Nee, war wohl reiner Zufall. Seine Mutter kam gerade vom Turnverein heim und hat sie gesehen.»

«Peinlich, peinlich», sagte Walle. «Aber wenn die Pitsch abends allein rauskommt, dann ist die Metzger doch bloß Tarnung.»

«Klar. Wundert dich das, wie die aussieht! Tarnung – oder besser Ballast zum Abwerfen.»

«Jawohl, die Metzger wird abgeworfen. Oder willst du sie?», fragte Walle.

«Die? Um Gottes willen. Lieber werd' ich schwul!»

«Hätt' ich eigentlich nicht gedacht, dass der Blech so notgeil ist. Ist der nicht verheiratet?»

«Es heißt, er war mal. Er lebt auf jeden Fall zurzeit ohne. – He Julia», sprach er eins der Mädchen an, «wäre der Blech nichts für dich?» Das Mädchen schüttelte sich, als sähe sie etwas Ekelhaftes.

«Lieber gehe ich ins Kloster – oder besser, ich lauf weg wie seine Frau», lachte sie. Man hörte es klingeln. Sie schauten ihre Zigaretten an, nahmen noch einen tiefen Zug oder zwei, schnipsten die Kippen gekonnt aufs Pflaster und bewegten sich mit lässiger Gemächlichkeit auf das Schulgebäude zu.

Mi 28.2.2007

Sarah an Bill

Mein lieber Bill!
Manu hat sich ihre langen Zotteln abschneiden lassen. Wurde ein bisschen rot, als sie mit ihrem neuen Look ins Klassenzimmer kam. Hätte mich totlachen können.

Eigentlich muss ich heute Physik lernen, Lichtbrechung und solchen Scheiß. Aber ich habe keinen Kopf dafür, und du bist schuld. Heute Nachmittag war niemand daheim. Da habe ich mich mit meinem Physikbuch vor den Fernseher gesetzt. Und da kamt ihr auf Viva.

Ich habe sofort den Videorecorder angestellt und alles aufgenommen. Super, super, megageil! Vor allem euer neuer Videoclip, echt geil! Habe mir dann alles dreimal hintereinander angeschaut. Bis Mama kam. Ging schnell auf mein Zimmer. Habe mich auf die Seite gelegt. Mit dem Knopf im Ohr. Der MP3 war unterm Kopfkissen, das Physikbuch in der Hand, aber meistens die Augen zu. Als sie kam, habe ich ins Buch geguckt und leise vor mich hin gelesen. Hab ihr gesagt, sie soll nicht stören. Wegen der Physikarbeit. Der Tag war rum wie nichts. Ich schreibe mir noch einen Spickzettel auf meine Trinkflasche. Und M. setzt sich neben mich. Das hat er versprochen. Aber heute denk' ich nur noch an dich, an dich, an dich.

Deine dich heiß liebende Sarah

Do 1.3.2007

www.guckmalreinblech.de

Gegen elf Uhr saß Blech noch über der Korrektur der Spanischklausur seiner Zwölfer. Da wollte er schon besonders genau hinsehen, noch genauer als sonst. Fein säuberlich unterstrich er halbe Fehler einfach, und wenn sich Fehler fanden, die über ein paar Wörter weg markiert werden mussten, dann nahm er sogar das durchsichtige Geodreieck zur Hand, das zu diesem Zweck immer auf seinem Schreibtisch lag. Man sollte seiner Korrektur schon ansehen, welch ständige Mühe er sich mit der Genauigkeit machte. Und so gab es bei der Rückgabe seiner Arbeiten auch nie Reklamationen. Was er angestrichen und als falsch oder stilistisch fragwürdig markiert hatte, das war eben falsch oder stilistisch fragwürdig. Da gab es überhaupt keine Diskussionen, wenigstens nicht aus seiner Sicht.

Aber da saß er nun wieder einmal über einer Arbeit, die ihm besonderes Kopfzerbrechen machte. Diese Schülerin war ein Jahr in Chile gewesen, direkt in Santiago, und hatte ein chilenisches Spanisch mitgebracht, das gar nicht nach seinem Geschmack war.

Das chilenische Genuschel und die Freiheiten, die sich diese Leute dort am anderen Ede der Welt nahmen, verunsicherten ihn. Überhaupt diese ganzen Südamerikaner! Kürzlich abends hatte er den neuen Roman von García Márquez verärgert zugeklappt, weil er mit dessen Zeitengebrauch überhaupt nicht einverstanden war. Und nun fand er ebensolche Aufweichungen der Normen in dieser Schülerarbeit. Sollte er das nun anstreichen oder nicht? Oder wenigstens unterschlängeln und kommentieren? Vielleicht doch wenigstens das.

Da klingelte das Telefon.

«Blech. Guten Abend.»

«Guten Abend, Herr Blech», sagte eine fremde Stimme, «verzeihen Sie, wenn ich Sie so spät noch störe, aber Sie sollten dringend in ihre E-mails reinschauen. Gute Nacht.»

Und es klickte, das Gespräch war beendet.

Was war das nun wieder? Wer war das gewesen? Ein älterer Schüler der Stimme nach. Er lauschte ihr nach, fand aber kein Gesicht zu dieser Stimme. Er wurde unruhig und setzte sich an seinen Rechner und fuhr ihn hoch. Da, zwischen einem guten Dutzend Spammails las er den Betreff «guck mal rein». Die Adresse des Absenders kannte er nicht: youngblood@hotmail.com Er klickte auf die Mail und fand nur ein Weblink: www.guckmalreinblech.de

Er bekam Herzklopfen und spürte einen Kloß im Hals. Er klickte auf den Weblink und öffnete die Seite. Auf einem knallroten Hintergrund sah er ein Foto von sich selbst, wie er von Sina Pitsch geküsst wurde. Unter seiner eigenen Haustür umfasste sie mit ihren schlanken Händen seinen Hals, zog ihn leicht zu sich herunter und drückte ihm gerade den Kuss auf die Wange, mit dem sie ihn so überrascht hatte, dass er ihn nicht hatte abwehren können. Er selbst schien sie mit dem rechten Arm umfangen zu wollen, er hatte ihn leicht erhoben, so dass seine Hand auf der Höhe ihrer Hüfte war, ohne sie aber zu berühren. Sein linker Arm hingegen hing schlaff herab. Das war keine abwehrende Bewegung. Nur unentschlossen sah er aus, und diese Haltung ließ immerhin die Vorstellung zu, dass er in der nächsten Sekunde das Mädchen in seine Arme geschlossen hatte.

Fassungslos starrte er auf das Foto. Er kniff die Augen zu und ballte die Fäuste. Er zitterte am ganzen Leib. Er versuchte sich zu beruhigen, indem er tief durchatmete. Dann glotzte er wieder konsterniert auf das Foto, und es dauerte eine ganze Weile, bis er bemerkte, dass der Zähler neben dem Foto nur eine Drei zeigte. Bis jetzt hatte also kaum jemand die Seite gesehen. Er ertrug den Anblick nicht und wollte die Seite ganz wegklicken. Da sah er den Pfeil mit dem Wort «Weiter». Er klickte es an. Das Foto auf der zweiten Seite zeigte sein Wohnzimmerfenster, so aufgenommen, dass es eindeutig dem Haus zugeordnet werden konnte, in dem er wohnte. Es war sein Wohnzimmer, da konnte es keinen Zweifel geben. Am Fenster stand ein Mädchen, dicht dahinter ein Mann, ihr leicht zugeneigt. Die weiße Schrift auf rotem Grund unter dem Foto forderte ihn auf, auf die Bildfläche zu klicken, was er auch tat. Die Bildfläche vergrößerte sich um das Dreifache, sie nahm fast den ganzen Bildschirm ein. Sina war nun deutlich zu identifizieren, und er auch. Und zu allem Überfluss zeigte die erstaunliche Schärfe des Bildes, mit welch wohlgefälligem Blick er das Mädchen vor sich gemustert hatte.

Sein Mund wurde trocken, der Kloß drückte in seinem Hals und er spürte seinen Herzschlag bis in den Schläfen. Für einen Moment konnte er gar nichts tun. Dann klickte er alles weg, stützte die Ellbogen auf, beugte sich nach vorn und raufte sich die Haare. So saß er eine Weile da. Dann stand er auf und ging in die Küche, füllte ein Glas Wasser und spülte damit eine der Beruhigungstabletten hinunter, die in der Küchenschublade lagen, seit er das letzte Mal wegen seiner Bewerbung zum Oberstudienrat im Unterricht besucht worden war.

Er musste etwas tun. Er setzte sich wieder an seinen Rechner und suchte Sinas Mailadresse heraus. Anrufen wollte er sie jetzt nicht mehr. Aber die Sache duldete keinen Aufschub. Er musste ihr sofort schreiben.

sinap88@hotmail.com
«Hallo Sina,
ich habe eben im Internet ein Foto gesehen, auf dem wir beide ...»

«Hallo Sina,
ich habe eben im Internet ein Foto gesehen, auf dem Du ...»

«Hallo Sina,
im Internet gab es eben ein Foto, das ich mir nicht ...»

Er kam nicht weiter. Wie sollte er sie denn fragen? Sollte er davon ausgehen, dass er sie informieren musste? Oder steckte sie selbst dahinter und würde ihn auslachen? Und wenn sie dahinter steckte, was sollte dann das Ganze? Was bezweckte sie? War das außerdem wirklich so gewesen, als sie sich neulich von ihm so aufdringlich verabschiedet hatte? Hatte er sich denn nicht genug gewehrt? Hatte er sich denn gar nicht gewehrt? Und hätte er sich ebenso gewehrt, wenn sie noch bei geschlossener Tür im Haus gestanden hätten? Die letzte Frage verdrängte er schnell wieder. Es hielt ihn nicht in seinen vier Wänden; er brauchte frische Luft. Er schlüpfte in seine Turnschuhe, zog seinen Anorak an und verließ seine Wohnung. Eine Runde laufen, das brachte vielleicht wieder Klarheit in seine Gedanken. Als er aus dem Haus trat, sprang an der nächsten Ecke ein Roller an und entfernte sich Richtung Hauptstraße. War das ein Zufall?

Er überlegte, von welchem Punkt aus das Foto wohl aufgenommen worden war. Das Nachbarhaus, wo ein weiterer Schüler aus der Dreizehnten wohnte, kam nicht in Frage. Von dort aus konnte man den Eingang zu seiner Wohnung nicht sehen. Es blieb nur eine Möglichkeit. Jemand musste von der nächsten Straßenecke aus die Aufnahme gemacht haben, und zwar mit einem ziemlich großen Teleobjektiv.

Er joggte in kleinen Schritten dorfaufwärts bis zum Ortsausgang, dann nahm er den asphaltierten Begleitweg parallel zur Landstraße und lief in längeren Schritten abwärts Richtung Unterjesingen. Er wurde schneller. Die kalte Luft erfrischte ihn. Er konnte nicht genug kriegen. Er trabte bis zur Ammer hinunter, schlug dort den Weg nach rechts ein und rannte an den Pappeln entlang ein Stück in Richtung Tübingen. Dann machte er wieder rechts kehrt und lief, so schnell er es bergauf schaffte, wieder nach Wurmlingen zurück. Auf den letzten Metern spürte er in Hals und Kopf, wie sein Puls raste. Er verlangsamte seine Schritte, blieb stehen, beugte sich nach vorn, schnappte nach Luft und keuchte. Beide Hände auf die Knie gestützt, blieb er mit gesenktem Kopf stehen. So verharrte er, bis sein Atem langsamer wurde und das Klopfen hinter seinen Schläfen nachließ. Sein Körper kam allmählich zur Ruhe und er trabte langsam los. Die Bilder verfolgten ihn wieder. Sina in seiner Wohnung, wie sie Tee trank, wie sie am Fenster stand, wie sie neben ihm saß, plötzlich ihre Hand auf seine legte, wie sie ihm ganz unvermittelt den ersten Kuss auf die Wange drückte. Er hätte es ihr verbieten sollen, hätte sie hinauswerfen müssen. Und er hätte sie nie wieder in seine Wohnung lassen dürfen, ob mit oder ohne Katja. Wie konnte er nur die beiden Mädchen immer wieder in seine Wohnung kommen lassen? Es war ihm doch aufgefallen, dass Katja immer einen Termin hatte, der sie früher weggehen ließ. Er hatte doch das Spiel durchschaut. Aber es hatte ihn amüsiert und er hatte es in vollen Zügen genossen. Es hatte ihm einfach gut getan. Und so hatte er den Dingen ihren Lauf gelassen, obwohl er eigentlich wusste, dass er die beiden hätte ganz entschieden zurückweisen müssen. Warum hatte er es nicht getan? Was hatte er sich gewünscht? Was hatte ihn getrieben? Er verstand sich nicht mehr und wusste nur, dass er alles falsch gemacht hatte. Aber selbst wenn er sich seine Fehler eingestand, gab das doch alles noch lange keinen Sinn. Er konnte das hin- und herwenden, wie er wollte, er konnte sich keinen Reim darauf machen. Das Ganze war zu dumm, um irgendeinen Sinn zu haben. Er würde ihr jetzt sofort eine Mail schreiben und sie energisch auffordern, mit solchen albernen Spielchen aufzuhören. Der Entschluss gab ihm seine Ruhe wieder. Es schlug Viertel vor zwölf. Er ging etwas rascher, um schneller zu Hause zu sein. Heute noch wollte er ihr eine Mail schreiben und ihr klarmachen, wie bösartig und hinterlistig das war, was sie da trieb.

Zu Hause streifte er nicht einmal die Schuhe ab. Er warf nur den Anorak auf das Sofa und setzte sich eilig hin. Noch einmal wollte er das Foto ansehen, ehe er die Mail schrieb. Er klickte in der E-mail die Adresse an und kriegte die weiße Seite mit dem Ausrufezeichen auf rundem blauen Grund zu sehen: «Die Webseite kann nicht gezeigt werden.» So schnell begriff er das nicht. Er ging zurück auf die E-mail und klickte noch einmal den Link an. Und wieder sagte die blaue Schrift auf weißem Grund, dass die Seite gar nicht zu sehen sei. Sie war schon wieder aus dem Netz genommen worden.

Durfte er jetzt erleichtert sein? Sollte er jetzt noch etwas tun? Oder lieber nicht? Wenn er ihr jetzt eine Mail schrieb, machte er sich vielleicht erst recht lächerlich. Nein, er schrieb keine Mail. Es war besser, erst einmal Ruhe zu bewahren und abzuwarten. Vielleicht war alles nur die Schnapsidee von ein paar angetrunkenen PC-Freaks gewesen, und Sina wusste gar nichts davon. Aber woher hatten sie dann das Foto? Er fuhr seinen Rechner herunter und wandte sich wieder dieser Klausur mit den ärgerlichen Amerikanismen zu. Aber um seine Konzentration war es schlecht bestellt. Durch die saubere Schülerarbeit mit seinen peniblen Korrekturzeichen hindurch sah er immer nur diese infamen Fotos. So saß er lange regungslos da, bis er schließlich einsehen musste, dass er nicht weiterarbeiten konnte. Er ging in die Küche und nahm noch einmal eine Beruhigungstablette. Dann legte er sich ins Bett und versuchte zu schlafen.

Aber die Powerpoint-Präsentation auf dem Bildschirm seiner Augenlider lief unaufhaltsam weiter. Die knallrote Internetseite mit dem Foto wurde von der Drei auf dem Besucherzähler verdrängt, die Drei wurde zur Dreitausend, dann stand er wieder unter der Haustür mit Sina und er küsste sie, der rote Hintergrund tauchte wieder auf, das Foto wurde immer größer, so dass er Sinas lackierte Fingernägel und den kleinen Brilli in ihrem linken Nasenflügel sehen konnte. Er roch ihren Atem und drückte sie an sich. «Küss mich doch», flüsterte sie, presste ihre Brust gegen sein Sonnengeflecht und schob ihren Schenkel zwischen seine Beine. Da tippte ihm der Schulleiter auf die Schulter. «Warten Sie mal», sagte er, «ich glaube, Sie sollten das nicht anstreichen. ‹She did not come oftentimes recently› ist durchaus richtig. Das sollten Sie wissen. Und schauen Sie mal, wer alles hier ist.» Mit diesen Worten drängte er ihn und Sina auseinander, und Blech bemerkte plötzlich, dass die ganze Straße voll von Schülerinnen und Schülern war. Alle waren auf der Straße wie neulich beim Probealarm. Dort stand auch Kirch, der Sicherheitsbeauftragte, und versuchte ihn heranzuwinken. Auch er musste nun auf die Straße, aber er hatte ja keine Hose an. Er lief in sein Schlafzimmer und riss den Kleiderschrank auf und schaute ins Leere. Es gab keine Kleidung für ihn. Sina hatte sie doch mitgenommen. Vielleicht bemerkte es auch niemand, dass er nackt war. Er rannte die Treppe wieder hinunter. Aber da saßen alle schon wieder in ihren Klassenzimmern. Der Schulhof war leer und er stand nackt in der Kälte.

Er wachte auf, weil er sich aufgedeckt hatte. Er schwitzte und fror. Sein Radiowecker zeigte halb drei. Er musste sich abtrocknen und ein Handtuch auf sein Kopfkissen legen. Vielleicht konnte er wieder einschlafen, wenn er noch eine Beruhigungstablette nahm.

Als um sechs der Wecker summte, griff er hinüber, um wie gewohnt auf die Weckwiederholung zu drücken. Aber ehe seine Hand das Knöpfchen auch nur gefunden hatte, flammte schon die rote Website mit den Fotos vor seinem inneren Auge auf. An ein wenig Weiterdösen war nicht zu denken. Er stand auf. Die Unruhe saß ihm im Magen. Er musste etwas zu sich nehmen, hatte aber keinen Appetit und wusste auch nicht, was ihm jetzt gut tun würde. Aber wenigstens eine Kleinigkeit musste er doch zu sich nehmen; er musste ja den Vormittag durchstehen. Also vielleicht einen Tee und Zwieback oder Knäckebrot. Und so hockte er dann gebückt am Küchentisch über seiner Teetasse und ließ den Zwieback zwischen seinen Zähnen knirschen.

Plötzlich warf er den Kopf hoch und hörte auf zu kauen. Das durfte nicht sein; so weit durfte es nicht kommen: Er hatte rhythmisch gekaut, im Rhythmus, den ihm der verdammte Weblink vorgab: guck-mal-réin-blech, guck-mal-réin-blech, guck-mal-réin ..., wobei der Akzent immer auf der dritten Silbe lag. Er nahm einen Schluck Tee, ließ den restlichen Zwieback liegen, stand auf und ging ins Bad. Mit der Zahnbürste in der Hand hielt er inne und betrachtete sich im Spiegel. Die letzte Nacht stand ihm ins Gesicht geschrieben. Er sah so schlecht aus, wie er sich fühlte. Seine rotgeränderten Augen lagen tief in den Höhlen, Augenringe hatte er, als hätte er die ganze Nacht in einer üblen Kneipe durchgezecht. So wollte er nicht in die Schule gehen, heute auf jeden Fall nicht, wo Sina ihn sicher prüfend anschauen würde, nein, heute hatte sie ja gar keinen Unterricht bei ihm, dann war es doch nicht so schlimm, aber wenn er ihr auf dem Korridor begegnen würde, was dann? Wechselbäder, ja, Wechselbäder würden helfen. Und so stieg er in die Dusche und stellte die Einhandbatterie auf kalt. Er hielt den Duschkopf gegen seine Stirn und atmete tief durch die Nase und stöhnte laut. Dann stellte er auf warm und entspannte sich. Er ließ sich laues Wasser über dic Schultern und den Rücken laufen, drehte so heiß auf, wie er es gerade noch aushalten konnte, und dann ließ er es noch einmal eiskalt über seinen ganzen Körper fließen. Mit offenem Mund durchatmend stieg er aus der Dusche und frottierte sich ab.

Da er etwas spät dran war, musste er sein Auto in einer Parallelstraße parken. Er war froh, dass er jetzt kurz nach halb acht überhaupt noch einen Parkplatz fand, und ging schnellen Schritts das schmale Sträßchen entlang, das genau auf die Ostseite des Schulgebäudes zuführte. Er war keine zwanzig Meter mehr vom Schulgelände entfernt, da hielt zwischen ihm und dem Nebeneingang der Schule ein kobaltblauer BMW, ließ Sina und Katja aussteigen und fuhr an ihm vorbei.

Er spürte wieder seinen Herzschlag und das Blut schoss ihm in den Hals. Er wollte stehen bleiben oder umdrehen, aber da hatten ihn die beiden schon gesehen und rührten sich nicht vom Fleck. Sie schauten ihm lächelnd entgegen und grüßten fast unisono: «Guten Morgen, Herr Blech.» Er konnte nur «Morgen» murmeln und machte, dass er an ihnen so schnell wie möglich vorbeikam. Er schaute sich nicht mehr nach ihnen um, hatte aber das Gefühl, dass sie ihm langsam folgten, und hörte Katja so etwas sagen wie: «Ist das nicht süß, wie er ...» Er verstand nicht alles. Ihre Stimme ging in Sinas hellem Lachen unter.

Do. 1.3.2007

Sarah an Bill

Lieber Bill!

Die Physikarbeit war voll krass, einfach eine Gemeinheit. Der hat zwei Gruppen gemacht. M. wollte mir trotzdem helfen. Da hat er ihn weggesetzt. Auf meiner Trinkflasche stand einfach zu wenig.

Nach der Arbeit hat Silvie herumtrompetet, es sei lächerlich leicht gewesen. Ätzend!!! Sie ist zum Kotzen. Jeden Tag eine andere Frisur und eine andere Farbe auf den Fingernägeln. Stützt ihr Gesicht so in ihre Hand, dass man die Fingernägel sehen muss!!! Lächerliches Getue.

Frank war gestern schon wieder da. Mama hat Sina beim Mittagessen gefragt, ob das jetzt ihr Freund sei. Sina sagt, sie lernen nur zusammen. Aber das ist verlogen. M. sagt, dass Frank gar nicht so clever ist. (Weiß er von seinem Bruder.) Was will dann Sina von ihm? Was treiben die eigentlich? Ich höre, wie sie aufgeregt reden und immer wieder lachen. Wenn M. mir was erklärt, lachen wir nicht so viel. Aber vielleicht kommt das noch. Ich weiß nicht.

Stell dir vor, M. will am Samstag mit mir ins Kino. Ich weiß noch nicht, was ich Mama sagen soll. Vielleicht sag ich, ich geh zu Miriam. Muss aber vorher mit der noch reden.

Ich möchte gerne eure Sendung noch einmal anschauen. Aber Mama blockiert den Video. Sitzt vor der Glotze und guckt so eine Labersendung an, lauter ätzende Typen, die über ihre so genannten Beziehungen reden. Versuche jetzt halt mit dem Knopf im Ohr einzuschlafen. Mehr ist heut nicht drin.

Deine Sarah

Fr. 2.3.2007

Sauerkraut und Krokusse

Seit ihr Traugott vor drei Jahren tödlich verunglückt war, lebte Elsbeth Ruckhaberle allein im Erdgeschoss ihres Zweifamilienhauses. Nach mehr als fünfundvierzig Jahren Ehe wollte sie nichts mehr von Männern wissen. Sie würde sich an keinen anderen mehr gewöhnen. Da blieb sie schon lieber allein.

Traugott war an einem warmen Februartag aufs Gütle hinaus gefahren, zum Bäumeputzen. Ein sauberer Schnitt am Ende des

Winters brächte das meiste Obst, sagte er immer, und das wäre besonders bei den Kirschen so. Sie hatte ihn sonst immer begleitet und aufgepasst, dass er die Leiter richtig an den Baum stellte und sich beim Sägen und Abzwicken der wilden Triebe nicht zu weit von der Leiter in den Baum hineinlehnte. An diesem Tag aber lag sie mit einem Hexenschuss im Bett. Sie hatte bei kaltem Wind ein paar Beete im Garten umgegraben und Zug gekriegt. Sie war dabei auf ein paar Gladiolenzwiebeln gestoßen, die sie hatte aufheben wollen, hatte sich gebückt und war nicht mehr hochgekommen. Mit einem ABC-Pflaster im Kreuz lag sie dann im warmen Bett und wartete auf Traugott, der einfach nicht wiederkam. Als er bei der Abenddämmerung noch nicht zurück war, quälte sie sich heraus und rief ihren Nachbarn Emil an, der auch zu Traugotts Stammtisch im Rössle gehörte. Ob er aufs Stückle am Spitzberg hinausfahren und nach ihm schauen könne, fragte sie. Für Traugott tat Emil alles. Er setzte sich auf sein altes Zündappmoped und fuhr los. Schon von Weitem sah er Traugotts alten Kadett am Rand des Grundstücks stehen. Und dann fand er ihn selbst unter dem größten Kirschbaum neben der gekippten Leiter, tot und schon kalt. Viele Zweige hatte Traugott an diesem Tag nicht mehr abgeschnitten.

Seit diesem herben Verlust wurstelte sich Elsbeth Ruckhaberle so recht und schlecht durch ihren Alltag. Sie stürzte sich in ihren Einpersonenhaushalt, putzte, kochte und wusch die Wäsche, als wäre es für drei Personen, damit nur auch der Tag herumging. Vor allem kochte sie sich immer noch viel zu viel. Immer meinte sie, das Essen würde ja dann für zwei Tage reichen. Aber sie aß nicht nur eine einfache Portion, sondern fast jeden Mittag verdrückte sie mindestens eine halbe Portion mehr, so dass es für den nächsten Tag wieder nicht reichte. Und die restliche halbe Portion verzehrte sie dann eben abends. Gekochtes Essen ist immer billiger als ein Vesper mit Käse oder Wurst, sagte sie sich. Diese täglichen Doppelportionen sah man ihr an. Sie war sehr rund und schwerfällig geworden, auch kurzatmig, vor allem beim Treppensteigen.

Heute roch es in Frau Ruckhaberles Küche nach Sauerkraut. Sie stand an der Spüle und machte den Abwasch fertig. Sie wischte ihre Hände an ihrer geblümten Kittelschürze ab, die sich prall über ihren Bauch spannte, und sah auf ihre Wanduhr. Es war kurz nach eins. Sie stellte sich ans Küchenfenster und schob mit dem Zeigefinger die Gardinen eine Handbreit auseinander und beobachtete aus diesem Hinterhalt die Straße. Es rührte sich nichts, nur eine Amsel scharrte auf dem Komposthaufen herum. Die Zeit wurde ihr lang und das Stehen zu viel. Sie ließ die Gardine los und zog einen Stuhl heran, ohne dabei die Straße aus den Augen zu lassen. Mit einem Seufzer senkte sie ihren schweren Körper auf den Stuhl. Aber sofort rappelte sie sich wieder auf, denn durch die Gardine hindurch sah sie, wie Blechs Auto in die Straße einbog. So schnell sie nur konnte, bewegte sie sich zur Haustür und trat dann aber dem Anschein nach gemächlich hinaus, ging ein paar Schritte den Plattenweg entlang in Richtung Gartentor und beugte sich tief über ein Blumenbeet, in dem die Krokusse ihre ersten Knospen zeigten.

Lange stand sie gebückt da und hätte sich gerne wieder aufgerichtet; aber Blech ließ auf sich warten. Er wollte und wollte nicht aus seinem Wagen steigen. Also richtete sie sich schließlich doch auf und stemmte ihre beiden Fäuste in den Rücken, ging kurz ins Hohlkreuz, um sich dann wieder den Krokusknospen zuzubeugen.

Das Gartentor wurde geöffnet. Blechs Schritte kamen endlich heran. Jetzt konnte sie endlich gerade stehen.

«Grüß Gott, Herr Blech. So, hot mr Feierobed?»

«Tag, Frau Ruckhaberle. Nicht so recht, oder sagen wir mal, wie man's nimmt.»

«Soso, ond wia nemmet Sia's?»

Blech zuckte mit den Achseln und ging auf die Haustüre zu.

«Herr Blech, i ... i mues mit eane ... ebbes schwätza.»

«So? Was denn?»

Blech blieb stehen und schaute auf die Frau hinunter, die nun mit verschränkten Armen vor ihm stand. Sie trat noch einen Schritt näher an ihn heran, so dass sie den Kopf in den Nacken legen musste, um ihm ins Gesicht schauen zu können.

«Sia wisset, dass mir emmer guot midanander auskomma send, gell? Ond dass i sia au als Miader emmer mega han. Aber ... aber ...»

«Soll ich ausziehen, weil meine Frau nicht mehr da ist? Ist es das?» fuhr Blech ihr ins Wort.

«Noa, dees net, ‘s isch blos weaga dem jonga Mädle, wo do ellaweil obads zo eane kommt. ‘S got me jo nix a, aber d‘Leit schwätzet em Flecka, ond wenn dees afangt, no hairt‘s nemme uff, ond mei Haus isch a aschdändigs Haus, wissetse, dees isch emmer a aschdändigs Haus gwea, ond i will des oafach et.»

Blech sagte nichts und runzelte die Stirn. Aus seinem Hemdkragen stieg eine leichte Röte auf.

«Wenn dees Mädle nochmiddaags alloi zo eane kommt, isch mar dees scho et reacht, aber etzt kommt se jo au schau am Obed. Dees got z‘weit. Am End bleibt se no iber Naacht.»

Blech räusperte sich.

«Das ist eine meiner Schülerinnen, eine Abiturientin. Die ist längst achtzehn und kann zu mir kommen, so oft sie möchte. Da können Sie doch nichts dagegen haben. Das ist doch meine Privatangelegenheit.»

«Wenn dees blos a Schialerin isch, kommet no dia andere au elle? Wird jetzt bei de Learar dahoim Schuol g‘halta, isch es dees? Dees glaub i eane oafach et. I glaub, I mues mol en dr Schuol froga. I mecht eane au blos saga, dass miar dees et reacht isch, weil i et ens Gschwätz komma mecht. Ond ibar Sia schwätzt mr scho em Flekka, blos dass Sia dess au wissat.»

«Ist ja gut, Frau Ruckhaberle. Noch ein paar Wochen, dann hat das Mädchen sein Abitur geschrieben, und Sie werden sehen, sie kommt dann nicht mehr.»

«Aber et, dass no a andere kommt, i sag‘s eane, i will dess et, des isch a aschdändigs Haus.»

«Guten Tag, Frau Ruckhaberle.»

Blech drehte sich um und ging ins Haus. Er ließ die Tür laut hinter sich zufallen.

Sa 3.3.2007 23:45 h

Sarah an Bill

Hallo Bill,

war mit M. in Tübingen im Arsenal. In der Sechsuhrvorstellung. Saßen ganz hinten in der Ecke. «Wer früher stirbt, ist länger tot» muss ein guter Film sein. Alles hat gelacht. Niemand hat sich um uns gekümmert. M. hat seine Hand unter mein Top geschoben. Mir wurde ganz anders. Wir haben uns endlos geküsst. Hatte seine ganze Zunge in meinem Mund. Tolles Gefühl! Er ging mit seinem Mund an meinen Hals. Ich wusste, das gibt einen Fleck, aber es war mir so was von egal. Als seine Hand aber meinen Schenkel hochfuhr, das wollte ich dann doch nicht gleich. Habe sie genommen und wieder unter mein Top geschoben. Weiß nicht, ob er mich gebissen hat. Meine Lippen sind ganz wund. Aber es war so schön! Ich hätte die ganze Nacht mit ihm zusammen sein können, aber um elf musste ich zu Hause sein.

Miri ist eine tolle Freundin. Falls sie jemand fragt, war ich bei ihr. Ein Glück, dass unsere Eltern einander nicht kennen.

Morgen steh ich spät auf und trage einen Schal. Ich sage, ich bin erkältet.

Jetzt höre ich noch ein paar von deinen Liedern.

Sarah

Mo 5.3.2007

Grüße aus Barcelona

Jedes Mal, wenn Blech in den folgenden Tagen nach seiner E-mail schaute, stieg sein Blutdruck und seine Hände zitterten leicht. Sein Blick flackerte über die Liste der fünfzehn bis zwanzig Spammails in seinem Posteingang. Seine Sicherheit im Überfliegen dieser Listen aus Unsinn und aufdringlichen Angeboten war dahin. Jede einzelne Adresse schaute er genau an, und erst nachdem er die Liste zweimal aufmerksam rauf und runter gelesen hatte, wagte er es, all diesen Informationsmüll im Papierkorb verschwinden zu lassen. Dann gab er den verdammten Weblink in seinen Browser ein. Unbewusst hielt er dabei den Atem an, manchmal sogar, bis er nach Luft schnappen musste. Glücklicherweise konnte er aber bislang immer erleichtert aufatmen. Denn immer erschien die weiße

Seite mit der blauen Schrift: «Die Webseite kann nicht angezeigt werden.»

Nur kam es ihm seltsam vor, dass Sina und Katja immer noch in der ersten Reihe direkt vor seiner Nase saßen und andauernd Zwischenfragen stellten, deren Antworten sie eigentlich längst hätten wissen müssen: Grundsätzliches zur Grammatik, wie es eigentlich gute Schüler der Klasse 10 nicht mehr fragten, Wörter, die er teilweise keine fünf Minuten zuvor erklärt hatte, und immer wieder Fragen zum Ablauf des schriftlichen Abiturs. Das ging ihm gehörig auf die Nerven, aber er unterdrückte seinen Unmut und antwortete freundlich. Aber als wollten sie noch eins draufsetzen, bedankten sie sich stereotyp mit einem «Thank you, Mr. Blech», was ihm ein weiteres Quantum an Selbstbeherrschung abverlangte.

Dennoch war er mit sich übereingekommen, dass es richtig gewesen war, sich nicht zu rühren und die Sache einfach auf sich beruhen zu lassen, mochte sie ihn auch noch so verunsichert haben. Er hätte gerne mit jemandem über die Angelegenheit geredet, aber es gab niemanden, dem er sich hätte anvertrauen wollen. Obwohl er die acht Jahre seit seiner Referendarszeit an dieser Schule hier war, hatte er keine Freunde gefunden. Seine Arbeit ließ ihm wenig Freizeit, und die wenigen Stunden, die er sich zur Entspannung gönnte, verbrachte er damit, Katalanisch zu lernen. Denn er schwärmte für die Katalanen und ihre mediterrane Kultur. Alles, was mit Katalonien zu tun hatte, begeisterte ihn. Für die Ferien bemühte er sich immer um Reiseleitungen und führte ganze Gruppen betuchter älterer Herrschaften durch das *barrio gótico*, das mittelalterliche Barcelona, zeigte ihnen die Architektur Gaudís oder suchte mit ihnen die Zeugnisse früher Romanik in Ripoll oder Olot auf. Er fand das immer sehr schön. Er traf Leute mit denselben Interessen und man verstand einander gut. Aber war man erst einmal wieder in den Berufsalltag zurückgekehrt, verminderte sich der Kontakt auf ein schmales Rinnsal von E-mails und Grußkarten, das nach spätestens vier Wochen immer ganz versiegte.

Eva-Maria war das zu wenig gewesen. Sie hasste seine ewige trockene Papierknisterei, wie sie es nannte. Anfangs hatte sie gehofft, sein penibles Engagement für die Schule würde sich wenigstens teilweise in Routine verwandeln und sein katalanischer Spleen würde abklingen, so dass ihm ein kleines bisschen mehr Zeit zu dem bliebe, was sie Leben nannte. Sie wünschte sich ein Kind, was er aber ablehnte. Für Erziehung im eigenen Haus habe er keine Zeit, hatte er gesagt. Und da er nie mit sich selbst zufrieden war und immer meinte, noch perfekter werden zu müssen, hatte sie die Hoffnung aufgegeben. Am Ende der letzten Sommerferien hatte sie ihre Sachen gepackt und war ausgezogen. Jetzt lebte sie in Tübingen und unterrichtete in Stuttgart. Eigentlich hatte sie ihm ja vorgelebt, wie man gut unterrichten konnte, ohne sich restlos aufzuopfern; aber er hatte es nie begriffen. Und dass er sich dann noch in den Ferien ausschließlich diesen Bildungsbürgern widmen musste, war ihr entschieden zu viel gewesen.

Nun plante er für die Osterferien einen Aufenthalt in der Gegend von Girona. (Er führte natürlich nur den katalanischen Namen im Mund.) Er bemühte sich um eine Reiseleitung für Studiosus oder ein ähnliches Unternehmen, hatte ein paar Bewerbungen losgelassen und rechnete sich gute Chancen aus. Schließlich hatte er neben Englisch und Spanisch auch etwas Geschichte studiert und sich inzwischen ein ganz passables Katalanisch angeeignet. Letzteres öffnete ihm bei den Katalanen Tür und Tor. Wo immer er seine Gruppen hinführte, das wusste er, dahin gelangten andere Touristen kaum. Jeden Tag könnte nun eine positive Antwort bei ihm eingehen, und er würde seine leere Wohnung in den Ferien wieder hinter sich lassen und vor einer Touristengruppe, die ihm gespannt zuhörte, seine Bestätigung finden.

Mit diesen Gedanken parkte er seinen Golf auf dem Abstellplatz, der zu seiner Wohnung gehörte, und ging auf seine Haustür zu. Am Küchenfenster seiner Hauswirtin bewegte sich wie immer, wenn er heim kam, die Gardine. Frau Ruckhaberles Routinekontrolle. Es war ihm aber gleichgültig. Sechs Stunden Unterricht am Stück hatten ihn ganz schön Kraft gekostet, und er freute sich auf den ruhigen Nachmittag, obwohl natürlich immer noch etliches zu korrigieren auf seinem Schreibtisch lag. Er schloss seinen Briefkasten auf. Rechnungen, ein Brief von seiner Bank, Werbung, das Übliche also, dazwischen eine mit Aufkleber an ihn adressierte braune Versandtasche, DIN A5, Poststempel vom Briefzentrum Reutlingen. Vielleicht war das die Zusage. Sein Herz schlug höher.

Er setzte sich mit einem Glas Apfelsaft auf seine Couch, legte die Beine hoch und nahm als Erstes den braunen Umschlag in die Hand. Schon als er ihn aufriss, war ihm klar, dass er kein normales Schreiben enthielt, zum einen schon wegen des Formats, zum anderen, weil er sich anders anfühlte. Er griff hinein und zog zwei Fotos heraus.

An der Ecke, wo die Ramblas in die Plaza Catalunya einmünden, sah er sich mit Sina im Arm stehen. Er hatte seinen rechten Arm um sie gelegt und hielt den Kopf nach rechts geneigt, so dass sich seine Wange an ihr Haar schmiegte, während sie ihren Kopf an seine Schulter gelehnt hatte. Sie lachten beide in die Kamera, als wollten sie der ganzen Welt zeigen, welches Glück sie empfanden, da sie nun endlich zusammen waren.

Aber er hatte sie doch nie so an sich gedrückt, er war auch nie mit ihr allein an dieser Ecke gewesen! Wie war dieses unverschämte Foto zustande gekommen?

«Nein», schrie er auf, «nein, das ist zu viel.» Er sprang auf, ging ein paar Schritte auf die Tür zu, stand still, drehte sich um und setzte sich wieder hin. Wo sollte er auch jetzt hingehen? Aber es wollte ihn auch nicht auf seiner Couch halten. Wieder sprang er auf und ging mit dem Foto in der Hand zwischen Tür und Fenster hektisch auf und ab. Dabei schlug seine Hand, die das Foto hielt, hin und her, als würde sie von irgendwelchen Spasmen geschüttelt. Er versuchte sich an alles zu erinnern, was zu dieser maliziösen Fotomontage geführt haben könnte.

Die Szenen dieser Studienfahrt nach Barcelona rasten im Zeitraffertempo durch sein Gedächtnis. Der erste Abend, als sie alle zusammen ausgingen, natürlich Las Ramblas entlang und zur Plaza Real, diese Highlights hatte er seiner Schülergruppe gleich nach der Ankunft zeigen wollen. Etwas windig war es gewesen, und er hatte allen empfohlen, sich eine Jacke mitzunehmen, denn man war schließlich am Meer, wo gegen später eine feuchte Kühle aufkommen konnte. Als man sich dann bei Einbruch der Dunkelheit vor der Unterkunft traf, gab es großes Gelächter. Johannes Durst, der zu allem Überfluss ebenso groß und schlank war wie er selbst und genauso kurz geschnittenes braunes Haar hatte, trug genau dieselbe graublaue Windjacke wie er. «Podrías ser mi contrafigura, o sea mi doble», (du könntest meine Gegenfigur sein, oder mein Doppelgänger) hatte er den Zufall humorvoll kommentiert, und damit wurde «su doble» oder «su contrafigura» zum Running Gag dieser Studienfahrt.

Zur ständigen Belustigung der Gruppe redeten sowohl er selbst als auch Johannes von einander per «mi doble», und nach dem zweiten Glas Sangría auf der Plaza Real sprachen ihn alle nur noch mit Señor Doble an. Er ließ es sich gerne gefallen, denn es gab ihm das Gefühl, von seiner Schülergruppe als Mensch akzeptiert zu werden und nicht nur die Rolle eines Reiseleiters spielen zu müssen, auf den die jungen Leute vielleicht lieber verzichtet hätten.

Alle hatten sich auf den Ramblas und der Plaza Real in Pose gestellt und fotografieren lassen, ein wahres Blitzlichtgewitter war an diesem Abend niedergegangen. Fast alle hatten fotografiert. Es lohnte sich also nicht einmal darüber nachzudenken, wer die Vorlagen für dieses unverschämte Machwerk geliefert haben könnte. Und er konnte sich auch nicht daran erinnern, dass sich Sina mit Johannes hätte fotografieren lassen. Überhaupt hatten die beiden ja gar nichts miteinander zu tun. Sie gehörten zu völlig getrennten Cliquen, wie er meinte.

Das zweite Foto war noch schlimmer. Es war auch eine Nachtaufnahme und zeigte den Eingang eines kleinen billigen Hotels, offensichtlich einer Absteige im *barrio chino*, dem Rotlichtviertel. Das Ganze war in grünes Licht getaucht, über der schmalen Tür konnte man gerade noch «Hotel» in roter Leuchtschrift lesen, und darunter war er zu sehen, wieder in derselben Jacke, wie er mit der linken Hand die Tür öffnete und mit der rechten Sina hinter sich her zog. Es sah mehr als eindeutig aus. Beide Fotos waren offensichtlich mit einem Tintenstrahl- oder Laserdrucker auf No-name-Fotopapier gedruckt worden; es gab keine Kommissionsnummer, nichts.

Er musste sich beruhigen und ging zur Küchenschublade. Aber als er die Beruhigungstablette schon ins Wasserglas fallen lassen wollte, legte er sie doch lieber in die Packung zurück. Er schaute aus dem Fenster. Es regnete. Trotzdem zog er seinen Jogginganzug und die Laufschuhe an. Vielleicht würde er Ruhe finden, wenn er erst einmal von der Wurmlinger Kapelle bis zum Schwärzloch und zurück lief.

Mo 5.3.2007

Sarah an Bill

Lieber Bill!

Gestern und vorgestern wollte ich es noch nicht sagen. Habe es selbst ja kaum geglaubt. Aber jetzt weiß ich es sicher. M. und ich, wir sind zusammen. Könnte seinen Namen überall hinschreiben. Marcel, Marcel, Marcel und nochmals Marcel. Er heißt Marcel, jetzt weißt Du es auch. Er passt so gut zu mir. Marcel ist einen halben Kopf größer als ich. Wenn er seinen Arm um mich legt, kann ich meinen Kopf gerade an seine Schulter legen und träumen. Marcel ist stark, Marcel sieht gut aus, wir sind zusammen, das können alle sehen. Marcel will das auch.

Das einzige Problem ist Sandra, diese alte Petze. Sina habe ich im Griff. Andi hat nämlich Marcel erzählt, dass Sina schon ein paar Mal bei Blech zu Hause war. (Andi wohnt gegenüber.) Möchte nicht wissen, was da läuft. Aber ein Wort zu viel von Sina, und ich frag sie danach beim Mittagessen. Gestern gegen Abend ist sie wieder weggegangen. Ich habe nur gefragt, ob sie wieder zu Blech geht. Da wurde sie ganz verlegen. Sagte nur, ich sollte dicht halten, sonst würde was passieren. Dabei weiß ich ja nicht mal warum. Bin jedenfalls sicher, dass Sina wegen Marcel und mir die Klappe hält.

Habe ein tolles Foto vom Marcel auf meinem Handy. Schaue es mir vor dem Einschlafen noch eine Weile an. Süß sieht er aus.

Also ciao dann, leb' wohl!

Sarah

Mi 7.3.2007

Weder Fisch noch Fleisch

Seit Frau Ruckhaberle ihm in ihrer dörflichen Wohlanständigkeit zu verstehen gegeben hatte, dass sie Sinas Besuche und wohl auch sein eigenes Kommen und Gehen genau registrierte, kochte in Blech eine unbändige Wut. Was erdreistete sich diese spießige Frau! Wenn es ihr langweilig war, dann sollte sie doch einmal eine Zeitung oder ein Buch in die Hand nehmen oder in die Kirche rennen, anstatt ihm aufzulauern und sich in Dinge einzumischen, die sie aber auch gar nichts angingen. Was scherte ihn das Geschwätz im Dorf! Er lebte hier nicht, hier schlief und arbeitete er nur. Sollte sie ihn doch in Ruhe lassen! Doch in seine Wut mischte sich auch eine gewisse Unruhe anderer Art. Hier zu wohnen, war billig und bequem. Was wäre denn, wenn sie ihm kündigen würde? Er könnte die Kündigung ablehnen oder einfach ignorieren. Nur würde ihn das sicher viel Nerven kosten. Er wusste nicht, ob er einer solchen Auseinandersetzung zurzeit gewachsen war.

Erst heute Mittag, als er von der Schule nach Hause kam, hatte er sie wieder hinter ihrer Gardine lauern sehen. Er ging an ihrem Küchenfenster vorbei, als hätte er nichts bemerkt. Dabei hätte er ihr am liebsten etwas durchs geschlossene Fenster ins Gesicht geschmissen.

Beim Essen hatte er sich etwas beruhigt, aber immer noch fühlte er ein hohles Gefühl in der Magengegend, und als er sich an seinen Rechner setzte, um ein Arbeitsblatt zu konzipieren, merkte er, wie seine Hände zitterten.

Er hatte zu arbeiten versucht, aber es war ihm alles nur sehr schwer von der Hand gegangen und hatte ihn sehr ermüdet. So gegen sechs hatte er sich für eine halbe Stunde auf seine Couch legen wollen, war aber tief eingeschlafen und erwachte erst gegen zehn Uhr wieder. Sein Rhythmus war einfach gestört. Er erkannte es und wollte sich damit abfinden. Also setzte er sich wieder an seinen Rechner, um das Arbeitsblatt zu entwerfen. Überrascht stellte er fest, dass seine Frau sich per E-mail meldete.

Was sie wohl wollte? War doch nicht alles vorbei? Aufgeregt öffnete er die Mail. Sie war erst eine Stunde alt.

Hallo Eberhard,
Sicher findest du die gegenwärtige Situation ebenso unbefriedigend wie ich. Mir geht es zwar inzwischen erstaunlich gut, so dass ich meinen Schritt keineswegs bereue. Aber ich denke doch, dass die jetzige Lage weder Fisch noch Fleisch ist, und weil ich inzwischen ganz sicher bin, dass ich nicht zu dir zurückkommen werde, möchte ich den endgültigen Schnitt machen. Ich war letzte Woche bei einem Scheidungsanwalt und möchte dich fairerweise auffordern, so bald wie möglich dasselbe zu tun. Außerdem möchte ich dich bitten, dir Gedanken über die Aufteilung unserer Habseligkeiten zu machen. Sehr viel ist es ja nicht, aber es will doch genau bedacht sein, wer was zugesprochen bekommen soll. Schwierig

wird es wahrscheinlich nur mit dem Auto, das du ja inzwischen ganz allein benutzen konntest. Ich denke mal, wir können uns schnell einigen.

Und du weißt ja wohl selbst: Je schneller wir uns einigen, desto billiger wird die Angelegenheit.

Ich erwarte in den nächsten Tagen deinen Teilungsvorschlag.

Viele Grüße!

Eva-Maria

Er schloss die Augen, bedeckte sein Gesicht mit den Händen und blieb eine Weile unbeweglich sitzen. Er fühlte sich außer Stande auch noch diese Auseinandersetzung zu bestreiten und beschloss, die Mail zunächst einmal zu ignorieren. Das sagte ihm sein Verstand. Doch sein Magen meldete sich. Er erreichte gerade noch die Toilette. Gebeugt stand er da und würgte und würgte. Und dabei hatte er doch seit guten neun Stunden nichts mehr gegessen.

Do 8.3.2007

Sarah an Bill

Glaube langsam, Sandra ist selbst schuld, dass sie gemobbt wird. Warum gibt sie auch immer so an! Hat meinen neuen Wilson-Badmintonschläger geklaut und zum Sportunterricht mitgenommen. Merkt natürlich keiner, dass er eigentlich mir gehört. Habe S.P. auf den Rahmen lackiert, ist aber ein Witz! Was haben sich unsere Alten bloß gedacht? Nur weil sie Sibylle und Stefan heißen, müssen die Namen aller Kinder mit S beginnen. Wir sind doch keine Pferde- oder Hundezucht! Aber hallo! Ich möchte k e i n e n Vornamen mit S mehr haben!!!

P.P. tät ich cool finden. Priska, Penelope, Paula oder so was. Penelope – oder dann einfach Penny, jawohl P e n n y Pitsch, das ist cool.

Ich heiße Penny Pitsch.

P.S. Den Schal habe ich heute in der Schule mal kurz ausgezogen. Damit Silvie den Knutschfleck gesehen hat!!! Hat ganz aufgeregt mit Manu rumgetuschelt.

Fr 9.3.2007

Bankgrafitti

Otto Wolf ging nur ungern in den Altbau hinüber. Er behauptete immer, dieses Gebäude rieche muffig und erinnere ihn in unangenehmer Weise an seine eigene Grundschulzeit in den Fünfzigerjahren. Und dem Gewimmel, Gewusel und Gekreische der Zwerge, wie er die Unterstufenschüler nannte, mochte er sich auch nicht mehr so gerne aussetzen. Er hatte Hochachtung vor den jungen Kollegen, und vor allem auch den älteren Kolleginnen, die sich immer wieder mutig der Aufgabe stellten, diese von Jahr zu Jahr weniger erzogenen und immer wilderen Kinder so hinzukriegen, dass sie einigermaßen lehrplangerecht unterrichtet werden konnten. Und seit diese Kinder neuerdings nach nur noch acht Jahren das Abitur bestehen sollten, war diese Arbeit noch um einiges schwieriger geworden.

Er war froh, dass er in den Klassen 9 bis 13 die Nische gefunden hatte, in der er die letzten Jahre seiner Dienstzeit gut aushalten konnte. Er mochte seine Schülerinnen und Schüler, wenn sie erst mal etwas älter waren, obwohl er natürlich deutlich spürte, wie auch zu ihnen der Altersabstand immer größer wurde. Sein Alter kam ihm aber auch zugute, wenn er seinen Klassen von Ereignissen erzählen konnte, die ihn und seine Generation bewegt hatten, lange bevor die Schüler überhaupt geboren waren, wie zum Beispiel von der Revolution Fidel Castros, vom Mauerbau 1961 oder der Eskalation des Vietnamkriegs. Und manchmal amüsierte er sich im Stillen darüber, dass seine jüngsten Kolleginnen und Kollegen jünger als seine Kinder waren.

Wenn er aber durch den Altbau ging, dann zweifelte er stark daran, dass aus diesem halbwilden Gewusel jemals solche ansprechbaren jungen Erwachsenen würden, wie er sie gerne unterrichtete.

Als er in den Korridor einbog, kickte dort ein dicklicher Junge mit drallen roten Backen einen grauen gesteppten Anorak vor sich her. Otto stieg der Blutdruck. Er ließ seine Tasche fallen und rannte diesem Jungen nach und packte ihn mit einer Hand von hinten am Genick, erschrak aber gleichzeitig über die Heftigkeit seines Zugriffs und ließ den Jungen sofort wieder los.

«Bist du denn noch bei Trost?», fuhr er ihn an. «Ist das dein Anorak?»

Er war es natürlich nicht, das sah er wohl, denn der Knirps hatte seinen eigenen ja an. Der Junge war so erschrocken, dass er kein Wort herausbrachte. Er schüttelte nur den Kopf.

«Heb den Anorak auf. Schüttle ihn aus. Häng' ihn auf.»

Der Junge lief vom Hals bis zur Stirn rot an und tat, was ihm gesagt wurde.

«So, und jetzt zieh deine Jacke aus und wirf sie auf den Boden.»

Ottos Ton war so aggressiv, dass der Junge sich nicht zu widersetzen wagte. Sein Anorak lag vor ihm auf dem Boden.

«Und würdest du jetzt mit deinem eigenen Anorak kicken?»

«Nein», sagte der Junge leise.

«Und würdest du jemand anderen damit herumkicken lassen?»

«Nein.»

«Na also. Bürschchen, wenn ich dich noch einmal bei so etwas erwische, dann sprechen wir mal gemeinsam mit Herrn Rossburg – und zwar im Beisein von deinen Eltern.»

Damit drehte sich Otto um, holte seine Tasche und ging die Treppe hoch.

«Dieser Zwerg ist völlig überfüttert; dem müssten sie den Brotkorb höher hängen», schimpfte er vor sich hin.

Als die Klassenzimmertür sich hinter ihm schloss und seine Zwölfer vor ihm saßen, atmete er durch und war froh, «wieder in der Zivilisation angekommen zu sein», wie er manchmal ironisch sagte.

Zwei seiner besten Spanischschülerinnen hatten für heute eine landeskundliche Präsentation über Cádiz angekündigt. Er war gespannt, was sie bieten würden, und freute sich darauf. Die beiden Mädchen hatten schon ihre Gliederung an die Tafel geschrieben, die Handouts ausgeteilt und sich die Folien für den Tageslichtprojektor zurechtgelegt. So mochte er es natürlich.

Er begrüßte die Klasse freundlich, forderte die beiden auf, sofort zu beginnen, und setzte sich an einen der hinteren Tische. Gespannt hörte er den beiden zu und legte Schreibblock und Kugelschreiber auf den Tisch, ohne dabei hinzuschauen. Dann hörte er ein paar sprachliche Fehler. Es waren zwar nur Kleinigkeiten, aber er wollte sie anschließend doch kurz korrigieren.

Wie er nun den Schreibblock zu sich her zog, wurde darunter eine kindlich-ungelenke Pornozeichnung sichtbar: Zwei Strichmännchen mit roten Köpfen, die kopulierten. Und darunter stand in ebenso ungelenken Buchstaben:

«Blech und Sina Pitsch.»

Sina Pitsch, den Namen hatte er schon einmal gehört. Das war wohl eine Oberstufenschülerin, die er allerdings nicht kannte. Vielleicht aus Blechs Englischkurs. Er hörte zwar noch die Stimmen der beiden Referentinnen, nahm aber kaum mehr wahr, was sie sagten. Das hier ging zu weit! Ohne die Namen hätte er es schon schlimm genug gefunden, aber mit der verleumderischen Namensnennung eines Kollegen war es ein unerträglicher Skandal.

Er feuchtete seinen Zeigefinger mit Speichel an und versuchte, die Zeichnung zu entfernen. Rot und Schwarz vermischten sich zu einem hässlichen Fleck.

Auf der Projektionsfläche neben der Tafel leuchtete ein Bild des in fantastisches Licht getauchten Cádiz auf. Es war nicht leicht, sich wieder auf das Referat zu konzentrieren, das er ja exakt und gerecht bewerten wollte. Er hörte zu, aber sein Zeigefinger rieb immer noch an dieser bewussten Stelle herum. Seine Fingerkuppe war schon ganz verschmiert. Er nahm ein Papiertaschentuch aus der Hosentasche, passte auf, dass ihn im Moment niemand ansah, und spuckte drauf. Dann schrubbte er damit ganz mechanisch weiter und hörte sich an, was die Mädchen zur geographischen Lage der Stadt Cádiz und dem gegenwärtigen Bevölkerungsschwund darlegten.

Als sie ihr Referat abgeliefert hatten und auf dem Tisch nur noch ein Schmutzschleier zu sehen war, applaudierte der ganze Kurs und Otto Wolf schloss sich dem an, indem er seinen linken Daumen nach oben streckte und «¡Muy bien, excelente!» ausrief. Dann kommentierte er noch kurz das Dargestellte und verbesserte wenigstens die wichtigsten sprachlichen Fehler. Und schon war die Stunde zu Ende.

Er verließ das Klassenzimmer zuletzt und warf dabei noch einen Blick auf den Belegungsplan an der Tür. Außer in dieser und der nächsten Stunde waren nur Unterstufenklassen in diesem Zimmer, am häufigsten die 7A.

Es war große Pause, und so konnte er sich die Zeit nehmen, im Sekretariat einen Blick in die entsprechende Klassenliste zu werfen. Interessant: Blech war Klassenlehrer und es gab in der Klasse eine Sandra Pitsch, offensichtlich eine jüngere Schwester Sinas, des Mädchens, das jemand so ordinär angeprangert hatte. Wie kommen Siebener darauf, wenn es denn Siebener waren, die Schwester einer Klassenkameradin und den Klassenlehrer so zu verunglimpfen? Er stellte den Ordner mit den Klassenlisten an seinen Platz und ging nachdenklich ins Lehrerzimmer. Nein, Blech konnte er nicht darauf ansprechen. Er fand ihn immer sehr verschlossen und kannte ihn zu wenig. Er wusste einfach nicht, wie er ihm die Sache darlegen sollte. Er hatte kaum einmal mit ihm geredet. Obwohl sie beide Spanisch unterrichteten, hatte sich nie ein Berührungspunkt gefunden; er hatte nie Kontakt zu Blech gesucht, Blech seinerseits auch nicht zu ihm, vielleicht einfach, weil das Kollegium sehr groß war und ein beträchtlicher Altersabstand sie trennte. Aber er wollte der Sache auf jeden Fall nachgehen. Vielleicht unterrichtete in der Klasse jemand, der ihm vertrauter war und mit dem er darüber reden konnte. Es musste ja nicht gleich heute sein.

Zu Beginn der fünften Stunde hatte er sich eine Brezel vom Bäcker geholt und kam ins Lehrerzimmer zurück. Überrascht stellte er fest, dass mehr Kollegen an ihren Plätzen saßen als sonst.

«Was ist heute los? Wollt ihr nicht? Könnt ihr nicht?»

«Wir wollten schon, wenn wir könnten; aber die Gemeinschaftskundler haben die Zehner zu einer Gerichtsverhandlung nach Tübingen mitgenommen», sagte Bruno Schwarz.

«Na, hoffentlich werden sie verknackt wegen Kindsentführung», kommentierte er sarkastisch.

«Sei doch nicht so streng. Du bist ja richtig grimmig», erwiderte Bruno Schwarz.

«Hm, kann sein; mir will einfach eine Mordssauerei nicht aus dem Kopf, im Klassenzimmer der 7A», erklärte er seine Laune und beschrieb das Graffiti.

«Das ist schon ein starkes Stück», stimmte Schwarz ihm zu. «Aber was willst du da machen? Wenn du da jetzt lange herumfragst, wer es gewesen ist, wirbelst du vielleicht zu viel Staub auf und der Blech ist erst recht blamiert.»

«Ja, natürlich, jetzt ist es zu spät. Und ich hab's ja auch gleich weggewischt. Nur, verdammt noch mal, warum schaffen wir es nicht, unsere Klassen so hinzubiegen, dass Bänkeverschmieren zum Tabu wird? Ich bin überzeugt, dass manche Privatschulen das schaffen, mindestens in England.»

Vom Nebentisch her meldete sich Fellbauch, zwar halblaut, aber doch deutlich hörbar.

«Wenn ich das schon höre, Privatschulen, und dann noch englische mit ihrem Klassensystem! Die mit ihrem Dünkel. Das geht doch nicht, dass wir unsere Schüler dazu erziehen, sich gegenseitig zu bespitzeln. Ich möchte meine Schüler zu Solidarität erziehen. Und der Blech soll sich eben so verhalten, dass seine Schüler nicht auf solche Ideen kommen.»

«Führen Sie Selbstgespräche oder möchten Sie einen ernsthaften Diskussionsbeitrag liefern?», fragte Otto Wolf spitz. Er war noch nicht so lange wie die andern im Kollegium und duzte sich nur mit Leuten, die ihm nahestanden.

«Wenn die Bänke zu sehr versaut sind, klagen die Schüler ja immer selbst darüber, und dann kann man eingreifen. Dann sind sie doch motiviert, ihre Tische wieder sauber zu machen. Dazu müssen die sich nicht vorher gegenseitig bespitzeln», dozierte Fellbauch.

«Ich glaub', ich hör' nicht recht», fuhr es Bruno Schwarz heraus. «Erst lassen wir sie in aller Ruhe die Bänke vollschmieren, um sie hinterher in der Unterrichtszeit putzen zu lassen. Mein Job ist Mathe beizubringen und nicht Putzkolonnen auszubilden.»

«Die könnten die Bänke nachmittags putzen oder über Mittag», verteidigte Fellbauch seine Idee.

«Unter Aufsicht vom Faulbaum, Entschuldigung von Herrn Fellbauch.» Schwarz biss sich auf die Zunge, weil ihm «Faulbaum» herausgefahren war, und Otto Wolf tat, als betrachte er konzentriert seine Brezel, weil er grinsen musste. Fellbauch tat, als hätte er den Versprecher überhört und dozierte weiter.

«Man muss schon verstehen, warum die Kinder auf die Bänke malen. Erst mal der Riesenunterschied zwischen dem Einrichtungsstandard zu Hause und unseren Schulräumen, und dann langweilen sie sich eben oft im Unterricht bei manchen Kollegen. Es mag ja nicht jeder Mathematik.»

Da schwoll Bruno Schwarz der Kamm. Er stand auf und ging ein paar Schritte auf Fellbauch zu.

«Das will ich überhört haben. Eine Frechheit ist das. Und das noch von einem Kollegen, von dem schon die Fünftklässler wissen, dass er jede Stunde einen Film zeigt und manchmal hinter dem Vorhang nebenher korrigiert. Du musst gerade über den Unterricht von andern lästern. Ich halt's im Kopf nicht aus. Und deinen unverdauten Soziologenhirnmüll kannst du für dich behalten. Unterrichte erst mal so, dass die Kollegenkinder sich nicht mehr bei ihren Eltern beklagen.»

Er war etwas rot angelaufen, atmete laut, stand einen Moment unschlüssig da, bis er sich umwandte und an seinen Platz zurückging.

Otto Wolf riss die Augen auf und legte seine Hand auf den Mund. So offene Worte hatte er im Lehrerzimmer noch nie gehört. Fellbauch bekam einen harten Zug um den Mund und kniff die Augen ein klein wenig zusammen.

«Das muss ich mir von dir nicht gefallen lassen. Da ist eine Entschuldigung fällig.»

«Auf die kannst du lange warten», erwiderte Schwarz.

Fellbauch stand auf und ging hinaus.

«Herr Kollege, mehr Solidarität unter Kollegen wäre auch nicht schlecht, auch mit Herrn Blech!», rief ihm Wolf nach. Da fiel die Tür laut ins Schloss.

«Jetzt hast du's mit dem aber vollends verschissen. Der sah aus, als wollte er dich in der Luft zerreißen. Aber natürlich hast du recht gehabt», sagte Gisela Hirschmüller-Hase anerkennend.

«Bisschen spät für dein Lob. Du hättest vielleicht auch was sagen können», wies Schwarz sie ab.

«Ging nicht, euer Schlagabtausch ging zu schnell. Aber bei Gelegenheit kriegt er von mir auch noch eins. Darauf kannst du dich verlassen.»

Fr. 9.3.2007

Sarahs Tagebuch

Marcel meint, es stimmt vielleicht doch. Andi behauptet, er hat Sina bei Blech herauskommen sehen, und das nicht nur einmal. Vielleicht hat er sich aber auch verguckt. War ja immer dunkel. Marcel ist cool. Er sagte, ihm wäre es wurscht, ob das nun Sina war oder nicht. Er findet es nur komisch, was der Blech da vielleicht treibt. Aber ich finde es gar nicht komisch und es ist mir nicht egal. Wenn da wirklich was dran ist und das richtig herauskommt, dann schäme ich mich in Grund und Boden. Weggehen muss ich dann, die Schule wechseln, am besten gleich nach Tübingen. Und was wäre dann wirklich mit Marcel? Wäre ihm das auch egal?

Konnte beim Mittagessen an nichts anderes denken. Saß da und konnte nichts reden. Und neben mir diese verlogene, scheinheilige Ziege quatscht laufend völlig belangloses Zeug. Tut so, als ob sie das Abi schon in der Tasche hätte. Voll krass! Und dann fragt mich auch noch Mama, was denn mit mir wieder los sei – ausgerechnet mit mir! – da kriegte ich voll die Krise. Kopfweh, hab ich gesagt. Bin vom Tisch aufgestanden und in mein Zimmer gegangen. Dabei hatte ich noch saumäßig Hunger.

Habe statt Essen das neue Album von Tokio Hotel angehört.

Aber das geht so nicht weiter!!! Muss mir Sina vorknöpfen und ihr einfach sagen, dass ich auf eine Schwester wie sie pfeifen kann.

Penny P.

Sa 10.3.2007

«Weißt du übrigens, dass ...»

Sibylle Pitsch brauchte ein Geburtstagsgeschenk für eine alte Freundin und hatte noch keine Ahnung, was es denn nun werden sollte. Da fuhr sie nach dem Mittagsschläfchen nach Tübingen und stellte ihren silbernen Peugeot 206 in das Parkhaus am Nonnenhaus. An dieser Ecke würde sie vielleicht fündig, in der Parfümerie, in der Buchhandlung, im Blumenladen, sie wusste noch nicht wo, aber sie würde etwas finden, Zeit hatte sie heute ja. Als letzte Lösung könnte sie immer noch über dic Straße gehen und im

Museum einen Gutschein für ein paar Kinobesuche kaufen. Aber wirklich nur, wenn ihr nichts Originelles unterkäme.

Sie betrat vom Parkhaus her den Markt und schlenderte am italienischen Café vorbei auf die Ständer mit Grußkarten zu, die das Schreibwarengeschäft im Durchgang aufgestellt hatte. Ein paar wirklich gute Karten in petto zu haben war immer nützlich, dachte sie, und wollte sich nun durch das unübersichtliche Angebot durcharbeiten. Aber die Akkordeonmusik von draußen lenkte sie ab: Brahms, einer der ungarischen Tänze. Die Musik beschwingte sie und sie summte mit. Das musste einer dieser russischen Virtuosen sein, die ab und zu an dem kleinen Steg über den Ammerkanal standen. Sie ging hinaus und hörte eine Weile zu. Dann warf sie dem Musikanten einen Euro in seine Schachtel.

Richtig, eine schöne CD wäre auch ein gutes Geschenk, dachte sie. Aber die war an dieser Ecke nicht zu bekommen. Vielleicht ging sie doch zuerst in die Buchhandlung in der Metzgergasse. Mal sehen, was es Neues gab. Mit einem guten Buchgeschenk stellte man sich ja auch selbst gut dar. Sie betrachtete die Bücher im Fenster.

«Hallo Sibylle, was für ein Zufall.»

Sie drehte sich um und stand Helene Adis gegenüber, mit der sie sich angefreundet hatte, als sie selbst noch Elternbeiratsvorsitzende gewesen war.

«Grüß Gott Helene, dich habe ich ja ewig nicht mehr gesehen.»

Küsschen rechts, Küsschen links.

«Gehst du bummeln?»

«Ja und nein, ich bummle schon, aber unter Erfolgszwang. Ich brauche ein Geburtstagsgeschenk.»

«Nach so etwas habe ich auch gerade gesucht. Ewig habe ich rumgesucht. Ich bin ganz erschöpft. Weißt was? Hättest du nicht auch Lust auf einen Cappuccino, wie in alten Zeiten?»

«Cappuccino? Da höre ich mich nicht nein sagen. Komm.»

Ohne eine Sekunde zu zögern, hakten die beiden sich unter, passierten den Akkordeonspieler, der inzwischen zu einer Invention von Bach übergegangen war, und steuerten das italienische Café im Markt an. Es war fast voll wie immer um diese Zeit, aber sie fanden noch zwei Plätze. Die jungen italienischen Kellner liefen geschäftig hin und her und riefen ihre Bestellungen ihren Kollegen hinter der Theke zu. Die beiden Damen bestellten ihren Cappuccino und ein Glas Wasser.

«Seit dem letzten Elternabend haben wir ja gar nicht mehr miteinander gesprochen. Und das ist ja schon wieder ein paar Monate her. Unglaublich, nicht?», begann Helene Adis das Gespräch.

«Tja, unglaublich. Geht es euch allen gut?»

«Ja, glücklicherweise können wir nicht klagen. Alles im grünen Bereich, sozusagen. Und bei euch?»

«Nicht so ganz. Ich hätte dich deswegen vielleicht in den nächsten Tagen einmal angerufen.»

«So? Warum? Worum geht es denn?»

«Du darfst aber nicht darüber reden, zu niemandem!»

«Ja, jetzt mach's nicht so spannend. Was gibt's?»

«Es ist so, Sandra macht uns etwas Sorgen. Sie will morgens nicht in die Schule gehen, trödelt lange rum, mittags kommt sie deprimiert heim, manchmal heult sie, und sie will mir einfach nicht sagen, was nun wirklich los ist. Ich weiß nicht, ob sie bei den Lehrern aneckt oder Streit mit jemandem hat. Das ist mir völlig unklar. Ich sehe bloß, wie das immer schlimmer wird und sie jetzt auch in den Leistungen abgesackt ist. Hat dir vielleicht Jessica was erzählt? Weißt du, ob irgendetwas Besonderes passiert ist?»

«Hmm, so auf Anhieb hab' ich da auch keine Erklärung», antwortete Helene Adis zögernd, «ich hab' halt manchmal den Eindruck, dass die Freundschaft von Sandra und Jessi nicht mehr ganz das ist, was sie einmal war. Ich hab' ja Sandra in den letzten Wochen auch nicht mehr bei uns gesehen und ich glaub' auch nicht, dass Jessi oft bei euch war.»

«Ja, das stimmt eigentlich. Und hast du eine Ahnung, warum das so ist?»

«Na ja, die sind eben beide mitten im zickigen Alter. Wir haben es ja zu Hause auch nicht immer einfach mit ihr.»

«Wem sagst du das!? Sandra legt sich mindestens einmal am Tag mit einer ihrer Schwestern an. Da kracht es immer wieder. Die beiden Großen vertragen sich gut, aber Sandra fängt immer wieder Streit an. Sie möchte eben immer die Großen nachmachen und nimmt manchmal einfach ihre Sachen weg, ohne auch nur zu fragen. Die kennt da zurzeit keine Grenzen, und ich muss mich auch gelegentlich mit ihr anlegen.»

Der Kellner brachte den Cappuccino. Helene Adis riss bedächtig das Zuckertütchen auf, ließ den Zucker auf den Schaum rieseln und begann konzentriert ihren Cappuccino zu rühren, als kostete das ihre ganze Aufmerksamkeit. Sibylle Pitsch sah sie erwartungsvoll an.

«Jetzt, wo du davon anfängst, fällt es mir wieder ein», sagte Helene Adis langsam, «Jessi hat einmal erzählt, dass Sandra sich wohl eine Jacke oder einen Pulli von Sarah ausgeliehen hatte, eben so einen etwas teureren Markenartikel, und damit mächtig angegeben hat. Jessi wollte dann auch so was. Da bin ich richtig in Druck gekommen, sag' ich dir. Ich hatte damals den Eindruck, dass sich diese Kiddies mit ihrer Kleidung gegenseitig total verrückt machen.»

Sie schwieg und nahm einen Schluck aus ihrer Tasse. Dann lehnte sie sich zurück und schaute den Leuten am Nachbartisch zu, die eben mit Eisbechern bedient wurden.

«Und du meinst, dass es daran liegt», forschte Sibylle Pitsch nach. Helene Adis schob die Unterlippe vor und zog die Stirn kraus. Als ob ihr etwas Neues einfiel, fuhr sie fort:

«Ach so, und dann war da noch die Geschichte mit dem Handy. Das hatte ich ja schon wieder vergessen.»

Sie machte eine Pause.

«Jetzt komm, rück schon raus damit.»

«Sandra hat wohl mit einem Handy eine Videoaufnahme von einem Klassenkameraden gemacht, wie der gerade in der Nase bohrte, und das hat sie dann rumgezeigt. Wahrscheinlich hätte sie da sogar die Jacke voll bekommen, wenn der Blech nicht dazu gekommen wäre.»

«Was? Da bin ich aber sprachlos.»

Sibylle Pitsch schüttelte verlegen den Kopf, hielt sich das Kinn und schaute in ihre Tasse.

«Die kann doch mit ihrem Handy gar keine Videos machen. Da muss sie sich meines genommen haben. Gut, dass du mir das sagst. Die kann was erleben.»

«Zu allem Unglück», fuhr Helene Adis fort, «muss das auch noch einer von denen gewesen sein, die mit demselben Bus nach Hause fahren wie Sandra. Da hat sie sich das Leben wohl ein bisschen schwer gemacht.»

«Ja und die anderen Mädchen in der Klasse? Halten die denn nicht zu Sandra?»

«Das ist wohl ein wenig schwierig», erklärte Helene Adis langsam. «Weißt du, wenn sie immer die tollsten Sachen hat, entschuldige, Sibylle, ich muss es einfach so sagen, dann kommt halt Neid auf. Und wer hält schon den Kopf für jemanden hin, den er beneidet? Ich kann es meiner Jessi eigentlich nicht verdenken, wenn sie sich manchmal von Sandra wegsetzt. Wenn sie neben ihr sitzt, kriegt sie halt einiges ab, wofür sie gar nichts kann.»

Es ergab sich eine längere Pause.

«Ich glaub, ich zahle jetzt und schau mich noch ein wenig um. Das sind ja Neuigkeiten. War das alles, oder ist da noch was?»

Helene Adis schwieg und schaute an Sibylle Pitsch vorbei, als ob sie den Leuten nachschauen würde, die durch die Passage gingen.

«Helene, du guckst so komisch. Jetzt sag' es halt vollends. Da ist doch noch was. Ich kann schon noch was wegstecken.»

Die Angesprochene atmete tief ein und faltete die Hände vor der Brust.

«Die in der Klasse behaupten, der Blech sei zu ihr besonders freundlich.»

Die letzten beiden Wörter betonte sie besonders.

«Das kann ich mir aber nun gar nicht vorstellen, wo sie doch in Englisch in letzter Zeit so viel schlechter geworden ist», wunderte sich Sibylle Pitsch. «Wieso sollte er ausgerechnet zu Sandra besonders freundlich sein.»

«Tja, das weiß ich auch nicht.» Helene Adis spielte die Ahnungslose. «Vielleicht, weil er eure Familie kennt. Unterrichtet er nicht auch eure Sina?»

«Ja, doch, aber das ist ja wohl kein Grund.»

«Na ja, ich weiß ja auch nicht, ob das nun alles stimmt», versuchte Helene Adis zu beschwichtigen, «ich hätte das alles nie in Zusammenhang gebracht, wenn du mich nicht gefragt hättest. Ich hoffe, du bist mir nicht böse.»

«Nein nein, überhaupt nicht. Ich muss das nur erst einmal alles verdauen.» Sie atmete hörbar durch. «Ich hätte eine Bitte an dich. Wärst du so lieb und würdest mich anrufen, wenn du wieder irgendwas hörst, was mit Sandra zu tun hat? Ich wär' dir sehr dankbar.»

«Klar, Sibylle, du kannst dich auf mich verlassen. Übrigens, noch was anderes, was Gott sei Dank weniger problematisch ist. Weißt du, dass eure Sarah neuerdings einen netten Freund hat?»

«Sarah? Nein, das ist das Erste, was ich höre. Wen denn?»

«Marcel heißt er. Weiter weiß ich nicht. Aber er wohnt auch bei euch im Dorf.»

«Und woher weißt du das? Bist du sicher?»

«Absolut. Es ist nämlich so. Silvie hat immer von Marcel geschwärmt – natürlich, ohne es zuzugeben. Und jetzt regt sie sich laufend darüber auf, wie Marcel und Sarah zusammen in der Schule rumlaufen.»

«Und? Wie laufen sie denn rum?», Sibylle Pitsch erschrak schon wieder.

«Na, Händchen haltend, eng umschlungen, was halt bei so einer Schülerliebe heute dazu gehört.»

«Was? Meine Tochter knutscht auf dem Gang rum?»

«Das habe ich nicht gesagt. Das hast du gesagt. Sibylle, sei nicht so. Das haben wir doch alle in dem Alter gemacht.»

«Ja schon. Aber doch nicht öffentlich in der Schule.»

«Na, ich weiß nicht. Ich manchmal schon. Jetzt sei mir aber bloß nicht böse. Schließlich hast du mich ja gefragt.»

«Nein nein, keine Angst», sagte Sibylle Pitsch, wenn auch mit wenig Überzeugungskraft. «Gut, dass ich das jetzt auch weiß, dann will ich mal auf das Fräulein etwas genauer achten. Dass ich das von dir erfahren muss! Ich hatte gedacht, meine Töchter seien offen zu mir.»

«Aber fall' jetzt bitte nicht gleich über sie her. Das würde dir auch nichts bringen.»

«Ja ja, gut, ich bin vorsichtig. Es wird sich schon eine passende Gelegenheit ergeben. Und jetzt brauche ich noch einen Cognac. Was du mir alles gesagt hast, das ist schon eine geballte Ladung.»

«Aber ich hoffe», sagte Helene Adis, «du kannst Botschaft und Boten auseinanderhalten. Wir sollten uns demnächst wieder auf einen Kaffee treffen und ausgiebig miteinander quatschen, so wie früher, als die Kinder noch kleiner waren.»

«Ja, können wir gerne machen», stimmte Sibylle Pitsch zu. Aber es klang nicht so, als ob sie im Moment große Lust auf weitere Gespräche dieser Art hätte.

«Jetzt will aber ich dich noch etwas fragen», setzte Helene Adis neu an. «Stöhnt eure Sandra auch so über den Gaiser?»

«Klar. Der Käser ist bei uns immer wieder Tischgespräch. Ist schon eine Frechheit, was der sich herausnimmt. Kürzlich hat er drei Wochen gebraucht, bis er ein lächerliches Diktat korrigiert hatte. Das darf einfach nicht wahr sein. Sandra nennt ihn nur noch die faule Sau. Aber Sandra ist jetzt in Deutsch viel besser als letztes Jahr. Sie bringt immer wieder eine Zwei nach Hause.»

«Ja ja, natürlich, meine Jessi auch. Aber warte mal, was passiert, wenn die dann mal jemand anderen in Deutsch bekommen. Da fliegen sie alle auf die Nase, aber wie!»

«Meinst du?», fragte Sibylle Pitsch erstaunt.

«Das garantier' ich dir. Das war nicht bloß bei Silvie so, das ist bei allen so. Das weiß doch jeder, dass der so gute Noten gibt, damit er nichts tun muss und seine Ruhe hat. Und wie einer unterrichtet, den sie Käser nennen, kannst du dir ja vorstellen.»

«Interessant. Da muss ich Sandra mal fragen. Im Elternbeirat habe ich da nie etwas davon gehört.»

Dann ging ihr Gespräch zu Belanglosigkeiten über. Sie bezahlten ihren Kaffee und Helene Adis begleitete ihre alte Freundin noch etwas auf ihrem Bummel durch die Tübinger Altstadt.

So 11.3.2007

Sarahs Tagebuch

Super Familienleben: Gestern Abend Krach mit Sina. Wir haben uns ganz schön gezofft. Waren gestern Abend allein im Haus. Da hab' ich sie zur Rede gestellt. Hab' sie einfach direkt gefragt, was sie abends eigentlich immer bei Blech tut. Hast du was mit ihm?

Ich würde wohl spinnen, sagte sie. Sie wäre nur ein paar Mal dort gewesen, weil sie ihn wegen Englisch was fragen musste. Und sonst sei da nichts. Alles nur Gerede, was Andi da erzählt.

Ich habe gesagt, dass ich das sehr seltsam finde, was sie da treibt. Ich gehe ja auch nicht abends zu Schwarz, wenn ich Mathe nicht geblickt habe, und dabei ist der ja im großen Unterschied zu Blech 1. verheiratet und 2. älter. Sie kreischte dann los und schrie mich an, das würde mich gar nichts angehen, und ich sollte bloß meine freche Klappe halten, sonst könnte ich was erleben. Ich hab' ihr einfach ganz cool gesagt, dass ich gut auf eine Schwester verzichten kann, die sich vor dem Abi bei einem Lehrer einschleimt. Sie sei eine egoistische und scheinheilige Ziege und sollte ruhig auch einmal daran denken, dass sie nicht allein auf der Welt ist, sondern zwei jüngere Schwestern hat, die ein paar Jahre länger in dieselbe Schule gehen müssen. Da hat sie ein Buch nach mir geworfen und gedroht, Mama von mir und Marcel zu erzählen. Ich hab' dann bloß gesagt, dass ich wohl mitgekriegt habe, was mit Frank so alles gelaufen ist. Da hat sie mich gepackt und aus ihrem Zimmer geschmissen. Und jetzt ist Funkstille.

Aber glaub' ja nicht, das war's schon. Die andere (wirklich bessere) Hälfte kommt noch. Silvies Mutter hat Mama gesteckt, dass das liebe Sandralein in der Schule mordsmäßig mit unseren Sachen angibt – und vor allem auch mit Mamas neuem Handy!!! Sie machte dann voll die Razzia in Sandras Zimmer und hat die ganzen Schminksachen gefunden, die sie sich bei uns zusammengeklaut hat. Sandralein kriegte endlich mal eine richtige Abreibung. Mama nahm ihr alles weg, hat ihr das Taschengeld gestrichen und ihr Handy einkassiert. Kriegt sie erst in vier Wochen wieder. Großes Gejammere und Geheule! Und was das Ganze toppt: Sandralein muss sich jetzt jeden Morgen vor der Schule vom Mamilein checken lassen. Gönn' ich der affigen Zicke! Warum lässt sie auch nicht ihre Pfoten von unseren Sachen. Hoffentlich hält Mama die Kontrolle auch recht lange durch.

P. P.

Mo 12.3.2007

Mobbing

Um zwölf hatten sich die Lehrkräfte der 7A im Nebenzimmer des Lehrerzimmers zu einer Klassenkonferenz zusammengefunden. Dass auch der Schulleiter anwesend war, ließ vermuten, dass es sich bei dem Anlass um keine Lappalie handelte. Und offensichtlich war Rossburg auch nicht nur zum Zuhören gekommen, sondern ergriff sofort das Wort.

«Liebe Kolleginnen und Kollegen, ich danke Ihnen dafür, dass Sie sich die Zeit für diese Besprechung nehmen, obwohl Sie ja alle heute Nachmittag wieder unterrichten müssen. Der Anlass ist mir äußerst unangenehm. Ich bat deshalb Herrn Blech, Sie für heute zu dieser Besprechung einzuladen. Der Fall ist folgender: Vor ein paar Tagen rief mich Frau Pitsch an, ich nehme an, einige von Ihnen kennen sie, die Frau von Rechtsanwalt Dr. Pitsch. Frau Pitsch war ja auch mal für kurze Zeit unsere Elternbeiratsvorsitzende. Die Pitschs haben drei Töchter an unserer Schule, in den Klassen 13, 9E und in der 7A. Und es handelt sich um Sandra in der 7A. Frau Pitsch macht sich Sorgen darum, dass ihre Sandra in letzter Zeit immer wieder weinend nach Hause kommt und nicht mehr in die Schule gehen will. Sie sagt, sie muss das Kind immer wieder aufbauen und trösten, damit sie morgens rechtzeitig losgeht. Angefangen hat das wohl kurz vor Weihnachten und scheint seither von Woche zu Woche schlimmer geworden zu sein. Bislang hat Sandra gleichmäßig gute Leistungen gezeigt, aber jetzt macht sich wohl ein Einbruch bemerkbar.

Frau Pitsch hat in aller Vorsicht angedeutet, dass es in der 7A manchmal sehr rau zugeht, unter den Schülerinnen und Schülern natürlich, und hat mich in einem etwas unangenehmen Ton gefragt, ob wir denn überhaupt wüssten, was in der Klasse alles läuft. Ich möchte Sie nun bitten, ihre Eindrücke von der Klasse zu schildern, und Sie fragen, ob Sie in ihrem Unterricht irgendetwas beobachtet haben, was in diesem Zusammenhang wichtig sein könnte. Zunächst Herr Blech, der Klassenlehrer. Bitte!»

Blech räusperte sich und beugte sich leicht vor. Er hatte ein Blatt mit Stichwörtern vor sich liegen, auf das er die meiste Zeit schaute. Nur zwischendurch erhob er seinen Blick und sah Rossburg kurz an. Er atmete hörbar ein.

«Nun», begann er unsicher, «ich kann nicht so viel sagen, wie es vielleicht wünschenswert wäre. Ich habe ja als Klassenlehrer mit den Kindern im Herbst gleich einen Ausflug gemacht. Da ist mir allerdings nichts aufgefallen. Und jetzt, nun, vielleicht leichte Veränderungen in der Sitzordnung. Sandra sitzt vorne links neben ihrer Freundin Jessica, das heißt, nicht immer, manchmal sitzt Jessica auch eine Reihe weiter hinten, und dann sitzt Sandra ganz allein da. Vielleicht streiten sich die beiden manchmal. Wenn ich sie mit den anderen Mädchen der Klasse vergleiche, würde ich vielleicht sagen, dass sie mit ihrer Kleidung sehr auffällt. Sie scheint mir ihre älteren Schwestern zu imitieren. Jedenfalls hebt sie sich von den anderen Mädchen deutlich ab.»

«Wie denn? Können Sie das genauer beschreiben?», fragte Rossburg nach.

«Ja, schon. Sie war, wenn ich mich richtig erinnere, die erste, die sich die Haare gefärbt hat. Sie trägt auffällig große Ohrringe. Ihre Fingernägel haben fast jede Woche eine andere Farbe, und seit Kurzem malt sie sich auch noch die Augen an, aber wie! – Ja, das wäre es eigentlich schon. Vielleicht hilft das weiter.»

Er schaute unsicher in die Runde. Befriedigt stellte er fest, dass die Kolleginnen und Kollegen leicht mit dem Kopf nickten, und lehnte sich wieder etwas lockerer zurück.

«Und Sie bestätigen alle diese Beobachtungen?», fragte Rossburg.

«Ja, sicher», meldete sich Rita Rothkopf zu Wort. «Also ich habe im Sportunterricht den Eindruck, dass Sandra von den anderen ziemlich geschnitten wird. Aber daran ist sie selbst schuld.»

«Wie meinen Sie das?», forschte Rossburg nach.

«Zunächst mal ist sie übertrieben wehleidig und zickig und schreit sofort, wenn sie irgendjemand beim Ballspielen auch nur berührt. Sie benützt jede Kleinigkeit, um eine Auszeit zu bekommen und am Rand zu sitzen. Die andern lachen schon. Und andererseits gibt sie mit ihrer Sportkleidung und ihren Schuhen an. Für sie ist der Unterricht so was wie eine Modeschau. Was ihren Aufzug insgesamt betrifft, kann ich nur bestätigen, was Herr Blech gesagt hat.»

Gaiser hob die Hand und bat ums Wort.

«Das allein kann es aber nicht sein. Das sehen wir doch oft, dass sich Mädchen in diesem Alter so verhalten. Und das ist doch normal. Und nicht immer, oder glücklicherweise sogar in den wenigsten Fällen, werden sie von den anderen so geschnitten. Da muss doch noch mehr dran sein. Kann sich darum nicht einmal unser Schulpsychologe kümmern. Ich meine, wir sind hier doch alle überfordert.»

«Du vielleicht», zischte Hammerschmidt vor sich hin.

Sonst wurde Gaisers Äußerung ignoriert. Es meldete sich die Kunsterzieherin.

«Ich habe in Kunst so einige Beobachtungen gemacht, die vielleicht zu einer Erklärung beitragen können», schaltete sich Dorothea Kraus-Jakobson ein. «Die Jungen halten sich immer die Nase zu, wenn sie in ihre Nähe kommen, und ich habe einen von ihnen zur Rede gestellt. Sie hat die Jungs wohl beleidigt. Sie hat sich wohl einmal sehr stark parfümiert und muss zu den Jungs gesagt haben, ihre Kleidung würde stinken und sie kämen morgens oft ungewaschen daher. Da mag manchmal was dran sein, wenn ich mir die Burschen so anschaue; aber sie hätte so etwas trotzdem nicht sagen sollen, weil sie sich gleichzeitig mit allem Möglichen in den Vordergrund spielt, ob das nun ein besonders raffiniertes Handy oder ein MP3-Player ist oder ob es einfach ihre Markenkleidung ist. Ich glaube, da ist auch eine ganze Menge Neid im Spiel. Denn die Jungs, um die es sich meiner Meinung nach handelt, kommen nicht aus sehr betuchten Familien.»

Rossburg horchte auf und machte sich ein paar Notizen. Dann sah er in die Runde.

«Aber wir haben doch ein Streitschlichterteam an der Schule. Können die Streitschlichter denn nichts ausrichten?», fragte er. Hier fühlte sich Gisela Hirschmüller-Hase zuständig.

«Eigentlich schon, nur ist der Fall schwierig, weil ein offener Streit nicht stattfindet. Die Kleine wird wohl ständig mit kleinen Nadelstichen geplagt. Und das findet ja auch zum Teil außerhalb der Schule statt. Ein gutes Drittel der Klasse fährt ja mit demselben Bus nach Hause – ohne Streitschlichter. Wir müssen diese Sache anders angehen.»

«Verstehe», antwortete Rossburg. «Dann sollten wir aber mit den betreffenden Schülern und mit Sandra Pitsch Einzelgespräche führen. Das wäre dann zunächst ihre Aufgabe, Herr Blech. Sie wissen doch sicher, um welche ihrer Schüler es sich handelt?»

Der Angesprochene schaute auf und nickte.

«Ja, ich weiß es. Ich werde mich der Sache annehmen.»

«Sonst noch etwas?», fragte Rossburg und schaute in die Runde.

«Ja», sagte Gaiser, «ich habe schon sehr viel über die Klasse nachgedacht und ...».

«Na hoffentlich», rief Hammerschmidt dazwischen.

«Bitte, Herr Hammerschmidt», tadelte ihn Rossburg.

«... und ich meine, wir müssten die Klassen umstrukturieren. Dann hätte wir es leichter.»

Rossburg setzte ihm geduldig auseinander, dass das keine Lösung wäre, weil ja dann immer wieder Eltern mit der Forderung kommen würden, die Klassen zu verändern, wenn ihre Kinder gemobbt würden.

Damit war die Sitzung aufgehoben, und schnell verließen die Kolleginnen und Kollegen den Raum, um ihre Mittagspause noch zu nutzen. Karl-Heinrich Hammerschmidt blieb allerdings an der Tür stehen und sprach Blech an.

«Herr Blech, kann ich Sie noch einen Moment sprechen?»

«Ja ja, ja bitte, was gibt es denn?», fragte der Angesprochene etwas gereizt und wollte sich an ihm vorbei ins Lehrerzimmer begeben.

«Bleiben Sie bitte noch einen Moment hier», bat ihn Hammerschmidt. «Die Sache ist vertraulich.»

Blech setzte sich wieder und sah zu Hammerschmidt auf. Hammerschmidt schaute ihm in die Augen und sagte:

«Es ist mir äußerst peinlich, Sie darauf ansprechen zu müssen. Ich habe noch von einem Detail gehört, das ich vorher nicht erwähnen wollte. Wissen Sie, wovon ich rede?»

«Nein, keine Ahnung, wovon denn?»

«Nun, die Jungs aus Wurmlingen ärgern Sandra mit einer Sache, die diese pubertierenden Kinder sehr aufregt. Sie behaupten, Sandras Schwester Sina ging bei Ihnen ein und aus.»

Blech wurde rot im Gesicht.

«Onkel Blech ist dein Schwager, sagen sie zu ihr», fuhr Hammerschmidt in sehr sachlichem Ton fort. «Und ein Kollege hat mir erzählt, dass er von einer Bank im Klassenzimmer der 7A letzte Woche eine ziemlich anzügliche Schmiererei über Sie und Sina Pitsch entfernt hat.» Er machte eine Pause und schaute Blech fragend an. Blech sah weg und reagierte nicht. Hammerschmidt legte ihm die Hand auf die Schulter, beugte sich etwas zu ihm hin und sagte, nun etwas freundlicher:

«Sie müssen sich mir gegenüber nicht rechtfertigen. Was Sie tun oder nicht tun, ist Ihre Angelegenheit. Bitte verstehen Sie mich recht. Ich möchte Ihnen nur in aller Fairness sagen, was unter den Schülern geredet wird, damit Sie alle Aspekte der Angelegenheit überblicken.»

Blech schaute wieder vor sich hin.

«Ich weiß nicht, was ich Ihnen sagen soll; aber ich danke Ihnen für Ihre Offenheit», sagte er leise.

«Selbstverständlichkeit» antwortete Hammerschmidt. «Das war's schon. Ich kann Ihnen nur eine glückliche Hand in dieser Sache wünschen.»

«Danke», sagte Blech leise. Hammerschmidt ging aus dem Raum und ließ Blech alleine zurück.

Di 13.3.2007

Sarahs Tagebuch

So ein Mist! Jemand muss gepetzt haben. Mama hat zwar wegen M. noch nichts gesagt, aber sie schaut mich die ganze Zeit richtig blöd an. Ich hasse es und halte es fast nicht aus. Plötzlich interessiert sie sich für meine Frisur und will, dass ich mir die Haare hochstecke, nur um einmal zu sehen, wie das aussieht. Verlogen! Ich weiß schon, was sie will. Kontrollieren will sie mich.

Und wie ich heute gesagt habe, dass ich heute Abend mit Miri weggehen will, fragt sie mich doch glatt, ob sie mich mit dem Auto zu ihr hinbringen soll. So etwas hat sie schon jahrelang nicht mehr gefragt. Wie können Erwachsene so falsch sein? Die eigenen Eltern! Ich halt's im Kopf nicht aus! Habe schnell gesagt, das ist nicht nötig, wir treffen uns an der Schule. Habe Miri eine SMS geschickt, damit die Bescheid weiß. Soll sagen, wir gehen zusammen nach Tübingen in die Disco.

Das Blöde ist, ich weiß nicht, was Mama weiß. Irgendwas weiß sie aber, das liegt in der Luft. Und ich weiß auch nicht, wer gepetzt hat, aber das krieg' ich noch raus. Glaube nicht, dass es Sina war. Die hat allen Grund sich mit mir gut zu stellen, und das weiß sie auch. Und wenn Sandra ein schlechtes Gewissen hätte, tät' ich es merken. Die kann sich nicht so gut verstellen. Und außerdem will sie sich ja immer Klamotten von mir ausleihen und weiß genau, dass es damit aus wäre, wenn sie mich ärgert oder in Verlegenheit bringt.

Wenn wir beim Essen sitzen, lasse ich mein Handy jetzt lieber aus. Kaum war ich heute vom Tisch aufgestanden, pfeift das blöde Ding, weil M. mir eine SMS geschickt hat. Sie war wirklich süß. Aber wenn sie mich am Tisch gefragt hätten, autsch! – das wäre peinlich gewesen!!!

Ich mache mich jetzt zurecht und schaue, dass ich ungestreift aus dem Haus komme.

P.P.

Mi 14.3.2007

Peinliche Pflichtübung

Blech war sich lange nicht schlüssig gewesen, wie er die Sache mit Sandra Pitsch angehen sollte. Da Rossburg ihn in aller Form damit beauftragt hatte, konnte er die Angelegenheit nicht aufschieben, noch auf sich beruhen lassen, was er natürlich am liebsten getan hätte. Und nach dem, was Hammerschmidt ihm fast en passant hingewischt hatte, verursachte ihm diese ausstehende pädagogische Pflichtübung ein übles Gefühl in der Magengegend.

Auch ihm war wohl aufgefallen, dass dieses junge Ding in auffälliger Weise die große Dame spielen wollte, und er brauchte auch gar nicht lange daran herumzurätseln, welche Jungs als Störenfriede in Frage kämen. Die Konstellation trat ja deutlich zu Tage. In den beiden hinteren Reihen saß der VfB-Fanclub, die Clique, die sich mit dem rotweißen Fanschal uniformierte, in der Pause Schlachtrufe und Fansongs ertönen ließ und ihn nach jedem Spiel der Stuttgarter fragte, ob er es denn auch gesehen hätte. Jedes Mal musste er die Jungs enttäuschen, und jedes Mal fragte einer von ihnen ganz erstaunt: «Ja, interessiert Sie denn Fußball überhaupt nicht?»

Ein paar von ihnen sah er manchmal, wenn er joggen oder spazieren ging. Sie wohnten also gar nicht weit von ihm. Und diese VfB-Fans sahen sich in seiner Klasse einer weiblichen Übermacht von Shakira-Verehrerinnen und Britney-Spears-Anhängerinnen gegenüber, die in Hüfthosen und breiten Gürteln herumliefen, deren riesige glitzernde Schnallen die Unterleibsregion betonten und unweigerlich die Blicke auf den Kükenspeck lenkten, der über die Gürtel quoll. Da und dort glitzerte schon ein kleines Piercing, und im Bereich der Lendenwirbel zeigten sich bei Clarissa Dumpf, einem pummeligen Mädchen aus dem Oberen Gäu, sogar schon die Ausläufer einer Tätowierung, die manchmal etwas abwertend als «Arschgeweih» bezeichnet wird. Er hatte sich dazu entschlossen, die Mädchen aus allem herauszuhalten und die Jungs in kleinen Gruppen von zweien oder dreien auf das Problem anzusprechen. Wie aber sollte er es anstellen, dass dieses Gespräch ohne Aufsehen vonstatten ging?

Die Aktion sollte Methode haben und so in seinen Unterricht eingegliedert sein, dass niemand merkte, worum es ihm dabei wirklich ging. Er musste einen plausiblen Grund finden, die Klasse in kleine Gruppen aufzuteilen. Er überflog seinen Stoffverteilungsplan und dachte nach. Ja, ganz am Anfang des Schuljahres waren Aufgaben zur Wegbeschreibung vorgesehen gewesen. Dieses Thema hatte er nicht so ausführlich behandelt wie die Kollegen, die in den Parallelklassen unterrichteten. Das wusste er. Je länger er darüber nachdachte, umso logischer erschien ihm sein Plan. Klassen zur genauen Beobachtung und exakten Formulierung anzuleiten, war ja ein ganz allgemeines Lernziel, das man nicht erst rechtfertigen musste. Und Spielchen, bei denen es um echte Kommunikation ging, mochten die Klassen immer.

Er setzte sich hin und schrieb Anweisungen auf einzelne Karten:

«Describe your way from the arts room to the staff room. But don't tell what room you are going to. Your classmates must find it out when they listen to your description.»

«Describe your way from the gymnasium to the music room ...»

Nachdem er erst einmal auf die Idee gekommen war, ergaben sich die verschiedenen Aufgaben wie von selbst. Zehn hatte er beisammen; es würden sich also sieben Dreiergruppen und drei Vierergruppen ergeben. Und wer mit wem zusammenarbeiten würde, das war ja leicht vorauszusehen.

Er brauchte der Klasse nur zu sagen, dass sie für zwanzig Minuten das Klassenzimmer verlassen konnten und innerhalb von höchstens zwanzig Minuten an Ort und Stelle ihren Weg beschreiben mussten, und schon waren alle begeistert und stürmten mit ihren verschiedenen Arbeitsaufträgen geräuschvoll davon. Er hatte den vier Jungs, die er im Verdacht hatte, die Karte mit dem entferntesten Ausgangspunkt zugeschoben, dem Umkleideraum in der Turnhalle. Dort konnte er mit ihnen reden, ohne dass die anderen etwas von dem Gespräch hören konnten. Er ging ihnen langsam nach bis zur Treppe, die zu den Umkleideräumen hinunterführte, ließ sie erst fünf Minuten formulieren und dann wollte er sie ansprechen. Er hörte sie den Gang entlangkommen.

«Die Wörter, die wir nicht wissen, lassen wir einfach weg und fragen ihn nachher.»

«Die muss er uns sagen.»

«Wie sollen wir wissen, was das heißt?»

Jeder der vier Jungs entschuldigte sein Unvermögen auf seine Art. In der Fremdsprache waren sie alle nicht besonders fit. Wörterlernen war nie ihre Sache gewesen.

«Herr Blech, gut dass Sie gleich zu uns kommen», sagte der Erste, der ihn sah. «Wir wissen ein paar Wörter nicht. Sie müssen uns helfen.»

«Dann zeigt mal her. Dazu bin ich ja hergekommen.»

«Niklas hat alles aufgeschrieben, und wir schreiben es dann von ihm ab», sagte Robert Letzgus. Blech nahm Niklas' Heft in die Hand und runzelte die Stirn. Das Gekrakel war kaum zu entziffern.

«Uff, wer soll das lesen können?», stöhnte Blech.

«Ja, schreiben Sie mal auf dem Hallenboden oder an der rauen Wand; da geht's einfach nicht besser.»

«O.K. – aber schreibt es dann wenigstens sauber ab.»

Blech las die mageren zwei Sätze durch, die die vier Jungs zustande gebracht hatten, und ersparte sich jeden Kommentar. Stattdessen steuerte er auf das Thema zu.

«Das ist jetzt gerade geschickt, dass ich euch vier beieinander habe.»

«Wieso? Warum?»

Vier Jungs schauten ihn mit großen unschuldigen Augen an.

«Es hat Klagen über euch gegeben. Könnt ihr euch denken warum?»

«Nein.»

«Nein. – Was sollen wir denn gemacht haben?»

«Man hat beobachtet, dass ihr zu Sandra Pitsch sehr wüst seid.»

«Wir? Wieso denn?»

«Nun ja, wie würdet ihr das finden, wenn euch jemand die Schokolade aus der Hand schlagen würde, die ihr gerade verteilen wollt?»

«Oooch, das, das ist ja schon eine Weile her. Ja, das war schon ein bisschen gemein. Aber die hat auch angefangen», sagte Niklas Pavlovic. Der wortgewandte Nichtschwabe machte sich zum Wortführer.

«Was heißt angefangen? Hat sie euch denn auch etwas weggenommen oder kaputt gemacht?»

«Nein, aber sie hat gesagt, dass wir dreckige Klamotten anhaben und stinken. Und das ist eine Gemeinheit. Stimmt's?»

«Ja, genau, das stimmt», pflichteten die anderen bei.

«Und das lassen wir uns nicht gefallen», fügte Robert hinzu. «Und die stinkt manchmal nach Parfüm und gibt immer furchtbar an.»

«Aber deswegen könnt ihr doch nicht jeden Tag einen Riesenbogen um sie herum machen und euch die Nase zuhalten, als könntet ihr es nicht neben ihr aushalten. Das geht wirklich nicht.»

«Machen wir auch nicht jeden Tag. Das ist nicht wahr», protestierte Niklas.

«Wisst ihr, warum ich mit euch rede? – Nein? – Sandras Mutter hat sich bei Herrn Rossburg beklagt, weil Sandra nicht mehr in die Schule gehen möchte. Und sie gibt euch die Schuld.»

Schweigen.

Drei Jungs schauten regungslos auf den Boden, aber Niklas blickte Blech trotzig ins Gesicht. Er wurde rot im Gesicht und die Tränen standen ihm in den Augen. Er suchte nach Worten.

«Die nervt uns. Die nervt uns einfach. Die tut so, als ... als sei sie der King, bloß weil ihre Alten Geld haben und sie sich immer wieder die Klamotten von ihren Schwestern holen kann.» Er redete von Satz zu Satz schneller. «Gibt mit Sachen an, die ihr gar nicht gehören. Die hat das neueste Handy, die hat die neuesten Markenklamotten, die geht über Mittag zu McDonald's, und das posaunt sie alles durch die Gegend. Und dass ihre Mutter sich jetzt über uns beklagt, das ist das Letzte. Meine Eltern beklagen sich nie, wenn mich jemand nervt. Das ist ungerecht. Mein Vater ist halt nicht Rechtsanwalt und schafft bloß beim Daimler.»

Er holte Luft. Dann schaute er auf den Boden. Der Druck war verpufft, und es war wohl mehr aus ihm herausgesprudelt, als er hatte sagen wollen.

«Und dann ist die ja auch bei den Lehrern besser angeschrieben als wir», warf Robert ein. Das wirkte auf Blech wie ein Tiefschlag. Er konnte einen Moment gar nichts sagen und hielt sogar den Atem an. Dann ging er zum Angriff über.

«Wie meinst du denn das? Kannst du mir das erklären? Niemand wird von uns bevorzugt. Oder kannst du mir ein Beispiel nennen, wo Sandra von mir bevorzugt wurde?»

Da meldete sich auch Kevin Leins zu Wort, der Kleinste von den vieren.

«Genau, Genaues – also etwas ganz Genaues kann man da nicht sagen. Aber alle meinen, dass Sie zu Sandra sehr freundlich sind. Tschuldigung. Aber das meinen auch die Mädchen.»

«Das ist doch Unsinn, absoluter Unsinn», stieß Blech hervor.

Sein Magen machte sich wieder bemerkbar und er fühlte, wie seine Hände zu zittern begannen. Er wusste, dass er das Gespräch schnell beenden musste.

«Ich sage jetzt nichts mehr zu dem Thema. Ihr wisst, dass Klagen über euch eingegangen sind. Und wenn sich das wiederholt, dann bekommt ihr bestimmt Schwierigkeiten mit Herrn Rossburg. Alles klar? Und jetzt macht mal mit eurer Aufgabe weiter. Allzu weit seid ihr ja noch nicht gekommen.»

Er machte auf dem Absatz kehrt und ging zu einer anderen Gruppe. Die Jungs trotteten in großem Abstand hinter ihm her. Trotzdem hörte er, wie sie aufgeregt flüsterten. Ohne dass er ein Wort von dem verstand, was sie sagten, konnte er hören, in welch zornige, trotzige und aggressive Stimmung er die Jungs versetzt hatte. Rossburgs Auftrag hatte er wohl ausgeführt, aber nichts damit erreicht, aber auch gar nichts. Eher hatte er dabei in ein Wespennest gestochen und eine neue Welle von Sticheleien ausgelöst.

Er ging von Gruppe zu Gruppe, ohne aber den Schülerinnen und Schülern viel zu sagen. Was sie schrieben oder auch nicht, hatte all sein Interesse verloren. Eigentlich hatte er in zwanzig Minuten die ganze Klasse wieder im Klassenzimmer sehen wollen, aber nun ließ er die Zügel locker, da er Zeit brauchte, um mit sich selbst zurechtzukommen. Erst kurz vor Ende der Stunde waren alle wieder im Klassenzimmer. Blech benutzte den Vorwand, dass alle Aufgaben noch ins Reine geschrieben werden müssten, und ging bis zum Ende der Stunde im Klassenzimmer auf und ab, während die Klasse schrieb.

Fr 16.3.2007

Stummfilmszene

Otto Wolf saß an seinem Platz mit dem Rücken zur Tür, von wo aus er das ganze Lehrerzimmer im Auge haben konnte. Er versuchte sich auf einen Artikel in einer Sprachzeitschrift zu konzentrieren und trank dabei etwas Tee aus dem Schraubverschluss seiner Thermosflasche. Immer wieder schaute er gereizt zum Tisch der Referendarinnen hinüber, die völlig ungehemmt und laut irgendwelchen Klatsch aus dem Seminar verbreiteten und laufend in schrilles Gelächter ausbrachen. Vor allem diese dicke Praktikantin ging ihm auf die Nerven. Noch vor ein paar Jahren war sie schüchtern in seinem Unterricht gesessen und hatte kaum Pieps sagen können, und nun, da sie gerade mal drei, vier Semester irgendwas studiert hatte, saß sie die ganze Zeit hier herum und spielte sich auf, als habe sie besonderes Hausrecht. Da konnte er nur mit dem Kopf schütteln. «Wenn so die nächste Lehrergeneration aussieht, na dann!»

Vor gut einem Jahr hatte eine Referendarin in einer seiner Klassen so langweilig unterrichtet, dass er in der letzten Reihe Mühe gehabt hatte, seine Augen offen zu halten. Damals wollte er wissen, wie lange ihm so etwas noch zugemutet würde und hatte es ausgerechnet. Seither zählte er wochenweise zurück und konnte fast immer auf Anhieb taggenau angeben, wie lange es noch bis zu seinem letzten Arbeitstag war. Jetzt waren es noch 515.

Doch diese Aussicht machte ihm die jungen Damen auch nicht erträglicher. Missmutig stand er auf und ging ins Nebenzimmer. Dort war er allein. Er setzte sich an den Tisch und las weiter. Nach einer Weile fröstelte er. Er ging an die Fensterseite und betastete die niederen braunen Heizkörper. Klar, sie waren kalt. Man konnte ja auch nicht verlangen, dass das Bauamt einer sparsamen schwäbischen Kleinstadt es fertigbrachte, die Schulgebäude mit einer gut steuerbaren Heizung versehen zu lassen.

Blicklos starrte er hinüber zu den Fenstern des Korridors, der zum Neubau führte, als sich dort plötzlich etwas Helles bewegte. Es sah genauer hin und erkannte Blech, der dort mit einer Schülerin stand. Das Gespräch der beiden schien dramatisch zu sein.

Denn Blech zuckte immer wieder mit den Achseln und machte abwehrende Handbewegungen, und immer wieder gestikulierte er vor dem Gesicht des Mädchens mit ausgestrecktem Zeigefinger herum. Plötzlich erstarrten beide, denn es kam jemand die Treppe herauf und ging an ihnen vorbei. Und dann ließ das Mädchen ihn stehen. Sie ging in den Neubau. Unter der Tür drehte sie sich noch einmal zu Blech um und sagte etwas. Und noch einmal machte Blech diese abwehrende Handbewegung. «Na so was, schau an, der Blech», sagte Otto Wolf vor sich hin und wandte sich für den Rest seiner Freistunde noch einmal seiner Sprachzeitung zu. In der Mittagspause kurz nach ein Uhr fragte ihn sein Tischnachbar Kirch: «Gehst du mit zum Chinesen?»

«Wollte heute eigentlich nicht essen gehen. Aber jetzt, wo du mich fragst, schon. Besser als die ganze Zeit hier herumsitzen. Ich brauche mal Luftveränderung zwischendurch.»

Sie gingen Richtung Stadtzentrum, überquerten die Sprollstraße und schritten schnell auf den Stadtgraben zu.

«Wir rennen ja wie gehetzt», bemerkte Otto Wolf.

«Tut mir leid. Ich hab die Eile noch in den Knochen», entschuldigte sich Kirch. «Den ganzen Vormittag bin ich von einem Klassenzimmer ins andere gerannt, treppauf und treppab. Ich muss erst mal wieder runterkommen. Mitten in der fünften Stunde hat sich dann auch noch der Tageslichtprojektor verabschiedet. Plötzlich hat es brenzlich gerochen, dann ging er aus. Und dann bin ich ins Lehrerzimmer gerannt und hab‘ einen von denen geholt, die gerade repariert worden sind.»

«Du hättest doch einen Schüler schicken können.»

«Aber doch nicht von den Fünfern. – Übrigens stand da der Blech mit so einer Schülerin heftig diskutierend im Korridor bei der Treppe. «So nicht, so nicht», hat er gesagt. Und wie ich dann an den beiden vorbei bin, standen sie da wie die Salzsäulen. Wirklich komisch. Ich musste mir das Grinsen verbeißen.»

«Ja, ich hab‘ das auch gesehen, vom Nebenzimmer aus.»

«Kennst du die Schülerin?»

«Nicht direkt, war wohl eine aus der Dreizehnten, vielleicht aus seinem Englischkurs. Wahrscheinlich hat sie gegen eine Note protestiert.»

«Dafür schien mir die Diskussion fast etwas heftig. Na ja, das Mädchen ist wohl sehr temperamentvoll», lachte Kirch.

«Vielleicht war das auch ein Privatgespräch. Schließlich ist der Blech Single.»

«Single schon, aber doch fünfzehn bis zwanzig Jahre älter», schätzte Kirch.

«Na und? Der wäre nicht der Erste, der eine freit, die gerade Abitur gemacht hat.»

«Aber das ist ja noch ein paar Monate hin.»

«Vielleicht bahnt sich da was an.»

«Mit einem Krach? Wir sind doch nicht bei Shakespeare. Blech als Petruchio, könntest du dir das vorstellen?», lachte Otto Wolf. «Kiss me Kate? Nee, eigentlich doch nicht. Der Blech zähmt keine. Dazu fehlt dem der Mumm.»

«Also kein Macho?»

«Eher nicht! Aber weißt du was», sagte Otto Wolf schließlich, «ist doch mir egal, was der mit seinen Schülerinnen hat. Mich interessiert so etwas eigentlich doch nicht.»

«Eigentlich nicht, aber heute schon», forderte ihn Kirch heraus.

«Nein, heute auch nicht. Wer hat denn mit dem Thema angefangen? Du, nicht ich», verteidigte er sich und deutete mit ausgestrecktem Zeigefinger auf Kirch.

Sie betraten lachend das kleine Lokal und setzten sich an die letzten beiden freien Plätze und studierten die Speisekarte.

«Zweimal Pekingsuppe, und das andere müssen wir uns noch kurz überlegen», sagte Kirch zur Bedienung.

«Pass auf, was du wählst. Die gebratenen Reisnudeln sind einfach zu fett», warnte Otto Wolf, und Blech und seine Schülerin waren schon wieder vergessen.

Während sie auf das Essen warteten, fragte Kirch: «Otto, hast du mitbekommen, wie es zwischen Bruno und dem Faulbaum gefetzt hat?»

«Heut vor einer Woche? Ja, ich war doch dabei.»

«Nein, das meine ich nicht. Vorgestern, unten im Foyer am Kaffeeautomaten.»

«Weiß ich nichts von.»

«War wohl die Fortsetzung von neulich. Faulbaum hat wohl den

Schwarz zur Rede stellen wollen und verlangt, dass er sich bei ihm entschuldigt. Da ist der Schwarz wieder einmal oben raus. Er hat ihn erst mal ausgelacht, wie er denn auf diese hirnrissige Idee kommen könne, von ihm eine Entschuldigung zu verlangen. Und dann hat er ihm einiges von dem erzählt, was man so von ihm hört. Wenn du nur einen kleinen Fetzen Ehrgefühl hättest, dann würdest du die Schule wechseln und woanders ein neues Leben anfangen und endlich mal was arbeiten, hat er zu ihm gesagt.»

«Und? Der Faulbaum hat sich geschüttelt?»

«Nee. Der hat gedroht. Er hat gesagt, Bruno hätte Glück, dass sie gerade in der Schule seien. Aber der Bruno hat seine freche Klappe immer noch nicht gehalten. Woanders würde er ihm das auch nicht sagen, hat er gesagt. Woanders sei er ja auch nicht so faul. Aber das gehe ihn nichts an.»

«Was meint er damit?»

«Weiß ich auch nicht. Wahrscheinlich Weibergeschichten.»

«Das hätte er lieber nicht sagen sollen. Da ist Faulbaum sehr empfindlich. Und wenn ausgerechnet Bruno ihm dann noch so etwas vorhält, dann muss doch bei dem eine Sicherung durchbrennen.»

Der Koch stellte die Suppe auf den Tisch.

«Ja, solche Sachen sollte er nicht sagen. Sonst kocht da noch einmal was über.»

Er blies vorsichtig über den Suppenlöffel und fügte spöttisch hinzu:

«Wie leicht kann man sich aber auch das Maul verbrennen.»

Fr. 16.3.2007

Sarahs Tagebuch

Heute hab ich Geo endlich geblickt. Mussten etwas konstruieren mit Dreiecken und so. Marcel saß neben mir. Hat mir immer wieder was gezeigt (dabei auch immer meine Hand angefasst, mitten im Unterricht!!!) – Schwarz hat was gemerkt. Hat sich zwischen uns geschoben und in mein Heft geschaut. Er riecht gut, ähnlich wie Papa manchmal. Vielleicht das gleiche Rasierwasser. Konnte mich deshalb einfach nicht konzentrieren und habe prompt die Zeichnung mit einem falschen Strich versaut. Aber Schwarz war ganz lieb. Hat mir geholfen, dass ich's wieder hinkriegte. Hat übrigens schöne Hände, allerdings mit ziemlich vielen dunklen Haaren. Hat mir kurz die Konstruktion erklärt und mit ein paar klitzekleinen Punkten markiert, wie die Linien laufen müssen. Dann ist er weitergegangen. Mama weiß jetzt, dass Marcel neben mir sitzt, und ich weiß auch, woher. Quatscht neuerdings laufend am Telefon mit Silvies Mutter. Dreht sich wohl um Sandra. Habe zu Silvie gesagt, sie soll daheim nicht so viel rumlabern über Marcel und mich. Geht dich gar nichts an, was ich daheim rede, hat sie gesagt, die blöde Kuh. Könnte sie auf den Mond schießen.

P.

Di 27.3.2007

Hier riecht was faul

Am Dienstagmorgen war es windig und regnete heftig. Wieder mal so ein Tag, an dem man nur ungern aus dem Haus ging. Wenigstens musste Otto Wolf heute erst ab der dritten Stunde unterrichten. Ausgerechnet auf dem kurzen Weg vom Parkplatz ins Schulgebäude erwischte ihn ein heftiger Regenguss. Dabei war er ohnehin schon erkältet und fühlte sich schlecht. Aber er wollte sich nichts anmerken lassen. Es war ihm schon unangenehm genug, wenn er in den schlecht gelüfteten und überfüllten Klassenzimmern zu husten anfing. Manchmal musste er einfach das Fenster öffnen, um durchatmen zu können, vor allem wenn mangels intakter Thermostate ein Klassenzimmer völlig überheizt war, was ja fast die Regel war. Prompt ertönten dann Schreie: «Bitte das Fenster schließen. Es ist zu kalt.» Der Unterricht in den Wintermonaten war ihm daher oft sehr unangenehm. Woche für Woche spürte er, wie sein

Hustenreiz von Montag bis Freitag schlimmer wurde. Freitags hustete er am meisten, erholte sich übers Wochenende wieder, wie es ja in Lehrerkreisen schon sprichwörtlich ist, und dann konnte die neue Runde am Montag wieder beginnen. Immer mehr beneidete er die Leute, die ihrer Arbeit in einer gepflegteren Umgebung nachgehen konnten. Vor ein paar Jahren hatte sich ein älterer Kollege an eine andere Schule mit neuen Räumlichkeiten versetzen lassen und seinen Wunsch nach Veränderung den Kollegen gegenüber unter anderem damit begründet, dass er nicht mehr in diesem Rattenloch arbeiten wollte und ein Recht darauf habe, seine Arbeit in einem menschenwürdigen Gebäude zu verrichten. Otto Wolf fand diese harte Charakterisierung seines Arbeitsplatzes maßlos übertrieben, aber sie fiel ihm immer wieder ein, wenn er sich nicht ganz wohl fühlte.

Die neunundsechzig Stufen zum dritten Stock, die er sonst flott hochging, brachten ihn heute etwas ins Schnaufen, und er horchte in sich hinein. Er versuchte seinen Atem zu kontrollieren, schon allein weil er nicht tief einatmen wollte, wenn er sich durch die eng stehenden Schüler durchschieben musste, deren feuchte Kleidung oft aufdringlich nach Zigarettenrauch stank. «Man darf hier im Haus einfach kein Nasenmensch sein», dachte er, schloss den Mund, atmete heftig durch die Nase aus und hielt die Luft an, bis er die Tür zur Sammlung der Historiker, den so genannten Olymp, aufgeschlossen hatte. Während er die Tür öffnete, schnappte er laut nach Luft und erschrak, weil der Raum besetzt war.

Auf der einen Seite des Tisches saßen zwei Mädchen, Klasse dreizehn, dachte er. Gegenüber stand der Kollege Blech. Alle drei maßen ihn mit vorwurfsvollen Blicken, ohne ein Wort zu sagen.

«Entschuldigung», sagte Wolf, «ich wollte nur zwei Kreiden holen», und griff ins Regal neben der Tür, wo die Schachtel mit den Reservekreiden steht. Und dann rutschte ihm noch eine Bemerkung heraus:

«Richtig gemütlich ist es hier. Soll ich einen Kaffee bringen, oder was darf's denn sein?»

«Nein danke», antwortete Blech schnell und abweisend, «wir diskutieren nur über meine Korrektur der letzen Klausur. Da ist den beiden etwas nicht ganz klar.»

«Na dann weiter im Text», grinste Wolf und schaute alle drei freundlich an. «Tschüss dann.»

«Tschüss.»

Wolf hatte schon die Türklinke in der Hand, da drehte er sich noch einmal um, weil er meinte, der Tisch sei doch ganz leer gewesen. Und tatsächlich: Nichts lag auf dem Tisch. Nicht einmal ein Bleistift. Entweder haben die ein ganz tolles Gedächtnis oder die reden von etwas anderem, dachte er. Aber warum hatte dann Blech diese Antwort parat? Komisch.

Er dachte aber nicht länger darüber nach und arbeitete sich durch ein paar muffig-verrauchte Oberstufenschüler hindurch zum Klassenzimmer seiner Neuner vor.

Kurz nach ein Uhr verließ er mit Klaus Nussbaum das Schulgebäude. Nussbaum meinte ironisch, was es doch für eine helle Freude sei, dass sie sich ja in anderthalben Stunden schon in der Gesamtlehrerkonferenz wiedersehen dürften. Da sah Wolf die beiden Mädchen auf dem Schulhof, die mit Blech in der Sammlung gesessen waren.

«Kennst du die beiden dort?», fragte er.

«Klar. Die sind in der Dreizehnten. Katja Metzger und Sina Pitsch.»

«Na so was.»

«Was ist?»

«Ach, nichts. Mir ging nur etwas durch den Kopf. Erzähl ich dir vielleicht ein andermal. Ich muss jetzt heim. Ich bin erkältet und mir brummt der Schädel. Ich bin übrigens für die Konferenz entschuldigt.»

«Du Glücklicher.»

«Kann ich dich heut Abend anrufen? Ich möchte dich noch etwas fragen, wegen der Unterrichtseinheit zum neuen Abithema.»

«Alles klar. Ruf mich an. Bis dann!»

«Bis dann, Ciao.»

Otto Wolf setzte sich in sein Auto und suchte in seinem Handschuhfach nach Kopfschmerztabletten. Er sah erst nur einen Haufen Papier, Tankquittungen, alte Notizzettel, eine halb zerrissene Landkarte und Müll. Er kramte darin herum, bis er ganz hinten, wo er fast nicht mehr hinreichte, schließlich das Röhrchen mit den

Tabletten fand. Er hatte kein Wasser. Also zerbiss er die Tablette und schluckte sie hinunter, wobei er angewidert das Gesicht verzog. Zu Hause würde er gleich nachspülen.

Er startete und legte den Rückwärtsgang ein, blieb aber einen Moment mit dem Fuß auf der Kupplung und schaute auf den Schulhof. Blech kam aus dem Haupteingang und die beiden Mädchen gingen geradewegs auf ihn zu. Wolf nahm den Gang heraus und trat auf die Bremse. Blech hatte seine Aktentasche unter den Arm geklemmt und ging schnellen Schrittes quer über den Schulhof, als würde er die beiden Mädchen gar nicht wahrnehmen. Die aber machten auch ein paar schnelle Schritte und schnitten ihm den Weg ab. Er blieb kurz stehen und sagte etwas. Dann fasste er mit seiner freien Hand Sina an die Schulter, schob sie bei Seite und ging schnell zu seinem Auto, ja, er rannte fast.

Otto Wolf wollte nicht Blechs Aufmerksamkeit auf sich ziehen und wartete ab, bis er abgefahren war. Er beobachtete, wie die beiden Mädchen Blech nachsahen. Sie redeten aufgeregt miteinander, ohne den Blick von ihm zu lassen, und gingen erst ins Schulhaus zurück, als er schon abgefahren war.

«Na, so was», sagte Wolf ein zweites Mal heute und schüttelte leicht den Kopf. Dann ließ er den Motor an, stieß rückwärts aus der Parkbucht und fuhr schnell nach Hause.

Mi 28.3.2007

Sarahs Tagebuch

Mama soll nicht wissen, dass ich weiß, dass sie was weiß. Ich glaube, ich sag' ihr alles (fast alles!!!), damit sie nicht selbst von Marcel anfängt. Wär' mir das peinlich!

Muss sehen, wie ich sie allein erwische. Am besten, ich trödle morgen rum, wenn ich zum Zahnarzt muss, und verpasse den Bus. Dann muss sie mich fahren und ich habe sie eine Weile ganz für mich allein.

Marcel ist ein süßer lustiger Spinner. Schickte mir heute fast jede Stunde eine SMS. Spielt mit meinem Namen rum:

SARAH
SARAH SAHAR
SARAH SAHAR SRAHA
SARAH SAHAR SRAHA RASHA usw.

«Rasha» gefällt ihm heute am besten, meint er. Ganz lustig! Mit Penny geht so was sicher nicht. SARAH ist vielleicht doch nicht so schlecht. Scheiss auf den Anfangsbuchstaben.

Ich heiße Sarah Pitsch.

Mal probieren, was mit M. geht.
MARCEL
LAMREC
CLERAM
ERMLAC
CLEARM
MCLEAR
MCEARL Mc Earl (Mal sehen, was er dazu sagt.)

Fr 30.3.2007

Konditionsschwierigkeiten

Die ersten drei Tischreihen waren leer und in der hinteren Hälfte des Klassenzimmers drängten sich die über zwanzig Kursteilnehmer zu einem undurchdringlichen Block zusammen. Blech grüßte heute nicht wie sonst. Abgehetzt und hektisch wirkte er, wie er seine Tasche auf das Pult stellte und ein Dossier und seine Bücher herausnahm, sie dann aber wieder wegpackte, kurz zu überlegen schien und dann doch das Dossier wieder herausnahm.

«Was hat der denn heute? Der ist ja ganz von der Rolle», flüsterte ein Mädchen seiner Nachbarin zu.

«Seien Sie ruhig dahinten», sagte Blech in ungewohnter Schärfe. Sein linkes Auge zuckte, als wolle er jemandem zuzwinkern, und sein Hals zeigte rote Flecken.

«So let's begin», sagte er schließlich und blätterte eine Weile stumm in seinem Manuskript.

«O yes, here we are», lachte er, als hätte jemand einen Witz gemacht, und wandte sich einer Schülerin zu.

«Would you please repeat what we found out about that text by George Orwell?»

«George Orwell? Den haben wir doch noch gar nicht gelesen. Damit wollten Sie doch heute mit uns anfangen.»

«O yes, I am sorry. What was it then? – O yes ...»

»Mr. Blech, we are very sorry to be late.»

Sina Pitsch und Katja Metzger kamen schnell ins Klassenzimmer getippelt und setzten sich vor Blech hin. Er schaute sie einen Moment mit aufgerissenen Augen an, als suchte er nach Worten, wurde aber gleich durch lautes Kichern in den hinteren Reihen in seinen Gedanken gestört. Er musste sofort etwas sagen.

«Would you please leave your table and sit back to the others?», fragte er die beiden Mädchen.

«Wieso denn? Was haben Sie denn gegen uns?», fragte Katja. «Wir sind doch immer hier gesessen!»

«But now you had better sit in the back», sagte Blech streng und zeigte mit ausgestrecktem Arm nach hinten. «I cannot have you right in front of me.»

«Ach so was, das ist aber nicht nett von Ihnen», sagte Sina, zog eine Schnute und stand auf. Mit betontem Hüftschwung ging sie die paar Schritte nach hinten und sagte laut:

«Ich glaube, Sie können mich einfach nicht leiden. Komm, Katja, der mag uns wohl nicht», was bei den anderen erneutes Gekicher auslöste.

«Ich verbiete mir solche Bemerkungen», zischte Blech und wurde ganz rot im Gesicht.

«Ist ja gut. Wir gehen ja schon», sagte Katja zu Blech, stand langsam auf, stellte ihren Stuhl an den Tisch, packte umständlich alle ihre Sachen ein und folgte mit gespielter Schwerfälligkeit ihrer Freundin nach hinten.

Blech wartete schweigend ab, bis sich die beiden wieder gesetzt hatten.

«Right. I think we can start now. At first some biographic dates. Eric Blair was the son of a colonial police officer ...»

«Who the fuck is Eric Blair?», fragte eine Männerstimme von hinten.

«No obscenities in my class, please», sagte Blech gereizt.

«O.k. Who the hell is Eric Blair?»

«Eric Blair is George Orwell.»

«Und woher sollen wir das wissen? Könnten Sie nicht wirklich vorn anfangen? First things first – das sagen Sie doch immer.»

«All right. Wenn Sie mir nicht zuhören wollen, dann lesen Sie doch bitte die biographischen Anmerkungen selbst und fassen Sie die Informationen auf ungefähr ein Drittel des jetzigen Umfangs zusammen. Und bitte jetzt sofort.»

«Wie ist denn der heute drauf?», flüsterte jemand in der letzten Reihe.

Der größere Teil der Schülerinnen und Schüler steckten in Gruppen zu dreien und vieren die Köpfe zusammen und tuschelten über den Text und einigten sich auf Formulierungen. Ein paar von ihnen taten nichts, schauten zum Fenster hinaus, beschäftigten sich mit einem anderen Fach und warteten, bis sie die Lösung von den anderen abschreiben konnten.

Blech stand reglos am Fenster und starrte hinaus. Das fast rhythmische An- und Abschwellen seiner Backenmuskeln verriet seine innere Spannung. Er sehnte sich weg aus diesem Klassenzimmer. Drüben unter dem Kapellenberg lag die Ortschaft, wo er wohnte. Er wollte nach Hause und schlafen, einfach schlafen und alles vergessen, was in den letzten Wochen geschehen war. Er wollte diese aufsässigen Mädchen nicht mehr sehen, er wollte mit all diesen jungen Leuten, die ihn ständig beobachteten, nichts mehr zu tun haben. Er wollte nicht mehr diese Gesichter vor sich sehen, wenn er abends die Augen schloss. Er wollte weg, aber er wusste nicht wohin. Die einzige Zuflucht, die er kannte, war seine Wohnung. Aber seit die alte Ruckhaberle ihn im Garten angesprochen hatte, fühlte er sich auch dort beobachtet und kontrolliert. Er ballte die Fäuste und knirschte mit den Zähnen. Er dachte an die Mail und die Fotos auf der Internetseite, er sah Sina vor sich in seiner Wohnung und hörte gleichzeitig die Stimme seiner Vermieterin, («dees isch a aschdändigs Haus»), er dachte an den Brief von seiner Frau und wusste nicht, was er ihr schreiben sollte. Er wusste nicht mehr, wo ihm der Kopf stand.

Es war ganz still geworden. Niemand sprach. Vierundzwanzig Augenpaare richteten sich auf Blech, der immer noch aus dem

Fenster starrte. Jemand raschelte mit einem Blatt Papier und wurde mit einem «Pssst» aufgefordert, absolut ruhig zu bleiben. Vierundzwanzig Augenpaare waren auf Blech gerichtet und in vierundzwanzig Gesichtern breitete sich hämisches Grinsen aus, das immer breiter und spöttischer wurde. Es war unbegreiflich, dass Blech nicht spürte, wie viele Blicke in voller Konzentration auf ihn gerichtet waren.

Da klopfte es an die Tür. Blech reagierte nicht. Es klopfte nochmals.

«Herr Blech, da klopft es», sagte ein Mädchen.

Blech zuckte zusammen und drehte sich um und rief herein. Der stellvertretende Schulleiter Baermann betrat das Zimmer.

«Sie sind also doch da? Ich dachte schon, Ihr Unterricht wäre ausgefallen. Ich habe gar nichts gehört. Schreiben Sie gerade eine Arbeit?»

«Nein, nein, es handelt sich nur um einen Arbeitsauftrag», rechtfertigte Blech die Stille und die Schülerinnen und Schüler grinsten, nickten mit dem Kopf und einige wiederholten in Blechs Tonfall:

«Ja ja, es war nur ein Arbeitsauftrag, es war nur ein Arbeitsauftrag.»

Dann ging Baermann auf Blech zu und gab ihm einen Zettel.

«Ich muss Sie leider bitten, morgen in der ersten Stunde eine Vertretung zu übernehmen, und bringe Ihnen den Zettel persönlich, für den Fall, dass Sie heute nicht mehr in ihr Fach schauen sollten.»

Blech warf einen Blick auf den Zettel und runzelte die Stirn. Vertretung in Klasse 10, das mochte er nicht, das war ihm sogar ausgesprochen lästig; aber er nickte und sagte:

«Geht in Ordnung.»

Im nächsten Moment war er wieder mit seinen Dreizehnern allein.

«Wo waren wir stehen geblieben?», fragte er verwirrt.

«Wir haben die biografischen Daten von George Orwell alias Eric Blair zusammengefasst.»

«O yes, of course, who would like to read out his summary?»

Es meldete sich niemand. Alle schauten vor sich hin, spielten mit einem Kugelschreiber oder blätterten in einem Buch. Blech hatte

Schwäche gezeigt und man konnte ihn heute auflaufen lassen. Warum hatte er auch die letzte Klausur so lang und schwer gemacht und dann noch übertrieben streng korrigiert! Blechs Blick schweifte hilflos durch die Reihen. Er wusste im Moment nicht einmal mehr, wen er nun auffordern sollte. Da fiel ihm in der letzten Reihe ein Junge auf, der ihn rückwärts gelehnt mit verschränkten Armen herausfordernd anschaute. Er deutete mit dem Finger auf ihn:

«Holger, would you read your results to us.»

Der Angesprochene beugte sich vor und sagte zum übernächsten Jungen:

«Patrick, gib mir mal dein Heft.»

«Haben Sie denn nicht selbst etwas aufgeschrieben? Haben Sie die ganze Zeit denn gar nichts getan?»

«Doch. Schon.»

«Und?»

«Wir haben es gemeinsam gemacht. Patrick schreibt es ins Reine und schickt es uns per Mail. Sollen wir es Ihnen auch schicken?»

«Mir nicht», antwortet Blech verwirrt, «was soll ich denn damit?»

«Na, Sie könnten es doch korrigieren», forderte Holger ihn heraus. Blech schüttelte gereizt den Kopf. Er fühlte deutlich, dass er diese Unterrichtsstunde noch in Gang bringen musste, sonst würde er sich blamieren.

«O.k. then», versuchte Blech zum Text überzuleiten, «let‘s have a look at the text itself.»

»Aber Herr Blech, interessiert Sie denn gar nicht, was wir geschrieben haben? Sagten Sie denn nicht, dass die biografischen Daten von all den Autoren, die wir fürs Abi lesen müssen, wichtig sind?»

Ausgerechnet Katja Metzger erinnerte ihn an seine eigenen Worte. Er musste also eine Lösung vorlesen lassen.

«All right then. Read your solution to us.»

«I‘m sorry, I could not finish it.»

«Verdammt noch mal, dann lies doch wenigstens vor, was du hast. Das ist ja zum Davonlaufen.»

Blech verlor die Beherrschung. Er lief rot an und knirschte wieder mit den Zähnen. Sein linkes Auge fing wieder an zu zucken.

Katja Metzger las ihren Text vor. Schon ihre Aussprache war eine Zumutung. Und statt die Informationen des Texts sinnvoll zu vereinfachen oder sie tabellarisch zu erfassen, hatte sie irgendwelche beliebigen Textteile weggelassen, so dass ein absolut unsinniger Text entstanden war, der außer ein paar Jahreszahlen nichts Sinnvolles aussagte.

Blech schluckte. Längst hatte er nicht mehr die Nervenstärke, diesem Maß an dreister Dummheit entgegenzuwirken. Die Nervosität schnürte ihm den Hals zu.

«No comment», stieß er hervor. «Das ist es dann für heute. Lesen Sie also bis zum nächsten Mal George Orwell, Shooting an Elephant. Good bye.»

Und er verließ kurz vor dem Ende der ersten Stunde das Klassenzimmer und kam auch für die zweite Stunde nicht mehr zurück. Das hatte er noch nie getan.

Die Vertretung am nächsten Morgen übernahm er nicht, vielmehr musste er selbst vertreten werden. Seine Entschuldigung lautete Migräneanfall und wurde am nächsten Tag durch ein ärztliches Attest bestätigt.

Fr. 30.3.2007

Sarahs Tagebuch

Beim Zahnarzt war's o.k. – Aber das Gespräch mit Mama, ich dachte, ich überleb's nicht. Mama hat nonstop von allem Möglichen gequatscht. Musste mir den ganzen Sermon vom armen Sandralein und den bösen Klassenkameraden anhören. Hat mir viel erzählt, was sie von Silvies Mutter erfahren hat. Hab' die ganze Zeit nur jaja gesagt. Dachte schon, jetzt fängt sie selbst von Marcel an. Aber da waren wir Gott sei Dank auch schon beim Zahnarzt. Solange der mich gecheckt hat, konnte ich noch einmal überlegen, wie ich damit anfange.

Ich hab' gebettelt, dass sie mit mir noch ins Café geht. (Man muss doch feiern, wenn der Zahnarzt nichts findet, oder?) Und dann habe ich es so gemacht, wie es mir beim Zahnarzt gekommen ist. Ich habe einfach gesagt: «Mama, ich muss dir etwas sagen. Ich glaube, ich bin verliebt.»

Hat sie schier umgehauen. Wahrscheinlich hat sie die ganze Zeit darüber nachgedacht, wie sie damit anfangen sollte. Und jetzt musste sie so tun, als tät sie nichts wissen. Hat mich ein Loch in den Bauch gefragt, wie er heißt, wie er aussieht, wo er wohnt, was an ihm denn so nett ist, und meinte dann, ich hätte doch sicher ein Bild von ihm auf meinem Handy.

Habe ich natürlich, und ich habe es ihr gezeigt.

Dachte schon, die guckt das Bild weg. Endlich zog sie ihre Anerkennungsschnute, wie wenn man etwas Gutes gemacht hat, nickte etwas und meinte: «Ja, der ist eigentlich ganz hübsch.» Ich glaube, ich bin rot geworden. Da bin ich schnell aufs Klo. Und dann habe ich gedrängelt, dass wir schnell wieder heimfahren. Jetzt hat sie ja genug erfahren, und mehr soll sie gar nicht wissen.

Mo 2.4.2007

Sarahs Tagebuch

Erster Tag der Osterferien. Und schon ein Problem. Ich möchte Marcel sehen. Aber wenn ich mich jetzt in den Ferien so oft mit Marcel treffe, wie ich möchte, fragt Mama mich nur immer dummes Zeug. Hätte es ihr vielleicht erst nach den Ferien sagen sollen. Aber zu spät. Passiert ist passiert. Wie mache ich es also? Miri besuchen? So oft war ich früher auch nicht bei ihr, dass das nicht auffallen würde. Aber einmal geht vielleicht. Vielleicht mache ich auch einmal mit ihr etwas in echt. Ich simse ihr mal.

Di 3.4.2007

Miri ist super! Auf die Idee wäre ich vor lauter Rumgrübeln gar nicht gekommen. Wir gehen ins Hallenbad!! Miri geht mit und Marcel kommt auch. Mama wird das sogar gut finden. Sie sagt doch immer, ich sollte mich mehr bewegen, das sei gut für mich.

Ein Glück, dass Sandralein so wasserscheu ist!

Mit Sina ist was. Ist die ganze Zeit stinkig und manchmal sitzt sie einfach da und starrt Löcher in die Luft. Das kann ja nicht bloß am Abi liegen. Frank und Katja waren auch schon lange nicht mehr hier, und dabei haben die ihr doch in letzter Zeit fast die Bude eingerannt. Mir egal, solange sie mich in Ruhe lässt und nicht wieder Sachen macht, die mir peinlich sind.

Do 5.4.2007

Papa macht wieder mal ganz plötzlich auf Familie. Sollte eine Überraschung sein. Ist auch eine (!!!), aber auf so eine könnte ich verzichten. Er will uns morgen ins Auto packen und ins Montafon schleppen, Ski laufen. Fröhliches

Familienleben am Skilift und abends im Restaurant. Ich will aber jetzt nicht weg! Fünf Tage nur Familie ist das Letzte, was ich gerade brauche.

Na ja, wenigstens Sandralein scheint sich zu freuen. Aber ausgerechnet Sina darf zu Hause bleiben wegen dem Abi. Wahrscheinlich schleicht sie dann wieder zu Blech.

Ich habe Marcel gesagt, dass er ein wenig aufpassen soll. Und wenn ich was erfahre, dann sage ich es einfach Mama, egal, was passiert. Alles ist besser als sich wegen seiner hochnäsigen Schwester genieren zu müssen.

Am Mittwoch sind wir wieder da. Und dann gehen wir wieder ins Hallenbad. Das ist ausgemacht!

Di 10.4.2007

Die Rückfahrt war endlos, auch wenn Papa meinte, dass es doch sehr gut lief. Sandralein war ätzend. Klagte die ganze Zeit über Muskelkater, und es tat ihr alles weh, weil es sie ein paar Mal mit dem Arsch volle Pulle auf die Eisplatten gesetzt hat.

Na ja, endlich wieder daheim. Obwohl: Es war nicht ganz so öde, wie ich gedacht hatte. Da waren ein paar ganz nette Leute, und beim Skilaufen habe ich auch dazugelernt.

Mama und Papa finden mich sehr sportlich – im Unterschied zu Sandralein. Ist mir recht, dann brauche ich ja nicht lange zu erklären, warum ich morgen wieder ins Hallenbad gehe.

Wenn ich daran denke und die Augen zumache, dann spüre ich jetzt schon Marcels Lippen auf meinen. Mal sehen, wie viele Sekunden wir es diesmal unter Wasser schaffen.

Hätte mir vor ein paar Wochen noch gar nicht vorstellen können, dass ich mich einmal auf das Ende der Ferien freue, aber es ist so. Schule ist gar nicht so schlecht, wenn man jeden Tag seinen Freund dort trifft. Und wenn das mit dem Hallenbad so weitergeht, werde ich am Ende auch noch gut im Schwimmen.

Mi 11.4.2007

Heute Nachmittag im Hallenbad! Miri war auch wieder da, aber sie hat uns nicht gestört. Marcel hält die Knutscherei unter Wasser länger aus als ich. Wahrscheinlich hat er trainiert! Muss auch trainieren!!! Er ist einfach süß! Mir wird es ganz anders, wenn er mich im Wasser in den Arm nimmt. Schöner als Kino! Aber trotzdem gehe ich morgen mit ihm ins Kino, und zwar ganz offiziell.

Einmal in den ganzen Ferien, das wird auch Mama ohne viel Fragerei akzeptieren können.

Von Sina hat er in den Ferien nichts gesehen. Das heißt aber gar nichts, denn er meint, dass Blech auch nicht zu Hause war. Sina behauptet, sie hätte über die Feiertage nur gelernt und gelernt. Aber warum guckt sie dann immer noch Löcher in die Luft?

Mo 16.4.2007

Feueralarm

In der dritten Stunde war Rossburg im Unterricht. Seine Sekretärin, Frau Engels, saß im Vorzimmer des Rektorats vor ihrem PC und brütete über den Kopierausgaben der Schule. Die schon angefallenen Kosten waren zu hoch, und sie sollte für den Chef einen Vorschlag ausarbeiten, wie man diese Mehrausgaben eventuell wieder einsparen könnte.

«Ich weiß nicht, wie das gehen soll», seufzte sie mit einem Blick auf den laufenden Etat, «es reicht wieder einmal hinten und vorne nicht.»

«Dann machen wir einfach großzügig Schulden, wie es die so genannte öffentliche Hand jahrelang getan hat», sagte Kirch provozierend. Er holte sich gerade den Ordner mit den Klassenlisten aus dem Regal neben der Theke.

«Schön wär's, aber nicht einmal das dürfen wir. Sie wissen ja selbst, wie unser Etat von Jahr zu Jahr kleiner wird. Da lässt sich nichts mehr übertragen.»

Während ihrer letzten beiden Sätze war Gaiser ins Sekretariat gekommen und legte sofort los.

«Das ist doch ganz typisch für unsere merkantile kapitalistische Gesellschaft, dass sie in die Bildung zu wenig investiert. Und deswegen wird sie sich auch auflösen. Wenn wir nicht endlich in den Geist investieren, dann ...»

«Kirschengeist oder Zwetschgengeist? Was ist dir lieber? Ja, die Gesellschaft; wenn ich die mal treffe, dann hau' ich der aber eins in die Fresse! Lieber Herr Kollege! Das kann man ja wirklich nicht mehr hören. Hier gibt es ein ganz konkretes Problem. Vielleicht weißt du dazu was», schnitt ihm Kirch das Wort ab. Gaiser machte auf dem Absatz kehrt und verließ das Sekretariat.

«Ich komme später noch einmal wieder», sagte er leise.

Kirch und Engels grinsten einander an.

«Und was machen Sie, wenn der Ihnen einmal an die Gurgel springt?», fragte sie.

«Dann trete ich schnell einen Schritt zurück, dass es ihn auf die Schnauze haut», lachte Kirch. «Ach, Frau Engels schauen Sie aus dem Fenster», munterte Kirch sie auf, «die Sonne scheint endlich wieder mal und der Tag ist viel zu schön für so böse Gedanken.»

Frau Engels ließ zunächst den Blick nicht vom Monitor, suchte aber nach einer passenden Antwort. Dann lächelte sie ihn an und wollte etwas sagen; da wurden sie von Blech unterbrochen, der grußlos hereinstürmte und sich hinter der Theke über den Holzkasten mit der Schülerkartei hermachte. Er hatte den Kasten schon geöffnet und sagte: «Ich muss ein paar Adressen und Telefonnummern von meiner Klasse heraussuchen. Darf ich?»

«Bedienen Sie sich ruhig, beziehungsweise machen Sie ruhig weiter.»

Blech warf Frau Engels einen gereizten Blick zu; dann beugte er sich über den Kasten und fingerte nervös in den Karten herum.

«Langsam, langsam, Herr Kollege. Sie sind ja ganz nervös», sagte Kirch, der ihm gelassen lächelnd zusah.

«Ich? Wieso? Nein. Ich bin bloß in Eile.»

«Eile heißt der Wind, der das Baugerüst umwirft, sagt Brecht», entgegnete Kirch.

«Der musste aber auch nicht bis zum Läuten noch ein paar andere Dinge erledigen.»

«Na dann!», sagte Kirch, zuckte mit den Achseln, stellte seinen Ordner wieder ins Regal und ging hinaus. Blech machte sich zwei, drei Notizen. Dann klappte er den Holzkasten zu, schaute auf die Uhr und fragte, diesmal mit ausgesuchter Höflichkeit:

«Dürfte ich bitte einmal die Personalbogen meiner Klasse haben?»

«Gehen Sie nur hinein und holen Sie die Akte aus dem Schrank. Sie wissen ja, wo sie ist. Herr Rossburg ist gerade im Unterricht.»

Blech betrat das Rektorat und nahm den Ordner aus dem Schrank. Dann setzte er sich an den Couchtisch, um sich weitere Schülerdaten zu notieren. Er hatte eben erst damit angefangen, da wurde Feueralarm ausgelöst. Der schrille Fiepton grenzte an akustische Folter.

«Unerträglich, dieser Ton!», rief er aus.

«Feueralarm!», rief Frau Engels und sprang auf.

«Das ist sicher bloß wieder der Rauchmelder im Chemiesaal. Der spinnt doch in letzter Zeit.»

Da war aber Frau Engels schon draußen im Foyer. Irgendetwas stank. Es roch brenzlich, fast wie der Marktplatz in der Neujahrsnacht um eins. Kirch kam aus dem Kopierraum gerannt und steuerte auf die Treppe in den ersten Stock zu.

«Ist das echt?», wollte Frau Engels wissen.

«Ich weiß nichts von einem Probealarm, und ich müsste es ja wissen.» Kirch war der Sicherheitsbeauftragte der Schule. «Und es stinkt. Also raus!»

Schon flogen im ersten Stock die Klassenräume auf und die Schüler strömten die Treppe herunter. Der Alarm schrillte immer noch. Alle hielten sich die Ohren zu. Von der Heiterkeit, die sich bei Probealarmen sonst breitmachte, war nichts zu spüren. Alle gingen schnell und achteten auf ihre Schritte, offensichtlich konzentriert darauf, in dieser sich bewegenden Menge ja nicht ins Stolpern zu kommen.

Als erster Kollege kam Nussbaum die Treppe herunter.

«Im zweiten Stock brennt etwas bei der Mädchentoilette. Es stinkt erbärmlich», rief er Frau Engels zu. «Die im oberen Stock müssen über die Außentreppe.»

Er reihte sich in den Schülerstrom ein und ließ sich auf den Hof hinaustreiben. Einen Moment später pendelten sie auf dem Schulhof hin und her und beobachteten, wie die Klassen mit ihren Lehrern geordnet das Haus verließen und sich an der jeweils vorgesehenen Stelle versammelten.

«Bin ich froh, dass das klappt», stieß Kirch aus und schnaufte hörbar. «Wäre eine Katastrophe, wenn nicht. Ein Albtraum wäre das.»

Rossburg kam auf ihn zu und fragte, was denn eigentlich los sei. Er habe die Feuerwehr schon alarmiert, sagte Kirch, und Rossburg klopfte ihm anerkennend auf die Schulter: «Gut so!»

Dann drängte sich Rossburg durch die Massen der Schüler hindurch zur Straße hin.

In den nächsten paar Minuten kam ein Lehrer nach dem anderen zu Kirch und meldete die Vollzähligkeit seiner Klasse. Das Schulhaus war leer. Der Schulhof war voll. Ein paar Oberstufenschüler in besonderen Westen, die so genannten Feuerlotsen, sorgten dafür, dass die durch Schilder markierte Feuergasse freiblieb. Alles schaute an dem quaderförmigen Betonklotz hinauf und wartete, dass etwas geschehen würde.

Aber es war enttäuschend. Außer ein paar freundlichen Schönwetterwolken am blauen Himmel bewegte sich nichts im Bild. Die jüngeren Schüler hüpften ungeduldig auf der Stelle und waren kaum an ihrem Platz zu halten. Eine Sensation spielte sich ab, und sie sahen nichts.

Die drei Stockwerke dieser Bausünde ruhen auf waagerechten Betonträgern, die in den beiden oberen Geschossen auf schuhschachtelförmigen Baukörpern von ungefähr zweivierzig Höhe aufgesetzt sind, die an den Schmalseiten der Korridore vier bis fünf Meter in die Verkehrsflächen hineinragen. Im zweiten Stock hat man in einer dieser Schachteln die Mädchentoilette untergebracht. Auf dem Betonschachteldeckel, ungefähr siebzig Zentimeter unter der Decke des Korridors, qualmte etwas vor sich hin und verbreitete einen beißenden Gestank. Da alle Türen und Fenster vorschriftsmäßig geschlossen waren, konnte der Qualm nicht abziehen und ergoss sich langsam in die kurzen schmalen Korridore auf beiden Seiten dieses Toilettengebäudes, und dicke Rauchschwaden hüllten es in eine schmutzige stinkende Wolke.

Als die Feuerwehr anrückte, passierte endlich etwas. Zwei Spritzenwagen kamen mit lautem Gehupe die Straße entlang gerast, bogen in den Schulhof ein und stoppten. Die Männer sprangen in Sekundenschnelle ab und standen still. Wo brannte es? Es war nichts zu sehen. Kirch machte Meldung, und zwei Feuerwehrmänner mit Atemschutzgeräten verschwanden in verhaltenem Trab im Schulhaus. Der Haupteingang schloss sich hinter ihnen. Und dann geschah eine Weile nichts, bis sich die Tür wieder öffnete und Blech herauskam. Er war kreidebleich und wirkte noch hagerer als sonst.

«Wo kommen Sie denn jetzt her?», fragte ihn Rossburg.

«Mir war schlecht, Brechdurchfall. Ich konnte mich gerade noch auf die Toilette im Foyer retten.»

«Sie zittern ja am ganzen Körper», sagte Rossburg.

«Es geht schon wieder, es geht schon wieder», wehrte Blech ab, steckte die Hände in die Jackentaschen und zog die Schultern hoch, als sei ihm sehr kalt. Er klapperte mit den Zähnen.

«Gehen Sie nach Hause, wenn Ihnen nicht wohl ist», sagte Rossburg fürsorglich.

«Nein, danke, es wird schon wieder. Ich denke, das Schlimmste ist schon vorbei.»

«Wie Sie meinen, Herr Blech. Aber Sie können ruhig gehen, wenn Ihnen nicht besser wird.»

«Vielen Dank, Herr Rossburg, es wird schon wieder.»

Er suchte die Wärme der Sonne und trat aus dem Schatten des Schulhauses heraus. Aber auch dort zitterte er noch am ganzen Leib, fing an hin und her zu gehen und schaute immer wieder zum zweiten Stock hinauf.

Nun kamen auch schon die beiden Feuerwehrleute wieder heraus. Sie trugen ihre Helme mit den Atemschutzmasken unter dem Arm und schauten verärgert drein. Rossburg ging schnell auf sie zu, um sich nach der Ursache des Alarms zu erkundigen. Es war sehr ärgerlich. Irgendjemand musste sich einen üblen Scherz erlaubt haben. Auf der Betondecke der Mädchentoilette im zweiten Stock hatte jemand einen Feuerwerkskörper gezündet, ein bengalisches Feuer oder dergleichen, offensichtlich mit einem Zeitzünder; mit was für einem, das konnten sie beim ersten Hinsehen noch nicht sagen. Das zu untersuchen war Sache der Polizei.

«Wenigstens weiß man jetzt, dass es im richtigen Ernstfall klappen würde», kommentierte Kirch das Geschehen.

«Damit sind Sie aber der Einzige, der dieser Sache was abgewinnen kann», antwortete Rossburg gereizt. Kirch ignorierte den Rüffel.

«Ich glaube, ich kann jetzt oben einmal nachschauen, ob wir die Klassen wieder hineinlassen können», sagte er sachlich und ging auf den Eingang zu.

Als Kirch durch das Foyer schritt, öffnete sich die Tür des Kopierraums und heraus kam Detlev Fellbauch. Kirch ging sofort auf ihn zu. «Detlev, ich glaub' es nicht. Du warst aber jetzt nicht die ganze Zeit im Kopierraum?»

«Doch, war ich. Das war ja von vornherein klar, dass das nicht echt war», sagte Fellbauch verächtlich.

«Aber das geht trotzdem nicht, was du hier machst. Du musst raus, wie alle anderen auch. Außerdem war das kein Probealarm.»

«Na, dann verkohl ich gleich», spottete Fellbauch. «Was machst denn du dann hier?»

«Blöde Frage, oder? Merkst du nicht, wie es hier stinkt?»

«Kann ja von der Chemie kommen. Ich musste hier diese Vorlagen für meinen Unterricht machen und war gerade mitten drin, als der Alarm losging. Ich hätt' das dann schon noch gemerkt, wenn's wirklich gebrannt hätte. Jetzt reg' dich bloß nicht auf.»

«Tut mir leid. Das muss ich Rossburg melden.»

«Geh' nur und spiel' den hörigen Untertan.»

«Halt doch wenigstens den Mund, wenn du dich schon so unmöglich verhalten musst. Ich finde es jedenfalls das Letzte, aber auch das Allerletzte, was du hier abziehst. Du darfst gerne nächstes Schuljahr meinen Job machen. Und dann bin ich gespannt, ob du dann immer noch gut findest, was du heute hier aufführst. Ich finde das so was von beschissen. Hast du schon mal was von Vorbildfunktion gehört?»

Damit machte er auf dem Absatz kehrt und ging die Treppe hinauf, um die Türen und Fenster der Klassenzimmer zu öffnen, damit der Qualm abziehen konnte. Die Luft wurde schnell besser, obwohl die Reste des Feuerwerkskörpers noch schwach vor sich hin qualmten. Dann kam er herunter und blies den Alarm ab, und bis auf ihren Kommandanten räumte auch die Feuerwehr das Feld. Die Klassen konnten wieder in den Unterricht gehen und Kirch und Rossburg warteten auf die Polizei.

Eine gute Stunde später stellte Rossburg sich mitten ins Lehrerzimmer und verschaffte sich mit einem lauten «Liebe Kolleginnen und Kollegen!» Gehör. Er hüstelte unsicher und suchte nach einem passenden Anfang.

«Sie wissen ja alle ..., Sie waren ja alle dabei. Es ist so, was wir in der dritten Stunde erlebt haben, das darf sich keinesfalls wiederholen. Stellen Sie sich vor, unsere Schüler würden Probealarme oder einen richtigen Alarm nicht mehr ernst nehmen, weil sich jemand zum wiederholten Mal einen schlechten Spaß erlaubt hat. Das wäre nicht auszudenken. Und auch bei der Feuerwehr würden wir einen sehr schlechten Ruf bekommen. Und denken Sie auch daran, dass jetzt der Schulträger, also die Stadt, für die Kosten des Feuerwehreinsatzes aufkommen muss. Glücklicherweise war er ja nur sehr kurz, aber auch da fallen schon erhebliche Kosten an. Nun wäre das ja das Wenigste.

Übrigens muss ich leider mit besonderer Betonung darauf hinweisen, dass es absolut unmöglich ist, dass eine Lehrkraft, aus welchen Gründen auch immer, bei einem Alarm im Haus bleibt. Denken Sie bitte immer daran, was Sie den Schülern vormachen. Das darf nicht wieder vorkommen.»

Verschiedene Kollegen schauten einander fragend an und zuckten mit den Achseln. Andere schauten auf Blech, der vor sich nieder sah. Fellbauch grinste etwas dümmlich zu Kirch hinüber.

«Nebenbei – das darf ich keinesfalls vergessen – möchte ich Herrn Kirch meine Anerkennung aussprechen. Seiner Manöverkritik nach dem letzten Probealarm ist es sicher zum großen Teil zu verdanken, dass der Alarm heute so vorbildlich abgelaufen ist. Also ganz herzlichen Dank, Herr Kirch.»

Das Kollegium spendete gedämpften Applaus.

«Nun will ich auch Ihnen mitteilen, was die Polizei inzwischen herausgefunden hat. Was da so geraucht hat und den Alarm ausgelöst hat, das war ein ganz gewöhnlicher Feuerwerkskörper, so ein bengalisches Feuer, wie man es zwischen den Jahren überall kaufen kann. Und wer jetzt noch welche kaufen will, der braucht bloß ins Internet zu gehen und findet dort reiche Auswahl. Gezündet wurde es wohl mit einem selbst gebastelten Zeitzünder. Die Herren von der Feuerwehr und von der Polizei sagten einstimmig, dass es für jeden, der nur bescheidene Chemiekenntnisse und einen Chemiebaukasten hat – mehr braucht es nicht einmal – ziemlich leicht ist, einen solchen Zeitzünder zu basteln. Und das heißt, dass die verbrannten Reste, die übrig sind, für die Suche nach dem Täter kaum einen Anhaltspunkt bieten. Wir tappen also zunächst im Dunkeln.

Verstehen Sie mich bitte richtig, nichts liegt mir ferner als irgendjemanden zu verdächtigen, aber ich muss Sie bitten, mir alle

Schülerinnen und Schüler zu nennen, die in der dritten Stunde gefehlt oder das Klassenzimmer mit einer Entschuldigung verlassen haben, sei es wegen Übelkeit oder einem Arzttermin oder sonst etwas. Denn mit irgendetwas müssen wir ja die Untersuchung beginnen. Sie brauchen es mir auch nicht jetzt gleich zu sagen, ich bin im Rektorat und möchte Sie bitten, im Lauf des Tages zu mir zu kommen, wenn Sie etwas Sachdienliches zu berichten haben. Ich danke Ihnen.»

Rossburg schaute sich fragend um, aber niemand schien auf ihn zugehen zu wollen. Und so wandte er sich einem der Fachabteilungsleiter zu und sagte:

«Herr Rasch, haben Sie einen Moment Zeit, ich müsste mit Ihnen noch etwas besprechen, wir müssen so schnell wie möglich eine Krisensitzung anberaumen», und die beiden zogen sich in die Sitzecke zurück.

Rossburgs Andeutung und die Information über den Zeitzünder heizten die Gespräche geradezu an. Bei der Kaffeemaschine hatten sich ein paar Kolleginnen zusammengefunden und kommentierten hitzig das Geschehen.

«Wer ist da nicht hinausgegangen? Wisst ihr das?», fragte Ingrid Herzog.

«Der Blech. Er sagt, ihm war's schlecht. Und dann der Faulbaum. Der war die ganze Zeit im Kopierraum. Ich glaube, der spinnt jetzt völlig», sagte Hirschmüller-Hase. «Ich hoffe, der kriegt noch eine gehörige Abreibung vom Chef.»

«Das ist doch dem egal», meinte Ingrid Herzog. «Sein Ruf kann doch ohnehin nicht noch schlechter werden.»

«Also ich fühle mich hier langsam nicht mehr wohl, wenn die Schüler im Haus zu zündeln anfangen. Man weiß ja langsam nicht mehr, ob man hier wieder lebendig herauskommt. Es wird immer schlimmer, Brandstiftung als neue Form von Gewalt an Schulen. Ja, brauchen wir denn langsam einen Schulpolizisten und eine Schulfeuerwehr? Von den Sozialpädagogen, die wir ohnehin nicht kriegen, ganz zu schweigen. Dann suche ich mir aber einen anderen Job», ereiferte sich Susanne Schild und bekräftigte ihre Aussage, indem sie am Ende mit der flachen Hand auf den Tisch klatschte.

«So schlimm wird's schon nicht kommen. Man muss halt auf die Kerle aufpassen.» Friederike Sandbachs lokaler Zungenschlag war unüberhörbar. «Wenn du woanders hingehst, weißt du ja auch nicht, ob's dort sicherer ist. Und ich meine, dass so etwas nicht so schnell wieder passiert. Aber auf die Kerle aufpassen muss man schon.»

«Und wie willst du besser aufpassen?», fragte Ingrid Herzog.

«Was willst du denn machen? Glaubst du denn, dass man den, der das verbrochen hat, überhaupt finden kann?»

«Sicher haben wir jetzt ein neues Thema für die Elefantenrunde, die nächste Sitzung der Fachabteilungsleiter ist schon angeordnet», mischte sich Rasch ein, der sich nach seinem kurzen Gespräch mit Rossburg einen Kaffee eingießen wollte.

«Jetzt kommt die Fachfrau», sagte Ingrid Herzog und deutete auf Marianne Fuchs, die sich zu der Gruppe gesellte. – «Marianne, wir brauchen dich jetzt als Sachverständige. Was meinst du, hat man eine Chance herauszubringen, wer den Zeitzünder gebastelt hat?»

«Schwer zu sagen», begann Marianne Herzog. «Technisch gesehen ist das ja ganz leicht, wie der Chef eben sagte. Wir in Chemie reden natürlich kaum von solchen Sachen und ich versuche ja alles, was mit Explosionschemie und solchen Dingen zu tun hat, so weit wie möglich auszuklammern. Aber man kann natürlich nicht alles weglassen, womit man Unfug treiben kann.»

«Die Chemie regt eben manche per se schon zum Unfug an», stichelte Susanne Schild.

«Das will ich überhört haben», konterte die Chemikerin gelassen. «Also ich denke mal, dass von meinem Unterricht keine solchen Impulse ausgehen. Mir fällt höchstens manchmal auf, dass der eine oder andere, und das sind immer nur Jungs, chemische Kenntnisse zeigt, die mit unserem Lernstoff aber auch gar nichts zu tun haben. Und das, liebe Susanne, ist dann nicht so harmlos, als wenn eine Schülerin ein paar Wörter Französisch oder Englisch kann, die sie nicht in der Schule gelernt hat. Da muss man dann schon mal nachhaken und fragen, was da getrieben wird.»

«Und was kriegst du dann für Antworten?»

«Das ist verschieden. Manche treten den Rückzug an und manche geben an, als könnten sie weiß Gott was in die Luft sprengen.»

«Und? Welcher Schüler könnte deiner Meinung nach Brandbomben produzieren?», fragte Rasch.

«Das wollte ich niemandem unterstellen. Einer der Brandbomben oder Zeitzünder bastelt, kann sich seine Informationen im Internet holen. Dazu braucht es keinen Chemieunterricht.»

«Ich muss zum Chef», sagte Friederike Sandbach. – «Bei mir ist einer in der dritten Stunde hinaus aufs Klo.»

«Wer?», fragten alle.

«Moritz Ratgeb von den Zehnern.»

«Dem würde ich so etwas schon zutrauen», sagte Susanne Schild.

«Ist der gut in Chemie?»

«Nein, der ist grade noch knapp an der Fünf vorbeigeschrammt. Bei dem würde der Zünder losgehen, ehe er mit Basteln fertig ist.»

«Aber der hat die Geschichte mit dem Mercedesstern verbrochen.» Alle schauten Susanne Schild fragend an.

«Na, wisst ihr das etwa nicht? Karl-Heinrich war mit uns nach dem Sport im Hirsch, wo man uns kennt. Und da wurde er vor ein paar Wochen von der Bedienung angesprochen und gefragt, ob er der Lehrer sei, dem man vor der Schule den Stern an seinem Daimler abgebrochen hat. Der Moritz hatte offensichtlich dort laut damit angegeben. Die Bedienung wusste zwar seinen Namen nicht, aber der ist ja leicht zu beschreiben. Es laufen ja wenige ständig mit einer roten Baseballmütze herum. Und dann die rotgrünen Haare und das silberne Kreuz am Ohr.»

«Das mit dem Mercedesstern von Karl-Heinrich hab‘ ich schon gehört. Aber dass das der war?», sagte Marianne Fuchs.

«Da gab es dann ein Gespräch auf dem Rektorat, Rossburg, Karl-Heinrich und Moritz. Aber er hat alles abgestritten. Er sagte, die Bedienung könne ihn nur nicht leiden, weil er sie einmal versehentlich angerempelt hat und ihr dabei ein paar Gläser heruntergefallen sind. Außerdem wisse er, wer es war, aber niemand könne ihn zwingen, den zu verpetzen. Von der Schule sei es niemand gewesen. Es gäbe ja auch außerhalb der Schule Typen, die mit Karl-Heinrich eine Rechnung offen hätten. Im Sportverein und so.»

«So eine Unverschämtheit. Kam er damit durch?»

«Klar. Am selben Tag noch rief sein Vater bei Rossburg an und drohte mit einer Leumundsklage für den Fall, dass man, wie er sagte, seinen Sohn in die kriminelle Ecke dränge.»

«Und ausgerechnet der hat sich bei dir in der dritten Stunde entschuldigt? Wie lang war der draußen?», fragte Ingrid Herzog.

«Ich weiß nicht mehr. Nicht arg lang, aber schon lang. Es hätte vielleicht gereicht», meinte Friederike Sandbach.

«Ja, dann aber nichts wie aufs Rektorat. Vielleicht kommt doch was raus», sagte Rasch.

«Dann wird aber der arme Junge schon wieder in die kriminelle Ecke gedrängt», sagte Susanne Schild.

«Ja, aber da hilft alles nichts. Ich gehe jetzt zu Rossburg hinunter», sagte Friederike Sandbach und trank ihre Tasse aus.

Mo 16.4.2007

Das Verhör

Um zwölf Uhr, zu Beginn der sechsten Stunde, saß Friederike Sandbach bei Rossburg am runden Tisch im Rektorat. Sie warteten auf Moritz Ratgeb, der von seinem Klassenlehrer aus dem Unterricht hergeschickt wurde.

«Wie Sie sicherlich wissen, müssen wir etwas vorsichtig sein. Wir dürfen nicht sagen, dass wir ihn verdächtigen, sonst haben wir ziemlich schnell einen Anwalt am Hals – oder sogar einen Prozess. Mit Herrn Ratgeb ist nicht gut Kirschen essen.»

«Ich bin ganz ruhig, 's ist besser, wenn Sie allein reden», sagte Friederike Sandbach, und zu mehr kam sie auch gar nicht, weil es schon an der Tür klopfte.

Moritz blieb unter der Tür stehen und schaute zwischen Rossburg und Sandbach unsicher hin und her. Der Schild seiner roten Baseballmütze ragte über das rechte Ohr. Darunter baumelte ein fingerlanges Silberkreuz. Seine rechte Hand versteckte er in der Tasche seiner weiten grauen Jacke, in der linken Hand hielt er offensichtlich sein Handy.

«Grüß Gott Moritz», sagte Rossburg freundlich und deutete auf einen Stuhl.

«Grüß Gott.»

Der Junge trug eine Rapperhose und bewegte sich langsam und ungelenk auf den Stuhl zu. Er kaute aufgeregt auf einem Kaugummi herum. Er setzte sich auf die Stuhlkante und streckte sein rechtes Bein aus. Das linke winkelte er an und wippte mit dem Knie. Rossburg sah ihn ein paar Sekunden an. Dann sagte er:

«Schalte das Handy aus und leg es hier auf den Tisch. Dieses Gespräch wird nicht aufgenommen.»

Moritz wurde rot. Er drückte auf einen Knopf an seinem Handy und legte es auf den Tisch. Er ging sofort zum Angriff über.

«Was wollen Sie von mir eigentlich? Was soll ich schon wieder gemacht haben?»

«Nun mal langsam und ganz ruhig. Wir wollen von dir nur wissen, wo du warst, als du dich heute bei Frau Sandbach entschuldigt hast und längere Zeit nicht im Klassenzimmer warst.»

«Auf dem Klo.»

«Frau Sandbach meint aber, dafür seist du relativ lange draußen gewesen.»

«Muss man jetzt vom Klo immer ganz schnell zurückkommen, damit man nicht verdächtigt wird? Ich glaube, ich rufe gleich meinen Vater an.»

«Du rufst jetzt niemanden an. Du sagst uns nur, wo du warst.»

«Ich hab‘s doch schon gesagt. Ich war auf dem Klo.»

«Moritz, jetzt hör‘ mal zu. Frau Sandbach sagt, dass du am Anfang der Stunde hinausgegangen bist und kurz vor dem Feueralarm zurückgekommen bist. Meinst du denn nicht, dass wir recht dumm wären, wenn wir dir nicht ein paar Fragen stellen wollten? Außerdem bist du unseres Wissens der einzige Schüler im ganzen Haus, der um diese Zeit nicht im Klassenzimmer war, und das gute zwanzig Minuten.» Moritz schwieg und kaute.

«Wenn du mit uns nicht darüber sprechen willst, dann müssen wir eben der Polizei sagen, dass du lange außerhalb des Klassenzimmers warst. Ist dir das lieber?»

«Meinen Sie wirklich, ich wäre so dumm, dass ich frage, ob ich aufs Klo gehen darf und dann so ein Ding drehe? Ich habe halt

Pech gehabt, weil einer ausgerechnet da was angebrannt hat, als ich nicht im Unterricht war. Ich war es nicht, ich war außerhalb des Schulgeländes.»

«Und woher weißt du denn, dass einer ein Ding angezündet hat, wie du sagst?»

«Das weiß doch jeder. Herr Kirch hat es doch allen erzählt, als wir wieder in die Klassenzimmer gegangen sind.»

«Und warum hast du das Schulgelände verlassen? Du weißt, dass das verboten ist.»

«Ich war rauchen und eine SMS verschicken.»

Er nahm sein Handy vom Tisch und drückte auf eine Taste. Er reichte es Rossburg.

«Können Sie ja sehen: getätigter Anruf 9:52 h, und wenn Sie wollen, zeige ich Ihnen auch noch den Anruf, den ich beantwortet habe.»

«Und was ist da gelaufen? Wem hast du die SMS geschickt?»

«Einem Kumpel an einer anderen Schule, der grade eine Physikarbeit geschrieben hat.»

«An welcher Schule?»

«Muss ich das sagen? – Sie können mich nicht zwingen ihn zu verpfeifen.»

«Moritz, es geht darum, dass du der einzige Schüler bist, der ..., von dem man annehmen könnte ...»

«Dass er das Ding angezündet hat. Ich weiß schon, wer Mercedessterne abknickt, der zündelt auch im Haus rum. Und was soll ich sonst noch alles getan haben?»

«Jetzt mal ganz ruhig. Wenigstens könntest du uns sagen, ob du irgendjemanden im Schulhaus oder auf dem Hof gesehen hast. Jemand von außerhalb, jemand von hier, vielleicht sogar einen Lehrer.»

«Klar, den Kirch hab' ich gesehen.»

«Herrn Kirch, bitte.»

«Also Herrn Kirch, wie er ins Sekretariat gegangen ist. Das war alles. Kann ich jetzt gehen?»

Rossburg und Sandbach sahen einander an; dann nickte Rossburg Moritz zu:

«Ja, du kannst gehen. Danke.»

Moritz verließ grußlos den Raum. Rossburg zuckte hilflos mit den Achseln.

«Was soll man da sagen? Ich glaube, der war's nicht. Das wäre dann doch ein wenig zu einfach.»

«Schon», sagte Friederike Sandbach, «aber wir haben ihn doch fragen müssen, oder?»

«Sicher, aber vielleicht hätten wir dieses Gespräch doch besser der Polizei überlassen sollen. Der lacht uns doch jetzt aus, und ich hör' schon, was sein Vater mir morgen am Telefon sagt.»

«Dann gehe ich jetzt, ade, Herr Rossburg.»

«Auf Wiedersehen, Frau Sandbach.»

Sie verließ das Rektorat, und Rossburg blieb unbeweglich sitzen und dachte über seine eigene Ratlosigkeit nach.

Mo 16.4.2007

Sarahs Tagebuch

Heute gab es echten Feueralarm. Hatten gerade Franz in 312 bei der Herzog. Ihr übliches Getue mit der Aussprache. Dabei kann man das oder halt nicht. Und ich kann's nur schlecht, Scheißnasale! Ich sollte gerade was aus dem Buch vorlesen, da geht der Alarm los. Glück gehabt! Im ersten Moment haben alle ihre Witzchen gemacht und sind locker aufgestanden. Dann hat aber jemand gesagt, Alarmübungen gibt es eigentlich immer in der zweiten Stunde, aber nicht in der dritten, außerdem fing es auch an zu stinken. Und wie wir die Tür aufgemacht haben, war da auch schon voll der Qualm auf dem Gang. Gott sei Dank waren wir ja gleich bei der Treppe. Die Herzog hat noch gesagt, wir sollen nicht rennen, damit niemand hinfällt. Das war auch gut so. Wir sind alle schnell gelaufen, aber nicht richtig gerannt. Marcel hat mich an der Hand genommen! Waren schnell unten auf unserem Sammelplatz. Hab' noch nie so viele so schnell hintereinander aus dem Schulhaus kommen sehen. Alle waren mords aufgeregt. Und dann standen wir aber rum und es ist erst nichts passiert. Die Feuerwehr kam umsonst. Irgend so ein Depp hat oben auf dem Klo was angebrannt und das Ding ist selber wieder ausgegangen.

Als wir wieder im Unterricht waren, hat es überall noch gestunken. Dann kam ein Umlauf: Diese Zündelei sei grober Unfug, und wir sollten es lassen. Als ob wir das nicht selbst gewusst hätten!

Man weiß noch nicht, wer es war. Wenn sie den kriegen, möchte ich nicht in seiner Haut stecken. Warum macht einer so was? Das fand eigentlich niemand witzig.

Di. 17.4.2007

Publicity

Die Sache mit dem Feueralarm war Rossburg unendlich peinlich. Wie erwartet, rief ihn Herr Ratgeb am nächsten Tag an und drohte mit einer Leumundsklage, falls sein Sohn Moritz auch nur ein einziges Mal noch wegen irgendeiner Sache verdächtigt werden sollte. Langsam stünde ja seine Familienehre auf dem Spiel und das könne ja sogar sein Berufsleben beeinflussen. Wer würde ihn denn noch als Sozialpädagogen ernst nehmen, wenn sein Sohn immer wieder relativ schlimmer Vergehen verdächtigt werde! Dass er immer unschuldig gewesen sei, das vergäßen die Leute ja, und es bliebe immer etwas an seinem Sohn und der ganzen Familie hängen. Kurz, Rossburg solle sich bitte merken, dass er sich so etwas kein weiteres Mal gefallen lassen werde. Und er solle auch einmal darüber nachdenken, was für ein Geist unter den Schülern seiner Schule herrsche, wenn solche Dinge vorkämen.

Das war Rossburg schon unter die Haut gegangen, obwohl er sich immer wieder sagte, dass Ratgeb halt ein eitler Gockel sei, der sich gern laut krähen hört.

Aber auch die Lokalpresse regte ihn auf. Sie bedachte diesen Vorfall mit einem knappen Bericht, der mit einem Bild versehen war, das die beiden Feuerwehrautos auf dem Schulhof zeigte, umgeben von der Schülermasse. Und dazu diese Überschrift:

«Bengalisches Feuer räuchert das Gymnasium aus.»

Der Text stammte von einem Volontär, der vor ein paar Jahren hier an der Schule das Abitur gemacht hatte. Er war eines dieser Sorgenkinder gewesen, um die man in den letzten zwei Jahren immer Angst hat, weil sie sich mit ihren Leistungen nur knapp über dem Existenzminimum halten und die in den mündlichen Prüfungen, ohne dass sie es selbst recht wahrnehmen, große Gnade erfahren. Denn man will sie ja loshaben, weil man weiß, dass auch eine Wiederholung des letzten Jahres dem Schulerfolg kaum förderlich wäre. Oft sind es die Ethik- und Religionslehrer, die dann mit professionellem Erbarmen die Kuh vom Eis holen. Und so war es auch in diesem Fall gewesen. Eigentlich müsste der angehende Journalist seiner Schule dankbar sein. Davon war aber nichts zu merken. Der süffisante Spott des Artikels war zu offensichtlich, vor allem im letzten Satz: «... und die Schüler freuten sich alle über diese Abwechslung in ihrem öden Alltag, obwohl sie sich schon nach einer halben Stunde wieder im Unterricht langweilen durften.»

Rossburg hatte schon den Telefonhörer in der Hand gehabt, um sich beim Chefredakteur zu beklagen, hatte aber dann doch von einer Beschwerde abgesehen, weil er, wie er sich sagte, ja weiß Gott Wichtigeres zu tun hatte.

Experten der Feuerwehr und der Polizei hatten die Reste des so genannten Brandsatzes eingehend untersucht, ohne aber irgendetwas zu finden, was für die Ermittlung des Täters nützlich gewesen wäre. Auch die Befragung des Hausmeisters führte zu nichts, denn der war ausgerechnet zu dieser Zeit fernab des Geschehens in den Duschräumen der Turnhalle mit Reparaturen beschäftigt gewesen. Und dass Kirch als einziger Kollege im Treppenhaus gesehen worden war, und das auch noch von Moritz Ratgeb, war ja wohl ein Witz, ein sehr ärgerlicher allerdings. Wenigstens hatte niemand von den Schülern bemerkt, dass Fellbauch im Kopierraum geblieben war. Ein sehr seltsames Verhalten. Rossburg dachte daran, ihm sein Verhalten in angemessener Form in der Personalakte zu testieren.

Schon am nächsten Tag fand die Krisensitzung der Fachabteilungsleiter statt. Von 16 bis 18 Uhr angesetzt, ging sie trotzdem bis kurz vor halb acht, ohne aber außer ein paar bürokratischen Neuerungen irgendein handfestes Ergebnis zu zeitigen. Ja, man solle jetzt jede Schülerin und jeden Schüler, die auch nur für zwei Minuten den Unterricht verlassen, ins Klassenbuch eintragen. Das müsse möglich sein, sagten einige, denn während der Abituraufsicht ginge das ja auch. Und jetzt befände sich die Schule in einer außergewöhnlichen Lage, die eben von allen besondere Anstrengungen verlange.

Rossburg bezweifelte im Stillen, dass diese bürokratische Pflichtübung irgendeinen Nutzen haben würde, stellte aber seine Zweifel zurück, denn er musste ja etwas vorweisen können, falls er gefragt würde, wie die Schulleitung denn nun auf dieses seltsame Ereignis reagiert habe.

Mi 18.4.2007 21:10 h

Ein letztes Weizen

Der Schulhof war leer und das Schulgebäude lag im Dunkeln. Bruno Schwarz fuhr über den Hof bis zum Haupteingang. Dort stieg er von seinem Rad, lehnte es an die Wand und schloss es ab. Als er gerade seine Aktentasche vom Gepäckträger nahm, ging im Foyer das Licht an und durch die Glasscheibe sah er Susanne Schild und Fred Kirch auf sich zukommen. Sie traten aus der Tür.

«Was macht ihr hier noch so spät?», fragte er die beiden, ging auf seine Kollegin zu und begrüßte sie mit einem zärtlichen Küsschen auf die Wange.

«Dasselbe könnten wir dich fragen, mein Lieber», gab sie lächelnd zurück und drückte ihn kurz an sich.

«Wir haben ohne Schüler unterrichtet und es richtig genossen», scherzte Fred Kirch. «Es war so wunderbar ruhig.»

«Dann wollt ihr sicher mit mir wieder hineingehen und ein wenig weitermachen, bis ich meine Kopien gemacht habe. Und dann könnten wir noch ein Bier trinken gehen», schlug Schwarz vor.

«Nein», wehrte Susanne Schild ab, «heute kriegt mich keiner mehr durch diese Tür. Genug ist genug.»

«Was war denn so schlimm? Was habt ihr eigentlich so lange gemacht?»

«Erst eine Sitzung der Planungsgruppe Ganztagesschule fast bis acht, und dann hat Fred mich noch in die technischen Geheimnisse der Mediothek eingeweiht», erklärte sie und fügte hinzu: «Ist ja schon toll, was wir da für Möglichkeiten haben ...»

«... wenn wir alles technisch im Griff haben», ergänzte Fred Kirch lachend. «Weißt du was?», fuhr er fort, «komm doch jetzt mit auf ein Bier und mach deine Kopien hinterher. Lass doch dein Fahrrad so lange hier stehen.»

«Könnte ich eigentlich machen», stimmte Bruno Schwarz zu.

«Brauchst du denn die Kopien morgen gleich in der ersten Stunde?», fragte Susanne Schild.

«Erst ab der zweiten. Aber morgen früh ist ja sicher wieder so eine Hektik. Wenn ich sie heute noch mache, brauche ich nicht vor halb acht hier anzutanzen und kann in aller Ruhe frühstücken.»

«Dann ist ja alles klar. Also komm!», forderte Kirch ihn noch einmal auf.

Bruno Schwarz sah auf seine Uhr.

«Viertel nach neun. Gut. Ich ergebe mich meinem Schicksal, aber nur auf eine Stunde. Wo gehen wir hin?»

«Die nächste Kneipe wäre wohl die Brunnenstube. Einverstanden?»

«Einverstanden.»

«Jawohl. Dann auf ein Weizen.»

«Oder zwei.»

«Oder zwei.»

Mi 18.4.2007 22:45 h

Schwarz sieht Licht

Vom Domturm her erklangen drei Glockenschläge. Es war Viertel vor elf. Die drei Kollegen verabschiedeten sich vor der Brunnenstube. Fred Kirch ging stadteinwärts, und Bruno Schwarz begleitete Susanne Schild die paar Schritte bis zur Bushaltestelle am Eugen-Bolz-Platz, wo sie in den Bus ins Kreuzerfeld einstieg. Eigentlich wäre er gerne noch länger in der Brunnenstube sitzen geblieben und hätte noch ein Weizen getrunken, obwohl er schon drei hatte. Seine Backen glühten leicht und er hatte den Zustand erreicht, in dem er den Moment voll genoss und nicht mehr an den nächsten Tag dachte. Aber die beiden andern hatten zum Aufbruch gedrängt. Sie wollten es nicht so spät werden lassen, weil sie ja morgen wieder früh aufstehen mussten, was ihm ja schließlich auch einleuchtete.

Der Bus fuhr an. Am liebsten wäre er mit zu Susanne gefahren, um einfach in ihrer Nähe zu sein, mit ihr noch eine Weile allein zu reden und vielleicht, falls es beiden danach sein sollte, mit ihr ins Bett zu gehen. Manchmal geschah das ja. Sie liebten sich schon lange. Aber er wollte sich von seiner Frau auch nicht trennen, die sich nach über zwanzig kinderlosen Ehejahren verzweifelt an ihn klammerte. Sie war unglücklich, sie wusste von seiner Beziehung, konnte sich aber ein Leben ohne ihn nicht vorstellen. So versuchte sie die Situation zu ertragen. Aber wenn Bruno abends außer Haus war, spülte sie oft ihren Kummer hinunter und wurde laut und aggressiv, sobald sie einen gewissen Pegel erreicht hatte. Ihre Ausbrüche wollte Bruno sich heute eigentlich nicht mehr antun. Morgen, wenn sie ausgeschlafen hätte, da wäre sie wieder zu ertragen. Leicht aufgekratzt, wie er war, hätte er jetzt lieber noch ein paar Stunden mit Susanne verbracht. Anders als Gerda war sie mit ihrem Leben und ihrer lockeren Beziehung zufrieden, was sich in ihrer heiteren Gelassenheit ausdrückte. Sie wollte ohnehin nicht tagtäglich mit einem Mann zusammenleben und ließ es gerne bei diesen sporadischen Besuchen, die ihr Bruno Schwarz in ihrer Wohnung und manchmal auch in ihrem Schlafzimmer abstattete. So pflegten die beiden seit ein paar Jahren ganz offen eine Beziehung, die etwas so Selbstverständliches an sich hatte, dass schon fast niemand mehr darüber redete. Eigentlich hätte sie sich schon gerne nach Hause begleiten lassen, aber sie war nach diesem langen Tag erschöpft und wollte ausschlafen, um für den Rest der Woche gewappnet zu sein, und er musste ja auch noch seine Kopien machen. Sie stieg in den Bus und ließ ihn enttäuscht stehen. Er winkte ihr nach, bis er den Bus nicht mehr sah.

Als er allein die Sprollstraße hinunterging, merkte er, dass er nicht mehr ganz sicher auf den Beinen war. Da er eher klein und schlank war, waren drei Weizen nach einem dürftigen Abendbrot doch etwas zu viel für ihn gewesen. Aber die Kopien würde er noch machen, und nach Hause war es ja nicht weit.

Auf der Höhe des Römermuseums überquerte er die Straße und wollte dann die Sophienstraße entlanggehen. Doch da hörte er ein paar Jugendliche herumgrölen. Sie waren wohl angetrunken. Er wollte ihnen lieber nicht begegnen. Also ging er weiter bis zur nächsten Ecke und bog dort in den schmalen Weg ein, der zwischen Häusern und Gärten zum Gymnasium hinüberführt. Hier war es absolut ruhig. Im Moment war nicht einmal ein Auto zu hören.

Als er keine dreißig Meter mehr von der Schule entfernt war, glaubte er, einen Lichtschein im Rektorat zu sehen. Er blieb stehen und starrte auf das Fenster. Ein milchiger Schein huschte über die Gardine weg. Dann war es wieder ganz dunkel. War tatsächlich jemand in der Nacht vorm Beginn des schriftlichen Abiturs im Rektorat? Das konnten nur Schüler sein. Aber was wollten sie? Die Aufgaben waren im Panzerschrank verschlossen. In den letzten Jahren hatte es verschiedene Einbrüche in die Schule gegeben, ohne dass jemals viel abhanden gekommen wäre. Nur die Schäden an Türen und Fenstern waren immer teuer gewesen. In Schulen war ja nichts zu holen. Welche idiotischen Vandalen waren also hier wieder am Werk? Schwarz dachte an ein paar verkommene Schüler, die im Suff für nichts und wieder nichts vielleicht großen Schaden anrichteten. Jawohl, er konnte sich sogar vorstellen, wer dazu in der Lage war. Sollte er erst die Polizei rufen? Nein, ihn packte die Wut. Diese Bürschchen wollte er sich greifen. Mindestens stellen wollte er sie. Bis die Polizei kam, könnten diese Idioten ja größeren Schaden anrichten. Schnell lief er auf den Haupteingang zu. Er war ordnungsgemäß verschlossen. Wie denn das? Wo waren die dann eingestiegen? Nun, das würde er dann schon sehen. Leise schloss er auf. Es blieb dunkel. Jemand musste die Beleuchtungsautomatik blockiert haben. Er lauschte. Nichts. Er stellte seine Aktentasche auf den Boden und schlich auf Zehenspitzen zur Tür des Sekretariats. Sie war unverschlossen. Er öffnete sie. Etwas quietschte und schlug klappernd auf dem Boden auf. Er machte Licht und sah, dass er beim Öffnen der Tür einen Schreibtischstuhl umgestoßen hatte, der von innen angelehnt worden war. Ein Signal für die Einbrecher. Er spürte, wie ihm heiß wurde und sein Herz schneller klopfte. Hätte er nur nicht so viel getrunken! Vielleicht sollte er doch lieber die Polizei rufen. Er atmete ein, hielt die Luft an und horchte. Alles schien ruhig zu sein. Er entspannte sich.

Eben wollte er sich schon zurückziehen und lieber die Polizei rufen, da stach ihm etwas in die Nase. War da nicht ein ganz leichter Geruch von Benzin im Raum? Schwarz schnüffelte. Ja, es musste Benzin sein. Sofort dachte er an Feuer, an Brandstiftung. Aber das musste er wirklich verhindern; das duldete keine Sekunde Aufschub. Resolut schritt er auf die Tür zum Rektorat zu, riss sie auf, schaltete gleichzeitig mit der linken Hand das Licht ein und betrat den Raum. Starker Benzingeruch schlug ihm entgegen. Vor ihm stand ein kleiner roter Plastikkanister auf dem Boden, offen, wie er sah. Er spürte eine Bewegung hinter seinem Rücken und wollte sich umdrehen.

Den Schlag auf den Kopf spürte er noch, dann verlor er das Bewusstsein.

***

Der Körper sackt leblos vor ihm zusammen, der Kopf seines Opfers schlägt mit einem dumpfen Ton auf dem Linoleum auf. Er legt das schwere Ding zurück auf den Tisch und tritt einen Schritt zur Seite. Er schaltet das Licht aus und greift nach seiner Taschenlampe. Im Lichtkegel erkennt er das Gesicht des Erschlagenen. Das Entsetzen nimmt ihm den Atem. Einen Moment kauert er regungslos über ihm. Er ist wie gelähmt. Er kann ihn hier nicht liegen lassen. Er kann ihn doch nicht verbrennen. Er hat ihm doch gar nichts tun wollen. Schweiß rinnt ihm in die Augen und tropft von seiner Nase auf den Boden.

Dann weckt ihn Gestank. Im Schein der Taschenlampe sieht er, dass sein Opfer bei seinem Sturz den Plastikkanister umgestoßen hat. Er läuft aus. Eine große Benzinpfütze bildet sich. Sie wird größer. Feuer will er nicht mehr. Jetzt nicht mehr. Er will alles ungeschehen machen. Er wollte ja das alles sowieso nicht. Er stellt den Kanister auf und schraubt den Verschluss mit zitternden Händen fest zu. Ohne zu überlegen, reisst er dem am Boden liegenden die Wolljacke vom Leib und wischt damit das Benzin auf. Er wischt und wischt und wischt. Die Jacke ist schon vollgesogen, aber das Benzin nimmt kein Ende. Er macht weit ausholende Bewegungen, aber wenn er den Stoff nur leicht drückt, gibt er das Benzin wieder ab. So geht es nicht. Schließlich steckt er die Jacke in eine Plastiktüte und reibt seine Hände an der Hose des Toten trocken. Schnell geht er hinaus, mit ein paar Schritten ist er an der Tür der Toilette. Er geht hinein und holt zwei Rollen Toilettenpapier. Zurück im Rektorat kniet er sich hin und nimmt mit dem Papier das restliche Benzin auf. Es funktioniert. Das feuchte Papier klumpt zu kleinen Ballen zusammen. Er wird ruhiger. Er transportiert das benzingetränkte Papier in seiner Plastiktüte in die Herrentoilette und spült es im Schein seiner Taschenlampe systematisch Klumpen für Klumpen hinunter. Dann packt er die Jacke und den Kanister in seine große Plastiktüte und stellt sie auf einen Stuhl. Er will den Mann nicht hier liegen lassen. Niemand soll merken, dass in diesem Raum etwas geschehen ist. Niemand soll merken, was er vorgehabt hatte. Er bückt sich, fasst den reglosen Mann unter den Achseln, setzt ihn auf und lehnt ihn gegen die Tür. Dann geht er in die Hocke, packt ihn am Gürtel und kippt ihn sich über die linke Schulter. Mit der rechten Hand findet er an der Türklinke Halt und zieht sich hoch. Er keucht unter der Last. Er schwitzt. Einen Moment schwankt er. Dann macht er unsicher den ersten Schritt, nimmt die Plastiktüte vom Stuhl, öffnet die Tür, geht die paar Schritte durch das Sekretariat und betritt das Foyer. In diesem Moment hört er Schritte auf dem Schulhof. Er bleibt stehen. Draußen geht eine große Gestalt vorbei. Er wartet. Das Gewicht des Körpers auf seiner Schulter will ihn niederdrücken. Nein, er kann ihn unmöglich wegschaffen. Er muss ihn im Gebäude liegen lassen. Er geht in die Knie und legt den Toten vorsichtig auf den Boden. Dann schließt er das Sekretariat ab. Er schließt das Hausmeisterzimmer ab. Er schleift den reglosen Körper bis kurz vor den Ausgang, lässt ihn dort liegen und verlässt die Schule. Er hat Glück. Wohl ohne gesehen zu werden, gelangt er zu seinem Auto, das er ungefähr zweihundert Meter entfernt in der Winghoferstraße abgestellt hat.

Mi 18.4.2007 23:10 h

Es birnt

Viertel nach elf stand Katja Metzger auf dem schmalen dunklen Weg, der von Sprollstraße zum Gymnasium hinüberführt, wo Schwarz vor nicht einmal einer halben Stunde entlanggegangen war. Sie war nervös und konnte nicht stillstehen. Ein paar Schritte hin, ein paar Schritte her. Und dann endlich kam ein junger Mann von der Sprollstraße her auf sie zu. Sie ging ein paar schnelle Schritte auf ihn zu.

«Und? Hast du jetzt was?», sagte sie fordernd.

«Klar. Ganz ruhig. Ein bisschen Gras. Mehr hat er heute nicht gehabt. Aber für eine Tüte am Abend vor jeder Klausur reicht‘s.»

«Los, Dann dreh‘ schon eine. Wenigstens ein paar Züge brauch‘ ich jetzt.»

«So nervös wegen morgen?»

«Und wie.»

«Und wie willst du dann Mathe durchstehen, wenn es nicht klappt?»

«Ach, Frank, halt‘s Maul und dreh endlich die Tüte.»

Frank Sauer nahm das Zigarettenpapier aus der Tasche.

«Hier stell dich her und leuchte mal mit dem Feuerzeug, aber nicht so, dass es gleich jeder von da hinten sieht.»

Sie stellten sich eng einander gegenüber und im schwachen Schein des Feuerzeugs drehte Frank einen Joint.

«Soll ich zuerst, oder willst du gleich?»

«Gib schon her», sagte Katja, zündete an, klemmte die Tüte zwischen die Finger und inhalierte tief aus der hohlen Hand.

Sie behielt den Rauch ein paar Sekunden in der Lunge, dann atmete sie langsam aus und reichte Frank den Joint. Abwechselnd zogen sie sich die Droge rein.

«Haaaa, es dröhnt. Endlich wird mir die Birne weich», keuchte Katja nach drei, vier Zügen. Frank setzte zu einem Zug an. Er schaute an Katja vorbei Richtung Schule.

«Scheiße, da kommt einer», zischte er, ließ die Tüte fallen und trat sie aus.

«Arschloch», schimpfte Katja.

«Jetzt mach' nicht so ein Geschiss; das war eh nur noch ein Zug.»

Sie waren unfähig wegzulaufen und blickten wie gebannt der großen Gestalt entgegen, die schnell auf sie zukam. Der Mann hinkte etwas und sie hörten ihn atmen. Sie drückten sich mit dem Rücken an die brusthohe Gartenmauer, die den Weg auf der einen Seite begrenzte. Katja krallte sich mit einer Hand an Franks Oberarm fest. Leicht nach vorn gebeugt und etwas schwankend kam er näher, indem er sich ab und zu mit der Hand am Zaun gegenüber abstützte. Er schaute geradeaus und passierte die beiden, als würde er sie gar nicht wahrnehmen. Frank sah ihm nach, während Katja mit geschlossenen Augen ihren Kopf in den Nacken legte und leicht hin- und herschwankte.

«Das war doch der Faulbaum. Meinst du, der hat uns erkannt?», fragte Frank.

«Der Faulbaum? Was? Der ... der Faulbaum?»

Katja fing an albern zu kichern. Frank versuchte ihr den Mund zuzuhalten, aber sie drückte ihn von sich weg.

«Der Faulbaum ist doch so besoffen, dass er nicht mehr grad laufen kann», lachte sie aufkreischend.

«Jetzt halt doch dein blödes Maul, wenigstens bis er weg ist», zischte Frank sie an. Aber sie hörte nicht auf zu kichern. Faulbaum hatte wohl nichts gehört und verschwand schnell hinter der Ecke an der Sprollstraße.

Katja und Frank setzten sich ebenfalls in Bewegung Richtung Bushaltestelle am Eugen-Bolz-Platz.

Mi 18.4.2007 23:40 h

Gerda wartet

Für einen Moment wusste sie nicht, ob sie lieber das Rotweinglas abstellen oder die Zigarette ausdrücken sollte. Dann nahm sie noch einen letzten tiefen Zug und drückte den Stummel auf einer Untertasse aus. Sie blies den Rauch durch die Nase, nahm noch einen Schluck aus dem Glas, und dann griff sie zu ihrem Handy.

«Hallo, hier ist Gerda», sagte sie mit etwas schwerer Zunge.

«Hallo Gerda, Guten Abend! Was gibt‘s?»

«Ist Bruno bei dir?»

«Nee, wieso?»

«Es ist doch schon halb zwölf, und um neun ist er kopieren gegangen, nur noch schnell, wie er immer sagt. Wo ist der denn wieder?»

«Weiß nicht. Vielleicht hat er noch jemand getroffen und sitzt bei einem Bier in der Brunnenstube. Ruf doch dort mal an. Da sitzen die öfters.»

«Ja, vielleicht. Vielleicht warte ich noch ein wenig, und wenn er um zwölf nicht da ist, dann ruf‘ ich an.»

«Ja, so machst du‘s am besten. Gut‘ Nacht Gerda.»

«Ja. Gut‘ Nacht Klaus.»

Aber sie rief um zwölf nicht an. Sie legte das Handy neben sich auf den Tisch, goss sich noch ein Viertel Medoc ein und setzte sich wieder vor den Fernsehapparat. Da redete ein Halbkreis von Leuten über etwas, was sie schon seit einer guten Viertelstunde nicht mehr verstand. Sie setzte das Glas an und nahm einen langen Schluck, dann noch einen und starrte wieder auf den Bildschirm. Die Sendung war zu Ende. Spätnachrichten. Sie schaffte gerade noch den letzten Schluck aus dem Glas, dann nickte sie ein.

Gegen vier wachte sie auf und starrte einen Moment verständnislos auf den Bildschirm. Es keuchte und sie sah einen Männerrücken. «Nee, alles-bloß-das-jetzt-nicht», murmelte sie und schaltete den Fernseher aus. Sie drückte sich mit beiden Armen aus dem Sessel hoch und taumelte in Richtung Schlafzimmer. Brunos Bett war leer.

«Alter Bock, komm‘ du mir bloß heim.» Sie deckte ihr Bett ab, ließ sich in voller Kleidung hineinfallen und zog sich die Decke über den Kopf.

«Komm‘ du bloß heim, ich sage dir ...».

Und schon wieder war sie weg.

Do 19.4.2007 6:18 h

Deutsch-Abi mit Leiche

Susanne Schild war wie immer als Erste da. Heute kam sie besonders früh, denn sie wollte ihre Unterrichtsmaterialien fertig haben, ehe es im Kopierraum turbulent zuging. An solchen Tagen wie heute war es besser, wenn man spätestens zehn vor sieben den Kopierraum hinter sich lassen konnte. Ungefähr Viertel nach sechs bog ihr alter Alfa in den schmalen Teil der Mechthildstraße ein, an dessen rechter Seite die paar Parkplätze waren, die sich dem Kollegium anboten. Etliche Autos von Anwohnern, die noch nicht zur Arbeit gefahren waren, standen da, aber sie konnte sich ihren Parkplatz trotzdem aussuchen. Schwungvoll bog sie in die Parkbucht ein und stieg aus. Sie nahm ihre schwere Ledertasche aus dem Kofferraum, hängte sich den Trageriemen über die Schulter und schritt zielstrebig über den Hof auf den Eingang zu.

Auf den ersten Blick erkannte sie das Fahrrad, das neben der Tür an der Wand lehnte. Brunos Fahrrad? Wieso der schon da ist? Der wollte doch heute erst kurz nach halb acht kommen. Was bei dem zu Hause wohl wieder los war? Das Fahrrad steht da, als sei er gar nicht zu Hause gewesen, dachte sie bei sich. Gewohnheitsmäßig wollte sie den Schlüssel ins Schlüsselloch stecken, da gab die Tür schon nach. Das Foyer blieb dunkel. Vor ihr lag ein Mann auf dem Boden. Er lag auf dem Bauch, den Kopf nach rechts gedreht, seine Hände lagen mit geöffneten Fingern rechts und links neben seinem Kopf, als wollte er sich gerade die Haare raufen. Neben seinem linken Arm lag seine Aktentasche. Sein Gesicht war bleich und die Lider waren geschlossen. Seine Augenhöhlen sahen aus, als wäre er zusammengeschlagen worden. Einen Moment stand sie regungslos da und starrte nur auf ihn hinunter. Dann ließ sie ihre Tasche fallen und stürzte zu ihm hin.

«Bruno», schrie sie, «Bruno, wach auf, wach doch auf.» Sie nahm seinen Kopf in die Hände und merkte, dass er kalt war. Sie fing an zu zittern, Tränen quollen aus ihren Augen, sie weinte laut, ihre Schreie hallten durchs Foyer. Sie kniete hin, legte seinen Kopf in ihren Schoß und beugte sich über ihn, als könnte sie ihn noch schützen, und sagte immer wieder: «Bruno, so wach doch auf, so wach doch auf, hätte ich dich doch gestern Abend mitgenommen», erst laut, dann immer leiser, bis sie nur noch lautlos schluchzte und keinen verständlichen Satz mehr herausbrachte.

«Was ist hier passiert?» Simon Töpfer, der Hausmeister, war eben zum Haupteingang hereingekommen. Mit offenem Mund stand er hinter ihr. Die Farbe wich aus seinem Gesicht. Er hockte sich neben sie nieder und tastete nach der Halsschlagader des Toten. Dann schüttelte er kaum merklich den Kopf. Als würde sie das Gleichgewicht verlieren, kippte sie gegen ihn, lehnte sich an ihn und legte ihren Kopf an seine Schulter. Ein paar Atemzüge lang verharrten sie so. Töpfer schaute auf das Gesicht des Toten. Dann löste er ihre Hände von dessen Kopf, legte ihn sacht auf den Boden und stand auf, wobei er sie am Ellbogen fasste. Willenlos ließ sie sich mit hochziehen. Sie drehte sich zu ihm hin, fiel ihm um den Hals und schluchzte an seiner Schulter. Er blickte über ihren Kopf weg auf den Toten. Auch er hatte Schwarz gut gekannt. Sie hatten einander geduzt. Oft hatte er mit ihm gesprochen und gelacht und hatte ihn immer als einen lebhaften und umtriebigen Mann erlebt, mit dem man über alles Mögliche reden konnte. Tränen standen ihm in den Augen.

Behutsam löste er sich aus ihrer Umarmung und sagte:

«Setz dich auf die Treppe, Susanne. Soll ich dir einen Kaffee holen?» Sie schüttelte den Kopf. Er kauerte sich noch einmal neben den Körper des Toten hin und schnupperte. Dann sah er sie an und sagte sachlich:

«Wenn mich nicht alles täuscht, riecht er nach Benzin. Komisch. Und warum geht das Licht nicht an?»

Sie zuckte nur mit den Achseln. Er stand neben ihr und schüttelte den Kopf, als wollte er sich selbst wachrütteln. Dann zog er sein Handy aus der Tasche und rief die Polizei und den Schulleiter an. Ganz routinemäßig, als wäre er auf eine solche Situation gut vorbereitet, schloss er den Haupteingang ab und ging in sein Zimmer. Er schaute auf das Sicherungsbrett und stellte fest, dass der Sicherungsschalter für das Foyer auf Aus stand. Er schüttelte den Kopf und legte den Schalter um. Dann schrieb er einen Zettel, der die Schülerinnen und Schüler aufforderte, den Nebeneingang bei der Turnhalle zu benutzen. Er klebte ihn von innen an die Glasscheibe der Tür. Dann holte er einen Tisch und kippte ihn so neben den Toten, dass er von draußen nicht mehr zu erkennen war.

Susanne Schild schien sich inzwischen etwas gefangen zu haben. Sie stand auf und fragte: «Simon, was kann ich helfen?», und wollte ihm eben sagen, dass sie bewunderte, wie er die Nerven hatte, in diesem Moment genau das Richtige zu tun. Doch als er auf sie zukam, war er ganz weiß geworden. Auf seiner Stirn standen Schweißperlen. «Bleib einfach jetzt da», konnte er noch sagen, dann schoss er auf die Toilettentür zu, und ehe die Tür hinter ihm zufiel, hörte sie noch, wie er sich übergab. Sie setzte sich auf die Treppe neben den Toten. Nach fünf Minuten kam Töpfer wieder heraus. Gesicht und Haare nass.

«Es geht schon wieder. Aber das da, das begreif' ich nicht. Da muss auch einer in meinem Zimmer gewesen sein. Und im Klo riecht es auch nach Benzin.»

Susanne Schild schüttelte nur ständig leicht den Kopf, als hätte sie es mit den Nerven. «Hätte ich ihn nur gestern Abend mitgenommen», wiederholte sie ein ums andere Mal.

Da wurde der Haupteingang wieder aufgeschlossen. Rossburg und ein Polizist betraten gleichzeitig das Foyer. Rossburg, der draußen schon ein paar Sätze mit dem Polizisten gesprochen hatte, stellte Töpfer und Schild dem Polizisten vor. Das Entsetzen war ihm ins Gesicht geschrieben.

«Angenehm. Kriminalkommissar Schnaidt. – Frau Schild, waren Sie als Erste hier?»

«Ja, ich kam Viertel nach sechs, und da lag er so da. Die Tür war übrigens offen», sagte sie gefasst.

«Richtig offen oder nicht abgeschlossen?»

«Nicht abgeschlossen. Und das Licht im Foyer ging nicht an.»

«Haben sie den Toten berührt?»

Susanne Schild nickte nur.

«Ich auch», sagte Töpfer, «musste doch sehen, was mit ihm ist. Riechen Sie mal an ihm, ich meine, er riecht ganz leicht nach Benzin, und in der Toilette riecht es auch nach Benzin.»

«Sieht mir wie ein Brillenhämatom aus», sagte Schnaidt und beugte sich zu dem Toten hinunter, «wie holt man sich hier einen Schädelbruch? Und das ist nicht erst heute früh passiert.»

Er schwieg einen Moment. Dann forderte er die Umstehenden auf, ein paar Schritte zurückzutreten und zunächst auf die Spurensicherung zu warten.

«Und der ganze Raum muss gesperrt werden. Die Schüler müssen zu einem anderen Eingang hereinkommen.»

«Das lässt sich organisieren. Herr Töpfer, übernehmen Sie das bitte mal», bat Rossburg den Hausmeister.

«Bereits passiert», antwortet er

«Wer ist der Mann?», fragte Schnaidt.

«Bruno Schwarz, hier aus der Stadt. Der ist schon ewig hier, viel länger als ich. Er gibt Mathe und ... er hat Mathe und Chemie gegeben», erklärte Rossburg.

«Hat er eine Familie?»

«Er ist verheiratet, kinderlos. Seine Frau hat wohl vor meiner Zeit hier im Haus ein paar Jahre Sport und Englisch unterrichtet. Sie hat aber den Beruf aufgegeben. War nicht sehr glücklich damit.»

«Und sie hat gar nicht nach ihrem Mann gefragt?»

«Ich weiß nicht. Sie werden Genaueres erfahren, wenn Sie die Kollegen befragen. Die wissen besser Bescheid als ich. Ich bin noch nicht so lange hier.»

Dann blickten sie schweigend auf den Toten.

Susanne Schild hatte sich etwas gefangen und fragte, ob sie noch gebraucht werde. Sie wollte nun ins Lehrerzimmer gehen.

«Kommen Sie jeden Morgen so früh in die Schule?», wollte Schnaidt wissen.

«Nein, normalerweise nicht ganz so früh. Aber heute geht das Abitur los mit Deutsch. Da geht es mir immer viel zu turbulent zu, und wenn man für diesen Tag etwas vorbereiten oder kopieren will, steht man besser sehr zeitig auf.»

«Können Sie mir noch irgendetwas sagen, was sie vielleicht beobachtet haben?»

«Nein», sagte sie, «eigentlich nicht. Ich habe ihn allerdings gestern Abend noch gesehen.»

«Wann? Wo?»

«Ich traf ihn hier vor der Schule so gegen neun. Der Kollege Kirch war auch dabei. Wir gingen mit ihm zusammen in die Brunnenstube auf ein Bier. Und dann ging er wieder hierher, er wollte ein paar Kopien machen. Wir hatten ihn doch vorher davon abgehalten.»

«Und wann war das?»

«So gegen elf. Ich war Viertel nach elf zu Hause und habe mir noch eine Sendung im Fernsehen angeschaut.»

«Hatte er viel getrunken?»

«Ich glaube drei Weizen. Er war nicht betrunken, wenn Sie das meinen, aber völlig nüchtern war er sicher auch nicht mehr.»

«Ich danke Ihnen», sagte der Polizist, zog einen kleinen Notizblock heraus und nahm die paar Informationen auf. Susanne Schild hob plötzlich die Hand, als wolle sie sich bei einer Diskussion zu Wort melden.

«Ja?», fragte Schnaidt. «Fällt Ihnen doch noch etwas ein?»

«Ja, es wird mir erst jetzt bewusst. Gestern Abend trug er eine dunkelgraue Wolljacke über seinem Pullover. Es war ja ziemlich kühl. Und jetzt hat er nur noch den Pullover an.»

Schnaidt nahm diese Information auf und bedankte sich und Susanne Schild ging ins Lehrerzimmer hinauf.

Rossburgs Gesicht wirkte eingefallen und fahl. Fassungslos schaute er auf den toten Kollegen hinunter.

«Was denken Sie», fragte ihn Schnaidt, «hat der Tote hier im Haus Feinde gehabt, die ...?»

«Weiß ich nicht. Aber befragen Sie mich doch bitte später. Ich kann im Augenblick keinen klaren Gedanken fassen. Kommen Sie doch nach acht zu mir, wenn wir das Abitur in Gang gebracht haben.»

Die Deutschlehrer, die mit dem Abitur zu tun hatten, hatten sich für sieben Uhr zur Sichtung der Themen verabredet. Sie betraten die Schule durch den Nebeneingang und wurden von Kriminalkommissar Schnaidt und Töpfer knapp informiert und gebeten, sich nicht im Foyer aufzuhalten, sondern sofort mit Rossburg ins Rektorat zu gehen.

Rossburg schloss die Tür auf. Sie gingen durch das Sekretariat. Rossburg steckte den Schlüssel ins Schloss der Rektoratstür. Aber er musste nicht aufschließen. Diese Tür war nicht verschlossen.

«Was ist jetzt los?», fragte er. «Ich bin ganz sicher, dass ich hier gestern abgeschlossen habe.»

Die vier Kollegen betraten nach ihm den Raum.

«Riechen Sie was?», fragte Rossburg.

Alles schnupperte.

«Benzin, ja, eindeutig Benzin», war die Antwort.

«Setzen Sie sich einfach schon mal; ich muss das doch erst Herrn Schnaidt von der Polizei sagen, einen Moment bitte», entschuldigte sich Rossburg und ging hinaus.

Rasch, Hirschmüller-Hase, Hammerschmidt und Gaiser schauten einander an und wussten nicht, was sie sagen sollten. Sie waren wegen der Spannung auf die Abitursthemen ohnehin etwas aufgeregt gewesen. Und der Schock über den plötzlichen Tod eines Kollegen, an dessen Leiche sie eben auch noch vorübergegangen waren, lähmte sie. Das Abitur war jetzt eigentlich bedeutungslos geworden, aber man war ja verpflichtet, genau zur selben Zeit wie überall sonst im Land mit der Prüfung zu beginnen. Vom Abitur wollte aber niemand sprechen.

«Ich fasse es nicht», «ich auch nicht», «das darf nicht wahr sein», war alles, was sie herausbrachten.

Rossburg kam mit Schnaidt zurück.

«Tatsächlich, es riecht leicht nach Benzin. Sie sind alle durch diese Tür gekommen?», fragte Schnaidt. Rossburg und die Kollegen nickten.

«Diese Tür war nicht abgeschlossen, und die andere?»

«Haben wir noch nicht probiert», sagte Rossburg, ging hin und drückte die Klinke herunter.

«Noch abgeschlossen.»

«Vielleicht wäre es besser gewesen, Sie wären nicht alle hier durch», sagte Schnaidt. «Aber hinterher ist man immer klüger. Warten wir halt mal ab, was die Spurensicherung sagt.»

Dann ging er ein paar Schritte schnüffelnd hin und her.

«Wenn mich nicht alles täuscht, ist der Geruch hier in der Ecke zwischen der Tür und dem Safe am stärksten. Was bewahrt ein Schulleiter in einem Safe auf?»

«Akten, Abitursaufgaben.»

«Abitursaufgaben? So? Und heute geht das Abitur los?»

«Tja, heute geht es los. Ich weiß schon, was Sie denken, Herr Schnaidt», sagte Rossburg. «Aber es wäre das erste Mal, dass in eine Schule wegen den Abituraufgaben eingebrochen wird.»

«Von Einbruch kann ja allem Anschein nach auch keine Rede sein. Aber zum anderen: Alles passiert irgendwann zum ersten Mal. Ich bin jetzt auf die Spurensicherung gespannt.»

Damit ging er wieder hinaus und überließ Rossburg und die Deutschlehrer ihren Pflichten.

Auch Rossburg fragte sich, warum Gerda Schwarz sich noch nicht gemeldet hatte, denn offensichtlich war Schwarz ja am späten Abend zu Tode gekommen.

Warum hatte sie ihn nicht vermisst? Er war sich bewusst, dass die Nachricht schnell überbracht werden musste und war im Begriff mit Schnaidt zu besprechen, ob nun lieber die Polizei oder er als Chef die Todesnachricht überbringen sollte. Polizisten waren für diese Aufgabe vielleicht besser ausgebildet. Im vorliegenden Fall aber spürte er eine gewisse Verpflichtung, diese Aufgabe doch selbst zu übernehmen. Er ging hinaus ins Foyer, um mit Schnaidt darüber zu reden.

Aber es kam anders. Frau Engels, die völlig fassungslos an ihrem Schreibtisch saß, wollte das Telefon einfach klingeln lassen, weil sie im Moment mit niemandem sprechen wollte. Da hörte sie durch die offene Tür, wie Baermann im Nebenraum abnahm.

«Baermann. Guten Morgen.»

Es schien ihr, als würde Baermann viel zu lange nichts sagen.

«Frau Schwarz, es tut uns allen sehr ... und wir wollten es Ihnen auch gar nicht telefonisch ...»

Es entstand wieder eine Pause.

«Ihr Mann wurde heute früh hier in der Schule tot aufgefunden.»

Pause.

«Ich möchte Ihnen unser tief empfundenes Beileid versichern. Glauben Sie, wir sind ebenso schockiert wie Sie.»

Pause.

«Nein. Bitte bleiben Sie zu Hause. Im Moment ist die Spurensicherung da. Man weiß ja noch gar nicht, was passiert ist.»

Pause.

«Im Foyer, gleich beim Eingang.»

Pause.

«Frau Schwarz?»

Pause.

«Frau Schwarz, sind Sie noch dran?»

Dann legte er auf und sagte laut vor sich hin:

«Was hätte ich denn sonst sagen sollen? – Vielleicht sollte jetzt doch jemand zu ihr gehen. Wer kennt sie denn gut?»

Dorothea Kraus-Jakobson erklärte sich bereit und ging zu Gerda Schwarz. Als sie eine halbe Stunde nach dem Anruf bei ihr klingelte, öffnete Gerda Schwarz wortlos die Tür. Sie war noch im Morgenrock und ungekämmt. Sie ließ sich einen Moment von Kraus-Jakobson in die Arme schließen. Dann befreite sie sich mit sanftem Druck aus der Umarmung. Ihre Augen waren rotgerändert, die Lippen blass und mit ihrem aschfahlen Gesicht und leicht ergrautem Haar bot sie ein Bild menschlichen Elends, wie sie mit hängenden Schultern vor ihr her ins Wohnzimmer ging. Sie fiel in einen Sessel, verdeckte ihr Gesicht mit beiden Händen und weinte leise.

Dorothea Kraus-Jakobson setzte sich. Sie konnte nichts tun. Aber sie fühlte, dass sie einfach bei ihr bleiben musste, bis sie sich etwas gefangen hatte. Dann würde sie von sich aus etwas sagen. Nach einer Weile fragte sie:

«Soll ich uns einen Kaffee machen?»

Gerda Schwarz nickte nur und deutete in Richtung Küche.

Als Kraus-Jakobson mit dem Kaffee zurückkam, war sie ins Badezimmer gegangen. Sie hörte die Dusche. Sie stand auf, ging ans Fenster und schaute hinaus. Es war ein strahlender Morgen, die Bäume blühten, im Garten setzten schon die Tulpen und Vergissmeinnicht ihre Farbakzente. Das Leben hätte so schön sein können!

Gerda Schwarz kam ins Wohnzimmer zurück. Sie hatte sich eine schwarze Hose und eine weiße Bluse angezogen. Sie war nun gekämmt und leicht geschminkt, aber ihr Gesicht war starr und ausdruckslos.

«Der hat ihm was angetan. Genau wie er gedroht hat. Ich hab' immer zu Bruno gesagt, er solle doch den Mund halten. Der hat ihn totgeschlagen. Ich hab's geahnt.»

«Gerda, was redest du da?», fragte Kraus-Jakobson entsetzt. «Du glaubst doch nicht, dass Faulbaum ...?»

«Doch. Wer denn sonst. Du weißt doch, wie er zu dem stand. Hast du das nicht mitgekriegt neulich? Das muss schlimm gewesen sein. Bruno hat Angst gehabt. Sonst hätte er es mir doch gar nicht erzählt.»

Sie goss sich eine Tasse ein, und sie schwiegen eine Weile.

«Danke, Dorothea», sagte sie, «danke, dass du gekommen bist. Ich glaube, jetzt geht es wieder. Ich rufe jetzt meine Schwester an, und du kannst wieder gehen. Danke.»

«Kann ich dir wirklich nicht helfen?»

«Nein, danke. Meine Schwester wird sicher zu mir kommen. Sie hat es nicht weit.»

«Aber wenn du doch noch jemanden brauchst, dann ruf bitte bei uns an.»

«Ja, danke.»

Dorothea Kraus-Jakobson verabschiedete sich und fuhr wieder zur Schule. Sie meldete sich sofort bei den Kriminalbeamten und berichtete von Gerdas Verdacht.

Do 19.4.2007

Spurensuche

Die Polizei handelte besonders schnell, damit der Schulbetrieb nicht beeinträchtigt würde. Die Leiche wurde an ihrem Fundort fotografiert und dann sofort ins Institut für Gerichtliche Medizin nach Tübingen gebracht. Die ersten Untersuchungen ergaben, dass Schwarz nicht beraubt worden war. Sein Geldbeutel mit etwas Bargeld, seine Ausweise und seine Schlüssel wurden alle bei ihm gefunden, und da er aller Wahrscheinlichkeit nach sonst nichts Wertvolles bei sich gehabt hatte, war ein räuberischer Angriff so gut wie ausgeschlossen.

Kriminalhauptkommisar Kupfer, der von seinen Kollegen gerufen worden war, stand im Foyer und hielt den Schlüsselbund des Toten in der Hand. Er fragte den Haumeister:

«Würden Sie mir bitte sagen, welches der Schulschlüssel ist?»

«Für die Schule hatte er zwei, diesen alten hier und den da, der wie ein Autoschlüssel aussieht. Mit dem konnte er hier zum Haupteingang herein und auch in den Chemiesaal und die Vorbereitung. Und dann, ach so, das hätte ich Ihnen schon eher sagen müssen, der Schlüsselgriff enthält einen Chip, der registriert, wann mit dem Schlüssel aufgeschlossen wird.»

«Aha, das sollten wir aber jetzt sofort überprüfen», sagte Kupfer.

Töpfer nahm den Schlüssel und ging kurz in sein Büro.

«Alles klar», sagte er, als er wieder herauskam, «22:55 h hat Herr Schwarz mit diesem Schlüssel den Haupteingang aufgeschlossen. – Und noch etwas: Fünf Minuten vorher ist bereits die Tür mit einem unserer Hauptschlüssel aufgeschlossen worden.»

«Sehr interessant», kommentierte Kupfer diese Neuigkeit. «Aber Herr Töpfer, das muss vorerst unter uns bleiben, klar?»

«Klar.»

Während Rossburg durch die verschiedenen Klassenzimmer ging, in denen das Deutsch-Abitur geschrieben wurde, um sicher zu gehen, dass alles genau nach den vorgegebenen Regeln ablief, hatten Kriminalhauptkommissar Kupfer und seine Helfer von der Spurensicherung das Rektorat für sich allein.

Warum roch es hier nach Benzin? Hatte jemand einen Brand legen wollen? Warum roch die Kleidung des Toten, der sicher keine bösen Absichten gehabt hatte, ebenso? Und woher kam der Benzingeruch in der Herrentoilette? Es war unwahrscheinlich, dass Schwarz selbst mit Benzin hantiert hatte, auch wenn er Chemie unterrichtet hatte. Diese Möglichkeit wollte Kriminaloberkommissar Kupfer gleich außer Acht lassen. Ein Blick in den Chemiesaal und die Chemiesammlung bestätigte, dass dort am Vorabend niemand mit Benzin gearbeitet hatte. Daher schien es Kupfer wahrscheinlich, dass Schwarz im Rektorat umgekommen und dann ins Foyer gelegt worden war. Die Frage war nur, was er in der Nacht im Rektorat gewollt hatte und wer außer ihm dort gewesen war.

Sein Kollege Robert Kienzle von der Spurensicherung sah sich in seinem Element. Er mochte solche Fälle, bei denen der Tathergang nicht gleich auf der Hand lag und er richtig herumschnüffeln musste. Viele Leute hatten sich nach der Tat am Tatort befunden, so dass es relativ schwer war, verwertbare Spuren zu finden. Das war ein Fall, der ihn belebte und seinen Jagdinstinkt weckte. Hier konnte er zeigen, was er drauf hatte.

An den Türklinken überdeckte sicherlich ein Fingerabdruck den anderen. Hier etwas Verwertbares zu suchen, war kaum der Mühe wert. Zu viele Leute hatten sie berührt. Ebenso aussichtslos schien die Suche nach Fußspuren im Foyer, obwohl am Vorabend das Schulhaus geputzt worden war. Hier waren schon wieder zu viele Leute hin- und hergegangen.

Wenn es überhaupt noch deutliche Spuren geben sollte, dann nur im Sekretariat oder im Rektorat. Und dort kniete Robert Kienzle vor dem Safe auf dem Boden. Er hatte sich mit einer Hand auf einem Blatt Papier aufgestützt, um mit seinem Handschweiß nichts unkenntlich zu machen. Sein Gesicht war keinen halben Meter mehr über dem Boden, und so betrachtete er den grauen Linoleumboden mit zusammengekniffenen Augenbrauen durch eine Lupe. Seine Haltung erinnerte an einen Jagdhund, der auf eine Fährte angesetzt wird. Nur hörte man keinen Ton von ihm. Kupfer stand aufrecht neben ihm, schaute ihm ungeduldig zu und wartete darauf, dass Kienzle etwas sagen würde. Er hatte in seiner Laufbahn die Spurensuche schon lange hinter sich gebracht. Das sollten jetzt jüngere Kollegen machen. Und seinem Robert Kienzle vertraute er blind. Wenn es etwas zu finden gab, dann fand er es auch. Das hatte er immer wieder bewiesen. Nur hätte Kupfer, etwas ungeduldig, wie er eben war, die Ergebnisse gerne immer etwas schneller gehabt. Er sagte nichts, aber sein Schnaufen war zu hören, und die Art, wie er von einem Bein aufs andere trat, ließ Kienzle wieder einmal spüren, unter welcher Spannung sein Chef stand.

«Hier ist doch was, sehen Sie», sagte er endlich nach einer Weile und nahm mit seiner Pinzette ein winziges weißes Objekt auf. Er steckte es vorsichtig in eine kleine Plastiktüte.

«Könnte Papier sein oder Zellstoff», meinte er. «Mal sehen, vielleicht gibt es noch mehr davon.»

«Gut! Im Labor werden sie uns schon sagen, was damit gemacht worden ist», kommentierte Kupfer den Fund. «Und schauen Sie sich mal auf der Toilette um. Dort riecht es ja auch nach Benzin, wie der Hausmeister sagt.»

«Mach ich gleich», sagte Kienzle.

Kupfer ging hinaus, um sich am Telefon mit den Gerichtsmedizinern in Tübingen zu verständigen. Kienzle erhob sich aus seiner unbequemen Lage und machte sich daran, den Safe vorsichtig mit Grafitpulver zu bestäuben. Aber nachdem Rossburg um sieben Uhr schon den Safe geöffnet hatte, war kaum anzunehmen, dass man daran noch verwertbare Abdrücke finden könnte. Außerdem war ja zu vermuten, dass der Täter Handschuhe getragen hatte.

Kupfer kam zurück und fragte: «Etwas Neues?»

«Nein.»

***

Kienzle betrat vorsichtig die Herrentoilette. Er drückte sich links neben der Tür an den Urinalen vorbei, um in der Mitte des Raumes keine neuen Fußspuren zu setzen. Dann ging er auf die Knie und begann den direkten Weg zwischen der Eingangstür und der Kloschlüssel leicht mit Grafitpulver zu bestäuben. Auf einmal lächelte er.

«Ich glaub', ich habe dich am Arsch, mein lieber Freund», sagte er triumphierend vor sich hin. Deutlich waren die Abdrücke eines rechten Schuhs zu sehen. Der Täter musste mit dem Schuh in ein Lösungsmittel getreten sein, höchstwahrscheinlich in das Benzin, das die Reste des Reinigungsmittels, die noch am Boden hafteten, chemisch verändert hatte.

«Du bist ein wenig ungeschickt gewesen, mein Lieber, mit etwas Benzin an den Sohlen hast du eine deutlichere Spur hinter dir gelassen, als du es dir vorstellen kannst. Mindestens Schuhgröße 45. Du lebst auf großem Fuß!» Er vermaß die Abdrücke und fotografierte sie. Dann sammelte er vor der Kloschüssel noch ein paar kleine weiße Partikel ein und ging zufrieden lächelnd zu Kupfer zurück.

«Bingo», sagte er und streckte seinen rechten Daumen in die Luft und informierte seinen Chef über den Fund.

«Das ist wenigstens etwas», konstatierte Kupfer. «Wenn wir jetzt noch ein Motiv und die Tatwaffe hätten! Aber das wäre auch zu einfach. Nehmen wir mal an, der Arme hat hier eine auf den Kopf bekommen. Was bietet sich denn dann als Waffe an?»

Sein Blick schweifte durch den Raum, ohne aber an etwas hängen zu bleiben.

«Kienzle, finden Sie noch was, sonst sind wir aufgeschmissen.»

Aber Robert Kienzle fand nichts.

Do 19.4.2007

Schlüsselfragen

Rossburg war über die Mitteilung, dass jemand in sein Büro, in sein Rektorat, eingedrungen war, absolut bestürzt. Er war todsicher, dass er so sorgsam wie immer abgeschlossen hatte, und schließlich war die Tür zum Sekretariat ja auch verschlossen gewesen, als er am Morgen gekommen war. Er wendete sich an seine Sekretärin.

«Frau Engels, sagen Sie, fehlt uns ein Master-key, einer dieser Hauptschlüssel?»

«Ich weiß nicht. Meinen habe ich hier, und der andere Reserveschlüssel müsste da sein; der ist ja meines Wissens nur ein einziges Mal verwendet worden; und das ist schon länger her.»

Mit diesen Worten beugte sie sich auf ihrem Stuhl etwas nach links und zog eine Schublade auf. Sie nahm den Stempelhalter mit dem Dienstsiegel und all den anderen Stempeln heraus und – riss die Augen auf. Einen Moment starrte sie mit offenem Mund auf die leere Stelle.

«Das darf nicht wahr sein», stieß sie hervor, «der ist weg.»

«Was ist weg? Machen Sie keine Witze», sagte Rossburg.

«Ich mache keine Witze. Im Ernst, der Reserveschlüssel ist weg. Sie haben ihn auch nicht, oder?»

«Natürlich nicht», antwortete Rossburg. «Aber nun mal langsam. Vielleicht hat ihn der Kollege Baermann oder Frau Gründler. Die wissen ja auch, wo er liegt. Lassen Sie uns das erst mal klären, ehe wir uns aufregen. Wann kommt Frau Gründler?»

«Heute erst um zwei.»

«Dann rufen Sie doch bitte gleich bei ihr an.»

Doch Frau Gründler wusste nichts von dem Schlüssel und Herr Baermann auch nicht. Wer aber außer der Schulleitung und den Sekretärinnen wusste denn überhaupt, dass der Reserveschlüssel unter den Dienststempeln deponiert gewesen war? Die einzige Möglichkeit, wie jemand davon erfahren haben konnte, war doch, dass der ganze Stempelhalter aus der Schublade herausgenommen worden war. Aber wer nahm ihn schon heraus? Wenn es zur Zeit der Zeugnisse oder Halbjahresinformation im Sekretariat recht turbulent zuging, dann bediente sich der eine oder andere Klassenlehrer schon mal selbst, wenn er die Zeugnisse abstempeln musste. Aber doch nur, wenn eine der beiden Sekretärinnen da war. Vielleicht war der Stempelhalter dabei einmal etwas verrutscht, so dass jemand zufällig den Schlüssel entdeckt hatte. Aber wer sollte das nun gewesen sein bei den über elfhundert Zeugnissen, die abzustempeln gewesen waren? Das könnten alle gewesen sein und niemand.

«Was machen wir jetzt? Muss jetzt die ganze Schließanlage geändert werden?», fragte Frau Engels aufgeregt.

«Wenn der Schlüssel nicht gefunden wird, vielleicht schon. Aber beruhigen Sie sich, die Kosten würden von der Versicherung gedeckt. Schlimm wäre nur, dass wir noch mehr Handwerker ins Haus kriegten, als ohnehin schon da sind. Warten wir mal ab. Vielleicht findet sich der Schlüssel wieder. Nur muss ich jetzt doch Herrn Kupfer melden, dass wir den Schlüssel vermissen.»

Dass Kupfer die Neuigkeit mit einer gewissen Befriedigung aufnahm, verstimmte Rossburg fast ein wenig.

«Schlecht für Sie, Herr Rossburg, aber gut für uns», quittierte er die Information kurz. «Denn für mich ist dadurch fast sicher, dass der Täter mit größter Wahrscheinlichkeit innerhalb der Lehrerschaft zu finden sein müsste.»

«Dabei wird es mir aber unheimlich», entgegnete Rossburg. «Obwohl, Sie sagen ja ‹fast sicher› und mit ‹größter Wahrscheinlichkeit› – da bleibt ja noch ein Schlupflöchle für die Kollegen.»

«Aber dieses Schlupflöchle machen wir vielleicht bald zu», erwiderte Kupfer selbstbewusst.

Do 19.4.2007 gegen 18 h

Wohin mit Buch?

Rossburg saß noch über seinem Bericht über die heutigen Vorfälle, den er dem Regierungspräsidium vorlegen wollte. Er fand es etwas schwierig, sich nur auf das zu besinnen, was er wirklich wusste, denn es war ja eigentlich nicht viel. Ein Lehrer der Schule war am frühen Morgen tot in der Schule aufgefunden worden. Er roch leicht nach Benzin. Benzingeruch gab es auch im Rektorat und der Herrentoilette, und das Haus war offensichtlich mit einem Hauptschlüssel aufgeschlossen worden, den jemand aus dem Rektorat entwendet haben musste. Das war beschämend wenig. Auch wenn man davon ausging, dass er in der Schule erschlagen worden war, dann wusste man ja noch nicht einmal womit. Er dachte darüber nach, wie er es am besten formulieren sollte. Alle Mutmaßungen wollte er auslassen. Oder sollte er mit dem Bericht noch warten? Unschlüssig trommelte er mit den Fingern auf der Schreibtischplatte. Da klopfte es leise an die Tür. Es war eine der Putzfrauen.

«Entschuldigung. Jetz butzen oder später?» fragte sie schüchtern.

«Kommen Sie nur herein. Sie stören mich nicht», sagte Rossburg und wandte sich wieder seinem Monitor zu und grübelte weiter.

Die Putzfrau fuhr mit ihrem feuchten Mob über den Boden und rückte immer wieder einen der Stühle an dem großen Tisch bei Seite, wobei sie leise seufzte.

«Herr Direktor, wohin mit Buch?», fragte sie auf einmal und hielt ihm mit beiden Händen einen dicken roten Band entgegen: Webster's New Encyclopedic Dictionary, New Revised Edition, New York 1995, 200.000 entries, kartoniert.

«Bitte? Was meinen Sie?»

«Wohin mit Buch? Wohin?»

Rossburg starrte sie einen Moment mit aufgerissenen Augen an, so dass die arme Frau erschrak. Rossburg fuhr von seinem Stuhl auf und kam hinter seinem Schreibtisch vor.

«Schnell auf den Tisch, und nicht mehr anfassen.»

Die arme Frau wusste nicht, wie ihr geschah, als sie Rossburg in panischer Eile auf sich zukommen sah.

«Gehen Sie, gehen Sie, es ist sauber genug hier. Putzen Sie das nächste Mal wieder. Es geht auch so.»

Dabei nahm er sie am Ellbogen und führte sie an die Tür.

«Tschuldigung, tschuldigung. Buch lag auf Stuhl hinter Tisch. Ich nix machen dort hin. Nix machen ich.»

«Ist schon gut, ist schon gut», versuchte Rossburg sie zu beschwichtigen und schob sie vollends hinaus. Dann ging er an seinen Platz zurück und wählte Kupfers Nummer.

«Herr Kupfer, vielleicht ist das nicht relevant, aber eine von unseren Putzfrauen hat grade bei mir im Rektorat eine dickes Wörterbuch gefunden.»

«So? Und wo? Ihr Büro fand ich eigentlich ganz übersichtlich.»

«Auf einem Stuhl. Der stand ganz an der Wand und war vom Tisch verdeckt.»

«Ein ganz normales Wörterbuch?»

«Nein, hören Sie, ein ganz dickes, ein so dickes, dass man es immer mit zwei Händen anfassen muss. Das lag wohl gestern Abend auf dem runden Tisch, aber heute früh hat es niemand gesehen. Es lag ganz verdeckt auf einem Stuhl am Fenster.»

«Und Sie meinen, damit könnte man einen umbringen? Das wäre ganz was Neues.»

«Ich weiß nicht, vielleicht schon. Ich hab's ja nie gewogen, aber es ist ziemlich schwer. Ein paar Pfund mindestens.»

«Gut, lassen Sie's liegen. Wir gucken uns das morgen an. Mag interessant sein. Vielleicht ergibt sich was. Vielen Dank und einen schönen Feierabend.»

«Danke gleichfalls.»

Fr 20.4.2007 00:40 h

Sarahs Tagebuch

Bin völlig fertig. Bin müde und kann nicht schlafen. Wenn ich die Augen zumache, sehe ich immer, wie der Leichenwagen vom Schulhof fährt, immer und immer wieder.

Schwarz ist tot. Liegt heute früh tot im Foyer, wo wir alle schon tausendmal vorbeigegangen sind. Und der war so nett. Wir haben keinen netten Mathelehrer mehr!

Alle haben geheult, als wir es erfahren haben. Sie hätten uns heute heimschicken sollen, es konnte sich doch keiner mehr konzentrieren, und die Lehrer waren auch nicht so wie sonst. Sie waren ernst und fahrig.

Ich begreife es einfach nicht, wie das sein kann. Gestern noch hatten wir ihn, und er war gut drauf und fit. Wieso stirbt ein Mensch so schnell? Ich kann das nicht begreifen.

Das Foyer war stundenlang abgesperrt. Dann haben sie ihn mit dem Leichenwagen geholt. Hinterher sah man noch die Kreidestriche, wo er gelegen hatte. Ein paar Kreidestriche als Letztes, was man von ihm noch sieht.

Die Polizei war auch da. Mama hat gesagt, das heißt gar nichts, die müssen immer kommen, wenn – in so einem Fall.

Ich habe mich an Mama festgehalten und ihr gesagt, dass sie nicht sterben soll. Und Papa nicht. Und Marcel nicht. Wir alle nicht.

Wie ist das, wenn man stirbt? Ich kann es mir nicht vorstellen.

Ich möchte schlafen, aber ich kann nicht.

Freitag, 20.4.2007

Schwäbisches Tagblatt / Rottenburger Post

Mord im Gymnasium

Polizeiermittlungen während des Deutsch-Abiturs

(kip) Am gestrigen Donnerstag kurz vor sieben Uhr wurde eine Lehrkraft im Foyer eines Rottenburger Gymnasiums unmittelbar beim Haupteingang tot aufgefunden. Es handelt sich dabei um einen einundfünfzigjährigen Mann. Nach Aussagen seiner Kollegen soll er am Vorabend gegen 23 Uhr in die Schule gegangen sein, um Arbeitsblätter für den folgenden Tag zu kopieren. Auf Grund verschiedener Hinweise nimmt die Polizei an, dass der Lehrer unmittelbar nach Betreten des Gebäudes ums Leben kam.

Da keine Hinweise auf einen Einbruch in das Schulhaus gefunden werden konnten und das Opfer auch nicht ausgeraubt wurde, ist noch kein Tatmotiv ersichtlich. Weitere Einzelheiten können aus ermittlungstechnischen Gründen nicht bekannt gegeben werden. Die Polizei bittet die Bevölkerung, ihr eventuelle diesbezügliche Beobachtungen, die zwischen 22 und 24 Uhr in dem Karree zwischen Sproll- und Winghoferstraße, Sophien- und Schuhstraße gemacht wurden, unverzüglich mitzuteilen. Hinweise nimmt jede Polizeidienststelle entgegen.

Schulleiter Siegfried Rossburg zeigte sich erleichtert darüber, dass trotz dieses tragischen Vorfalls das Abitur, das gestern mit dem deutschen Aufsatz begann, reibungslos durchgeführt werden kann. «Wir sind alle absolut schockiert. Aber es bleibt uns nichts anderes übrig, als den Schulbetrieb und vor allem das Abitur so weiterzuführen, als sei gar nichts geschehen. Das sind wir bei allem Respekt dem Toten gegenüber unseren Abiturientinnen und Abiturienten sowie der Öffentlichkeit schuldig. Wir hoffen sehr, dass das Verbrechen bald aufgeklärt wird und wir uns in unserer Schule wieder wohlfühlen können.»

Fr 20.4.2007

Webster‘s

Kienzle zog die Handschuhe an und fasste nach dem Wörterbuch, Webster‘s Encyclopedic Dictionary. Er wog es in den Händen.

«Chef», sagte er zu Kupfer, «mit dem wollte ich keine über den Schädel kriegen. Das wiegt gute fünf Pfund. Mit diesem Teil kann man leicht einen ausknipsen.»

«Kann schon sein. Aber lassen wir es erst einmal hier liegen. Benutzen Sie das manchmal?», fragte er Rossburg.

«Ja, gelegentlich. Muss vorgestern gewesen sein. Ja, vorgestern habe ich die Mail nach Ohio geschrieben, wegen dem Austausch. Die Amis drücken sich ja manchmal anders aus, als wir es von den Briten gelernt haben.»

«Gut», dachte Kupfer laut nach, «dieses Wörterbuch liegt hier auf dem Tisch, der Täter hört jemanden kommen, packt es und stellt sich hinter die Tür. Und das war‘s dann auch für den armen Schwarz. Endgültig glaube ich das aber erst, wenn der Obduktionsbefund etwas Entsprechendes ergibt. Sieht ja schon nach Schädelbruch aus, aber daran stirbt man nicht immer. Bloß, hat der Täter, wenn er überhaupt mit diesem Wälzer zugeschlagen hat, ihn dann auf einen Stuhl gelegt, der hinter einem Tisch an der Wand steht? Das ergibt doch keinen Sinn. Wenn er ihn hätte verstecken wollen, dann hätte er ihn nicht dahin gelegt.»

«Vielleicht war das jemand von den Kollegen. Die saßen ja am Donnerstagmorgen hier am Tisch.»

Kienzle fand auf dem Cover eine ganze Menge verschiedener Fingerabdrücke. Es waren einfach zu viele, um irgendwelchen Aufschluss zu geben.

«Was tun wir jetzt mit unserer mutmaßlichen Tatwaffe?», dachte Kupfer laut nach.

«Am besten gar nichts, und wir reden auch nicht von diesem Totschläger.»

Kupfer schaute ihn fragend an. Er hatte es schon öfters erlebt, dass Schnaidt plötzlich eine gute Idee hatte, die ihre Ermittlung auf unerwartete Weise voranbrachte.

«Ich verstehe nicht. Was meinst du?»

«Wir sorgen dafür, dass das Wörterbuch auf dem Tisch liegen bleibt. Wenn der Täter nicht weiß, dass wir es für die Tatwaffe halten, holt er es vielleicht weg, um die Sache weiter zu verschleiern oder weil er Angst hat, dass wir daran seine Fingerabdrücke finden. Wir müssen ihn bloß dabei überraschen.»

«Das wird aber anstrengend, mein lieber Mann.»

«Was willst du sonst machen? Willst du jetzt von allen Lehrern die Fingerabdrücke nehmen? Und dann kommt doch nichts raus? So sollten wir uns nicht blamieren.»

Das leuchtete Kupfer ein. Herr Rossburg und die beiden Sekretärinnen wurden in die Strategie eingeweiht. Sie sollten während des Betriebs ein Auge auf den dicken roten Band haben. Für die kommenden Nächte wollte Kupfer eine Überwachung des Gebäudes organisieren, auch wenn er sich damit bei seinen Kollegen sehr unbeliebt machen würde.

Sa 21.4.2007

Wollte nur wissen, ob du das weißt.

Sibylle Pitsch hatte beim Anprobieren ihrer Abendgarderobe festgestellt, dass ihr zu dem Kleid, dass sie heute tragen wollte, noch ein violettes Tuch aus schwerer Seide fehlte. Viel Zeit hatte sie nicht mehr, aber zu einem kurzen Trip nach Tübingen reichte es noch gut. Sie hatte ihren silbernen Honda Civic ins Neckarparkhaus gestellt, war bei Zinser gewesen und hatte sich dort mit den für sie unabdingbaren Accessoires eingedeckt. Zufrieden verließ sie jetzt das Bekleidungsgeschäft und ging über den Zebrastreifen am Uhlandbad zum Ludwigs hinüber, wo sie noch ein Häppchen zu sich nehmen wollte, ehe sie dann nach Hause fuhr. Der Einkauf war ja anstrengend gewesen.

Als sie auf die Glastür des Lokals zuging, sah sie, wie ihr von innen jemand zuwinkte. Helene Adis saß allein an einem Tischchen und lachte ihr zu.

«Grüß Gott, Helene. Lässt du dir‘s hier gut gehen?»

«Ja. Was soll das schlechte Leben nützen! Komm, setz dich her. Hast du was Schönes gekauft?», fragte sie mit einem Blick auf die Tragetasche.

«Ja, ich brauchte für heute Abend noch ein Seidentuch. Wir sind von einem befreundeten Kollegen von Stefan nach Baden-Baden eingeladen. Und da geht es elegant zu. Und schau mal, was ich ganz zufällig noch für schicke Handschuhe gefunden habe. Ein echtes Schnäppchen.»

«Vornehm, vornehm. Wir gehen halt heute Abend ins LTT. Da kannst du in Jeans und Pullover hingehen.»

«Ja, aber das hat auch was.»

«Sicher. Vorher nehmen wir noch einen Schluck in der Theaterkneipe, dann sind wir ganz gut in Stimmung. – Horch, ich bin erst seit fünf Minuten da und habe gerade was bestellt.»

«Was denn?»

«So einen Salat mit ein paar Shrimps. Das ist lecker und ganz leicht, und dazu noch ein Gläschen Prosecco.»

«Prosecco? Nicht vor dem Mittagessen, und ich muss noch fahren. Ich nehm' lieber ein Perrier.»

Die Kellnerin kam und nahm die Bestellung auf.

«Sibylle, ich hab' eben darüber nachgedacht, ob ich unsere Kinder nicht lieber nach Tübingen in die Schule schicke, ins Kepler oder ins Wildermuth. Die Uhlandstraße und der Anlagensee sind ja eine schöne Umgebung. So schön liegen die Schulen bei uns draußen nicht.»

«Aber du denkst nicht bloß an die Umgebung, oder?»

«Natürlich nicht. Was bei uns da draußen alles läuft, das ist ja nicht mehr auszuhalten.»

«Wem sagst du das? Wir haben ganz schöne Probleme zu Hause. Sandra ist ohnehin nicht mehr gern in die Schule gegangen, und jetzt will sie gar nicht mehr hin. Sie hat Angst. Sie will nicht da hingehen, wo Mörder herumlaufen, sagt sie. Kannst du mir sagen, was ich mit ihr machen soll? Ich weiß es nicht mehr.»

«Nein. Ich glaube, mir ginge es an ihrer Stelle genauso. Und Silvie geht es ähnlich.»

«So was Schreckliches, ein Mord an unserer Schule, und dann wird das auch noch in der Zeitung breitgetreten. Könnten die sich nicht ein wenig zurückhalten? Wo führt das alles noch hin, Helene?»

«Ich weiß es nicht. Man weiß ja auch noch gar nicht, was eigentlich passiert ist.»

«Jaja, und das Unheimliche ist ja, dass der Mörder sicher einen Schulschlüssel hatte. Sonst wäre der doch gar nicht hineingekommen. Jetzt stell dir mal vor, unsere Kinder werden vielleicht von einem Mörder unterrichtet! Helene, ich weiß gar nicht, was ich denken soll!»

«Ja, absolut furchtbar, ein Albtraum.»

«Und wie soll ich unserer Sandra jetzt wieder Lust machen, in die Schule zu gehen. Kannst du mir das sagen?»

Helene Adis zuckte mit den Achseln. «Jaja, schon schwierig nach dem, was da jetzt passiert ist. Wenn das nur alles wäre.»

«Wieso? Was ist da noch? Ist da noch was?», fragte Sibylle Pitsch erschrocken.

«Ja, da ist noch was. Ich weiß nicht, wie ich dir‘s sagen soll.»

Die Kellnerin kam mit den Getränken und half ihr einen Moment über die Verlegenheit weg.

«Hast du noch nichts gehört?» Sie sah ihre Freundin mit schief geneigtem Kopf an.

«Was denn, Helene? Was soll ich gehört haben? So wie wir uns stehen, kannst du mir alles sagen. Du weißt doch ...»

«Sibylle, es ist so: Ich wollte eigentlich nur wissen, ob du weißt, was so geredet wird.»

«Nein. Was? Wo wird was geredet?»

«In der Schule.»

«In der Schule? Nein. Also, was denn?»

«Also bitte, ich möchte nur, dass du es weißt. Ich glaube es nicht.» Sie beugte sich zu ihr hin und redete leise weiter. «Aber es wird geredet, dass eure Sina abends oft bei Herrn Blech allein in der Wohnung war.»

«Was? Unmöglich. Das wüsste ich doch. Wer sagt das? Die geht doch abends immer zu Katja oder zu Frank», dachte Sibylle Pitsch laut.

«Sibylle, doch nicht so laut. Das brauchen nicht alle hören. Mag schon sein, dass die zu Katja geht. Aber das Gerede geht vor allem unter den Dreizehnern rund, und leider nicht nur bei denen. Ich habe gehört, dass eure Sandra mit solchem Geschwätz ziemlich gemobbt wird.»

«Von wem?»

«Von den Buben aus Wurmlingen, aber auch von anderen.»

«Aber wer erzählt denn so was! Die bringen ja unsere ganze Familie in Verruf. Das will ich wissen, wer so etwas herumerzählt! Ich zeig die Leute an.»

«Sibylle, du solltest vorsichtig sein.»

«Glaubst du das etwa auch? Helene, ich dachte du wärst ...»

«Deine Freundin. Bin ich immer noch», unterbrach sie Helene Adis.

«Nur scheint die Sache nicht so einfach zu sein, wie man denken möchte. Andi Biesinger, der auch in der Dreizehnten ist, wohnt gegenüber von Blech. Und der hat wohl seinen Klassenkameraden erzählt, dass er und seine Mutter oft gesehen haben, wie Sina bei Blech ein- und ausging. Und das wochenlang. Und sie soll ihm ja auch im Unterricht schöne Augen gemacht haben. Das sagen alle.»

«Was! Der Andi? Dem sag ich was», empörte sich Sibylle Pitsch.

«Ganz ruhig, Sibylle. Sei lieber vorsichtig.»

«Meine Sina, unglaublich. Das kann nicht sein! Und das glaubst du auch?»

«Ich habe nicht gesagt, dass ich das glaube. Ich meine nur, du solltest wissen, was für Gerüchte im Umlauf sind. Auch wegen deiner Sandra.»

«Und seit wann weißt du das?»

«Hmm, seit ... seit ... vielleicht seit zwei Wochen. Aber ich hab‘ das Geschwätz ja gar nicht ernst genommen. Ich dachte, das hört wieder auf. Verstehst du? Oder würdest du mir gleich jedes Gerücht um die Ohren schlagen, das über meine Silvie erzählt wird?»

«Nein, natürlich nicht. – Aber was soll ich jetzt machen?»

«Mach erst mal nichts. Denk erst mal ruhig über alles nach. Und wenn ich an deiner Stelle wäre, würde ich meinem Mann auch erst mal nichts sagen. Wenn der sich als Anwalt einschaltet, kocht die Sache vielleicht erst richtig hoch.»

«Mir hat es den Appetit verschlagen. Du machst mich fertig.»

«Bitte, Sibylle, ich mach dich nicht fertig. Ich sag dir doch bloß, was du wissen solltest.»

«Hast ja Recht. Aber ich kann jetzt nicht mehr. Lass' bitte meine Bestellung zurückgehen. Ich geh' jetzt.» Sie stand auf und verließ schnell das Lokal.

«Sibylle», rief ihr Helene Adis nach. Aber sie war schon draußen und stand an der Ampel im Lärm der Busse und Autos, die von der Neckarbrücke und der Friedrichstraße her kamen.

So 22.4.2007

Sarahs Tagebuch

Wie ich der das gönne! Jetzt ist die Katze aus dem Sack. Silvies Mutter ist manchmal schon ein schlimmes Schandmaul, aber diesmal tut mir das Geschwätz der alten Petze richtig gut!

Mama war beim Frühstück ganz anders als sonst. Sie war ernst, hat kaum was gesagt. Erst dachte ich, sie hat Zoff mit Papa. Aber der saß ja daneben und haute sich sein Frühstücksei rein wie immer. Beim Abräumen sagte sie dann zu Sina, dass sie mit ihr jetzt gleich allein sprechen wollte. Sina bekam so eine Bombe und fragte nicht einmal warum. Dann musste sie mit Mama in die Küche. Ich und Sandra sollten nicht zuhören. Das ginge uns nichts an, sagte Papa. Nicht zuhören? Lächerlich! Die waren laut genug, vor allem Sina. Sie keifte was von Geschwätz, Verleumdung, Lügen, Mama sollte bloß nicht denken, sie sei so blöd. Aber dann wurde das Gespräch leise. Mama fing sicher an zu zischeln, wie sie es immer tut, wenn sie besonders böse wird. Dafür fing Sina an zu kreischen. Das wäre das Letzte, dass ihre Mutter so etwas von ihr denkt. Sie ist ausgeflippt, voll hysterisch war sie. Mama zischte noch etwas von Schande, was ich nicht ganz verstehen konnte. Kann mir's aber denken. Dann knallte Sina die Küchentür hinter sich zu und schloss sich in ihr Zimmer ein.

Später kam Mama in mein Zimmer geschlichen und wollte wissen, ob ich das Gerede über Sina und Blech auch schon gehört hätte. Peinliche Situation! Ich sagte, dass ich schon einmal so etwas gehört hätte, aber dass ich es nicht geglaubt hätte. Ich will doch nicht auch noch Zoff wegen der verlogenen Ziege!

Mo 23.4.2007

Schwerwiegende Wörter

Rossburg starrte im Rektorat auf seinen Bildschirm. Er musste sehen, wie er die Vertretung von Schwarz regeln konnte. Da Schwarz den größeren Teil seiner Stunden in der Oberstufe gegeben hatte, musste sein Unterricht unverzüglich von jemandem übernommen werden. Es war ja nicht zu erwarten, dass das Regierungspräsidium so schnell einen Ersatz schicken würde, wie es eigentlich nötig war. Vielleicht könnte man wenigstens die Zwölfer sofort versorgen, wenn der Kollege Bayer die Informatik-AG vorübergehend aufgeben würde und außerdem ... Er konnte den Gedanken nicht weiter verfolgen, da Frau Gründler ein Gespräch herüberstellte.

«Rossburg, guten Tag.»

«Kupfer. Guten Morgen, Herr Rossburg.»

«Herr Kupfer, gibt es schon was Neues?»

«Das kann man wohl sagen. Deswegen ruf ich Sie auch an.»

Der Obduktionsbefund sagte aus, dass Schwarz tatsächlich an einem Schädelbruch gestorben war, genauer gesagt an einer Einstauchung der Halswirbelsäule in den Schädelgrund. Seine Schädelbasis war unverletzt, was bedeutete, dass ihn jemand mit einem schweren und etwas elastischen Gegenstand mit großer Gewalt auf den Kopf geschlagen hatte. Zur Tatwaffe wollten sich die Gerichtsmediziner nicht äußern. Sie hatten ja das Wörterbuch nicht gesehen. Allerdings konnten sie die Tatzeit am Alkoholgehalt des Blutes ungefähr bestimmen. Der Mageninhalt des Toten sagte, dass er am Abend nur eine kleine Mahlzeit zu sich genommen hatte. Wie viel Bier er in den eineinhalb Stunden in der Brunnenstube getrunken hatte, war bekannt, ebenso das Körpergewicht. Danach muss er um 23 Uhr ungefähr 1,0 Promille Blutalkohol gehabt haben. Und somit bedeutete der Alkoholgehalt von 0,8 Promille, dass seine Leber noch zweieinhalb bis drei Stunden gearbeitet hatte.

«Wenn der Webster als Tatwaffe in Frage kommt, dann ist er gar nicht im Foyer ...», dachte Rossburg laut nach.

«Nein, sicher nicht. Ob er in ihrem Büro erschlagen worden ist, ist zwar noch nicht bewiesen; aber alles spricht dafür.»

«Entsetzlich! Man kann hier ja niemandem mehr trauen. Haben Sie weitere Anhaltspunkte?»

«Eigentlich nicht. Nur muss der Schlag genau von oben auf die Schädelbasis getroffen haben, sonst wären die Verletzungen anders. Und dazu musste der Täter schon ein gutes Stück größer sein als Schwarz. Und noch etwas: Ich möchte mich noch einmal vergewissern: Schwarz war an diesem Abend im Haus, um Aufgabenblätter zu kopieren?»

«Ja. So war es. Das hatte er seinen Kollegen gesagt, und es gibt auch keinen Grund, das zu bezweifeln. Er wollte für den nächsten Tag Aufgabenblätter kopieren.»

«Also doch. Wir haben nämlich in seiner Tasche keine Kopien gefunden. Die Vorlagen schon, mit Datum vom 19. April, aber keine Kopien. Vorausgesetzt, es wurden inzwischen bei Ihnen im Haus keine Kopien gefunden, hieße das, dass Schwarz zu Tode kam, kurz nachdem er das Haus betreten hat. Das deckt sich mit unseren Befunden. – Herr Rossburg, das ist aber alles vertraulich. Eigentlich darf ich Ihnen gar nicht so viel von unseren Ermittlungen sagen. Das muss unbedingt unter uns bleiben.»

«Selbstverständlich, Herr Kupfer. Darf ich Sie noch etwas fragen? Mir geht immer der Benzingeruch im Kopf herum. Meinen Sie, jemand wollte hier Feuer legen?»

Kupfer erzählte Rossburg von den benzingetränkten Zellstoffpartikeln, die den Versuch einer Brandstiftung nahelegten. Die Frage war nur, warum es nicht dazu gekommen war und welcher Lehrer denn einen solchen Hass auf seinen Arbeitsplatz entwickelt haben konnte, dass er dazu in der Lage wäre.

«Der wäre ja kurz vorm Hinüberschnappen», sagte Rossburg entsetzt.

«Genau das meine ich.»

«Ich wüsste nicht wer, Herr Kupfer, aber wir können ja nicht hinter jede Fassade schauen.»

«Nein, das können wir nicht. – Aber jetzt hätte ich doch fast vergessen, warum ich Sie eigentlich anrufe. Wir sollten möglichst bald noch einmal zu Ihnen in die Schule kommen», fuhr er so jovial fort, als wollte er sich mit Rossburg auf ein Bier verabreden. «Es ist so: Wir sollten ein paar Kollegen befragen, aber wir möchten die Leute deswegen nicht extra vorladen. Das sieht immer gleich nach einem Verhör aus. Es sind eher informelle Gespräche, die wir mit einigen Leuten, die Schwarz nahe standen und die Schule gut kennen, führen würden. Wir wollen halt hören, was die Kollegen so sagen. Wie organisieren wir das am besten?»

Rossburg nahm ihm seine gelassene Leutseligkeit nicht ab, spielte aber Kupfers Spiel mit.

«Ja, aber das ist doch überhaupt kein Problem. Wir gehen heute kurz vor vier miteinander ins Lehrerzimmer. Um diese Zeit endet für viele Kollegen der Nachmittagsunterricht, da können Sie einige Leute treffen.»

«Wunderbar, ich danke Ihnen. Wir sehen uns also dann gegen sechzehn Uhr. Auf Wiederhören. Bis dann.»

Ehe Rossburg antworten konnte, hatte Kupfer schon aufgelegt. Rossburg blieb eine ganze Weile unbeweglich an seinem Schreibtisch sitzen und rekapitulierte alles, was ihm Kupfer eben gesagt hatte. Ein Mord in seinem Büro, an seiner Schule, das bedeutete ja, dass es in seinem Kollegium einen Mörder geben musste. Es war absolut unwahrscheinlich, dass ein Außenstehender sich des Reserveschlüssels bemächtigt hatte und nachts hier eingedrungen war. Er schaute in die Ecke bei der Tür, wo der Safe stand, und versuchte sich vorzustellen, was dort geschehen sein musste. Aber er konnte sich einfach kein Bild davon machen. Der Gedanke war zu ungeheuerlich. Und doch musste der Täter hier im Haus sein.

Vielleicht war er ihm heute schon begegnet, vielleicht war er während der letzten Stunden hier vor ihm gestanden. Er hatte die Telefonliste des Kollegiums vor sich liegen und war im Begriff, die alphabetisch aufgeführten Namen durchzugehen. Er selbst und sein Stellvertreter standen ganz oben auf der Liste. Schon bei seinem Stellvertreter Baermann blieb er hängen, weil dieser ja besonders groß war. Aber das war doch absurd. Es war sinnlos, diese Liste durchzugehen und sich einen der Aufgeführten als Täter vorzustellen. Resigniert schob er sie auf die Seite.

Mo 23.4.2007 16 h

D'r Deifel isch a Eichhörnle

Am Nachmittag kam Kupfer zur Spurensuche, aber nicht mehr mit der Lupe, eher mit dem Hörrohr, wie er lächelnd sagte. Schon ehe die Unterrichtsstunde zehn vor vier zu Ende war, stellte er sich zusammen mit Rossburg mitten ins Lehrerzimmer. Beide hielten einen Becher Kaffee in der Hand, so dass es so aussah, als hätten sie eben eine Besprechung gehabt, zu deren Ausklang sie sich noch eine kleine Stärkung gönnten. Rossburg stellte Kupfer den Kolleginnen und Kollegen vor, die nach und nach das Lehrerzimmer betraten, und Kupfer verstand es, sie geschickt in ein Gespräch zu verwickeln.

«Frau Hirschmüller-Hase», begann Rossburg, «darf ich Ihnen Herrn Kupfer von der Kriminalpolizei vorstellen?»

«Gisela Hirschmüller-Hase, angenehm», antwortete sie und fügte sofort hinzu: «Ach, es hat ja etwas Beruhigendes, Sie hier zu sehen. Sie können sich ja gar nicht vorstellen, wie schockiert wir alle sind. Man traut sich ja fast nicht mehr in diese Schule, solange dieser entsetzliche Fall nicht aufgeklärt ist.»

«Ich versichere Ihnen, wir tun unser Bestes und in einer Woche oder zwei klären wir die Sache sicher auf», beruhigte sie Kupfer. «Ich kann mir vorstellen, wie Sie sich fühlen müssen, wenn Sie Bruno Schwarz näher kannten.»

«Ach ja, wissen Sie, er ist eigentlich aus unserem Kollegium nicht wegzudenken. Wir waren zusammen im Personalrat und beim Lehrersport, er saß in der Schulkonferenz, und es gab auch kein Fest oder keinen Ausflug, bei dem er nicht dabei gewesen wäre.»

Bei den letzten Worten kamen ihr die Tränen.

«Und gibt es jemanden, mit dem er besonders befreundet war?»

Hirschmüller-Hase fasste sich und tupfte sich die Tränen ab. Sie sah Kupfer ernst an und sagte:

«Das haben Sie aber sicher schon erfahren.»

«Was meinen Sie?»

«Ich meine seine Beziehung zu unserer Kollegin Susanne Schild. Aber bitte fragen Sie Frau Schild selbst. Ich kann mir allerdings kaum vorstellen, dass das für den Fall von Bedeutung ist, auch wenn Frau Schild die Letzte ist, die Bruno Schwarz lebend gesehen hat.»

«Danke, ich werde dazu Frau Schild noch ein paar Fragen stellen. Nur noch eins: Würden Sie sagen, dass es unter ihren Kollegen so etwas wie bittere Konkurrenzkämpfe gibt?»

«Nun, Bruno Schwarz hat sicher keine Feinde im Kollegium gehabt, die über Leichen gehen würden, wenn Sie das meinen. Aber eine handfeste Auseinandersetzung hat er auch nicht gerade gescheut.»

«Er konnte sich schon mit dem einen oder anderen mal anlegen», schaltete sich eine zierliche dunkelhaarige Frau ins Gespräch ein. «Susanne Schild», stellte sie sich vor. «Ich denke, Sie sind hier, um noch ein paar Erkundungen einzuziehen. Ich stehe Ihnen gern zur Verfügung.»

Ihr resolutes Auftreten verblüffte Kupfer etwas. Offensichtlich wusste diese Frau, dass ihre Aussagen von besonderem Interesse sein würden.

«Kupfer», stellte er sich vor, «na, dann wollen wir mal.»

«Setzen wir uns doch einen Moment», unterbrach sie ihn und schritt zielstrebig auf die Sitzgruppe zu, wobei sie Rossburg und die Kolleginnen und Kollegen einfach zurückließ.

«Man kann leider nicht sagen, dass es im Kollegium immer nur friedlich zugegangen ist», begann sie. «Bruno, also Herr Schwarz, hat sich in letzter Zeit immer wieder mal mit denselben Kollegen auf einen heftigen Streit eingelassen. Das heißt jetzt nicht, dass ich irgendeinen verdächtigen will, ich möchte nur den Sachverhalt so darstellen, wie es der Wirklichkeit entspricht. Verdächtigen tue ich niemanden.»

«Alles klar, Frau Schild, reden Sie nur weiter», forderte Kupfer sie auf.

«Ich ... ich muss wohl ein bisschen weiter ausholen. Das ist so, Herr Schwarz und ich hatten seit Jahren ein Verhältnis. Seine Frau wusste das, aber das spielt wohl keine Rolle. Es ist so, ich war früher eine gewisse Zeit mit Herrn Fellbauch zusammen. Damals waren Fellbauch und ich noch nicht hier an der Schule. Das Verhältnis hat sich dann aufgelöst. Nach einer gewissen Zeit kam ich dann hier her; das war vor fünfzehn Jahren, und da kamen wir uns auch gleich näher, Bruno und ich.»

«Und Frau Schwarz wusste das?»

«Ja, wir waren vorher sogar befreundet, bis sie dann den Unterricht aufgab. Sie hat es einfach nicht gepackt. Es war ihr alles zu viel, zu anstrengend. Und dann merkte sie auch noch, dass sie keine Kinder kriegen konnte. Da veränderte sie sich sehr und fing an, gelegentlich zu viel zu trinken. Und an einem dieser Tage, als es mit ihr besonders schlimm war, hat Bruno die Situation zu Hause nicht mehr ausgehalten und kam zu mir, und dann, na ja, dann lief halt alles so, wie es gelaufen ist.»

«Und Herr Fellbauch? Welche Rolle spielt er dabei?»

«Der wollte eigentlich nur von seiner alten Stelle in Albstadt weg. Dem hat es dort nicht gefallen. Dann haben sie ihm unsere Schule hier angeboten, und damit war er da. Er hat dann gleich gemeint, wir würden wieder zusammenkommen. Aber er hat bald einsehen müssen, dass das einfach nicht mehr ging.»

«War er eifersüchtig?»

«Natürlich. Aber das war nicht alles. Er hat sich hier mit einem Kollegen angefreundet, der keinen guten Stand im Kollegium hat. Ich sag' es Ihnen ganz offen: Von seinem Freund Gaiser und von ihm will keiner eine Klasse übernehmen, weil man immer sehr viel Stoff aufzuholen hat und gleichzeitig bei den Eltern aneckt, weil die Kinder jetzt schlechtere Noten bekommen. Und in diesem Zusammenhang hat Bruno dem Fellbauch ein paar Mal gehörig die Meinung gesagt. Faulbaum, Entschuldigung, das ist sein Spitzname, also Herr Fellbauch ist schier auf ihn losgegangen.»

«Sehr interessant. Ich danke Ihnen. Aber ich muss noch einmal auf Frau Schwarz zurückkommen. Sie wusste also von Ihrem Verhältnis mit ihrem Mann?»

«Ja. Sie hat es widerwillig geduldet. Sonst hätte sie ihn ganz verloren und wäre ganz allein. Ohne Beruf, ohne Kinder. Und das weiß sie.»

Kupfer mochte diese Offenheit.

«Alles sehr interessant», sagte er sich, «mal sehen, ob wir damit weiterkommen.»

Er bedankte sich bei Susanne Schild und machte sich Notizen, ehe er noch weitere Kollegen befragte.

Was Susanne Schild über die Streitereien zwischen Schwarz und Fellbauch gesagt hatte, wurde ihm von anderen bestätigt. Nachdenklich betrachtete er dann seine Ausbeute.

Jg. 56, seit 88 verh. m. Gerda Schwarz, ehemal. Kol.in, E u. Sport.
kinderlos → depressiv → arbeitsunfähig, trinkt gelegentlich (Alk.?).

Bruno S. Pers.rat, Schulkonf., Volleyball, Sportverein Ltg. Abt. Tischtennis, Org. v. Turnieren.

Wanderung und Radtouren m. Kollegen

Enge freundschaftliche Bez. z. Kol.in Susanne Schild (sex.??) – Ehe trotzd. stabil?

Ehemal. Freundinnen:

Gerda Schwarz, Susanne Schild

Verfeindete Koll.:

Detlev Fellbauch ↔ Bruno Schwarz
Susanne Schild.

Außerdem verfestigte sich im Laufe der Befragungen der Eindruck, dass Fellbauch und Gaiser von den meisten Kollegen als unbeliebte Außenseiter betrachtet wurden, die fast alle fort wünschten und gerne an einer anderen Schule gesehen hätten. Kupfer fragte sich, wie sich wohl diese beiden unter diesen Umständen fühlten.

«Gönnen wir jetzt den Damen und Herren ihren Feierabend», sagte er nach seinen Gesprächen zu Rossburg. «Ich glaube, das war es für den Moment. Mit Ihnen und Herrn Baermann würde ich aber gern noch ein paar Worte reden.»

Kupfer klopfte an Baermanns offene Tür und fragte:

«Darf ich hereinkommen? Ich hätte noch ein paar Fragen zum Krankenstand in diesem Kollegium.»

«So? Zum Krankenstand? Wieso denn?», wunderte sich Baermann.

«Aber bitte nehmen Sie doch Platz», bot er Kupfer einen Platz an und lehnte sich auf seinem Stuhl zurück. «Ich hoffe, Sie sind etwas vorangekommen.»

«Vielleicht. Sagen wir mal so, ich habe ganz interessante Einzelheiten erfahren. Aber ein richtiges Bild kann ich mir von diesem großen Kollegium natürlich immer noch nicht machen. Mir fehlt da noch ein wichtiger Aspekt, nämlich der Krankenstand.»

Baermann sah ihn mit gerunzelter Stirn verständnislos an.

«Ja, das erscheint Ihnen vielleicht seltsam. Aber wissen Sie, uns muss in so einem Fall alles interessieren. D'r Deifel isch manchmol a Eichhernle, sagt man ja, nicht wahr?»

«Wie Sie meinen», entgegnete Baermann trocken. «Also mit dem Krankenstand können wir eigentlich recht zufrieden sein. Ich habe hier zwar viel mehr mit Vertretungen zu tun, als mir lieb ist, aber dabei handelt es sich ja zum größten Teil um Korrekturtage, Fortbildungen, Schullandheimaufenthalte, Studienfahrten und dergleichen. Ich glaube, dass wir gar nicht so viel Ausfall wegen Krankheit haben.»

«Das hört man gerne. Wenn wegen Krankheit relativ wenig gefehlt wird, dann könnte aber vielleicht einer auffallen, der öfters fehlt oder der gerade letzte Woche gefehlt hat, oder?»

«Schon. Da will ich gerade einmal nachschauen, damit ich Ihnen nichts Falsches sage. Letzte Woche ...», er nahm den Vertretungsplan der Vorwoche in die Hand, «ja hier, am 18. und 19.4. hatte sich der Kollege Blech krank gemeldet. Und da liegt auch eine Krankmeldung vor. Die hätte er eigentlich wegen zwei Tagen nicht unbedingt abgeben müssen. Das hätte ich ihm auch so geglaubt.»

«Wieso? Was hätten Sie ihm geglaubt?»

«Dass es ihm nicht gut geht. Er hat in letzter Zeit öfters gefehlt, immer wieder mal ein, zwei Tage, er hat sich jeweils telefonisch entschuldigt, mit starker Migräne oder Brechdurchfall, daran erinnere ich mich noch, und ich habe hinterher immer ein ärztliches Attest bekommen.»

«Hmm», Kupfer dachte nach. «Haben Sie die Atteste vielleicht noch?»

«Kann schon sein», sagte Baermann und blätterte in seinen Akten. «Ja, hier.»

Er reichte Kupfer fünf Atteste, alle aus den letzten drei Monaten.

«Ist Ihnen an diesen Attesten nie etwas aufgefallen?», fragte Kupfer, nachdem er sie nachdenklich betrachtet hatte.

«Eigentlich nicht. Atteste sind eine Formalität, vor allem, wenn der Kollege nach zwei Tagen schon wieder da ist. Warum fragen Sie?»

«Weil sie alle derselbe Arzt ausgestellt hat, und zwar ein Radiologe. Würden Sie wegen einem Brechdurchfall zum Radiologen gehen?»

«Kaum.»

«Sehen Sie? Das ist doch interessant.» Kupfer schaute auf seine Uhr. «Darf ich eben mal ihr Telefon benutzen?»

«Aber gerne. Bitte.»

«Redet Herr Blech Dialekt?»

«Nein, absolut nicht. Er spricht eigentlich akzentfrei.»

«Gut», sagte Kupfer, «dann wollen wir mal.» Er genoss es, dass Baermann noch nicht verstand, was er wollte, und lächelte ihn an. Er wählte eine Nummer und wartete. Dann sagte er:

«Guten Tag. Hier ist Eberhard Blech.»

...

«Ich bin Patient von Herrn Doktor Kurz. Ich war in letzter Zeit ein paar Mal bei Ihnen in der Praxis und bin geröntgt worden.»

...

«Ja, es handelt sich um Folgendes: Ich bin gerade in Zahnbehandlung, und mein Zahnarzt muss ein paar sehr aufwändige Aufnahmen machen und bat mich herausfinden, wann ich das letzte Mal geröntgt worden bin und mit welcher Strahlenbelastung. Könnten Sie mir das bitte sagen? Ich bin mir wegen des Termins nicht mehr sicher. Sie haben das doch sicher in Ihrem Computer.»

...

«Blech, Eberhard, 16.9.1969.»

...

«Ja, es eilt etwas. Morgen früh habe ich den Termin.»

...

«Was heißt das, Sie finden mich nicht? Haben Sie mich gelöscht?»

...

«Sie haben nichts gelöscht und finden mich nicht in Ihrem PC? Na, das ist aber ein Ding.»

...

«Gut. Wenn der Herr Doktor im Moment nicht zu sprechen ist, dann komme ich morgen früh vorbei. Bis dahin vielen Dank für Ihre Mühe. Auf Wiederhören.»

Er grinste über‘s ganze Gesicht und streckte beide Daumen hoch.

«Ich wusste doch, dass heute noch ein bisschen was herauskommt. Der gute Herr Blech ist in der Praxis nicht geröntgt worden, er wird auch gar nicht als Patient geführt. Das kommt mir etwas merkwürdig vor. Würden Sie mir bitte diese Atteste überlassen?»

«Gerne. Ich brauche Sie ja nicht mehr. Und wenn Sie ohnehin falsch sind ...»

Er schob sie über den Tisch. Kupfer nahm sie auf und überprüfte die Daten und fragte nachdenklich:

«Wieso stellt ein Arzt jemandem Atteste aus, der gar nicht bei ihm in der Praxis war? Dieser Sache werden wir nachgehen.»

«Sie hatten doch letzte Woche diesen seltsamen Feueralarm», begann Kupfer ein neues Thema. «Ist Ihnen da etwas Außergewöhnliches aufgefallen, etwas, was sonst bei einem solchen Alarm nicht vorkommt?»

«Jetzt, wo Sie fragen, erinnere ich mich», antwortete Baermann. «Wir standen alle schon draußen auf dem Schulhof und warteten, bis die Leute von der Feuerwehr aus dem Haus kamen, und da kam Blech als Letzter aus dem Haus. Er sagte, er sei auf der Toilette gewesen wegen einem Brechdurchfall, und er sah auch ganz schlecht aus. Ich wollte ihn sogar heim schicken.»

«Und als sie alle draußen standen, wussten Sie da, dass Blech noch im Haus war?»

«Natürlich nicht. Er hatte meines Wissens in dieser Stunde gar keinen Unterricht gehabt.»

«Das ist ja sehr interessant. Wissen Sie, man kann aus vielen Gründen Migräne oder Brechdurchfall kriegen. Es reicht ja oft schon, dass man sich zu viel zugemutet hat und das Nervenkostüm nicht mehr mitmacht.»

«Und was meinen Sie hat sich der Kollege Blech zugemutet?»

«Das möchte ich auch gerne wissen. Vielleicht wäre dann alles klar. Ich glaube, den muss ich auch einmal zu einem Gespräch bitten», sagte Kupfer abschließend.

«Moment», hielt Baermann ihn auf. «Da war noch mal einer im Haus. Der Kollege Fellbauch ging einfach nicht hinaus. Der hielt sich die ganze Zeit im Kopierraum auf. Als unser Sicherheitsbeauftragter als Erster wieder ins Haus ging, kam der doch gerade aus dem Kopierraum heraus, als sei nichts gewesen. Und dabei sind alle Lehrer, aber wirklich alle, strengstens gehalten, bei Feueralarm hinauszugehen.»

«Und hat ihn Ihr Sicherheitsbeauftragter zur Rede gestellt?»

«Hat er, und dann wurde er noch unverschämt.»

Kupfer schrieb sich auch das auf, bedankte sich bei Rossburg und Baermann und verließ die Schule.

Di 24.4.2007 7:35 h

Eine Zeugenaussage

Am Dienstagmorgen kurz nach halb acht betraten Katja Metzger und Frank Sauer das Sekretariat.

«Hallo, was wollt ihr denn hier? Ihr sollt doch gleich noch mal eine Klausur schreiben?», fragte Frau Gründler erstaunt.

«Ja, schon. Könnten wir aber vorher noch schnell Herrn Rossburg sprechen?»

«Da habt ihr Glück. Gerade ist niemand bei ihm drin.»

Rossburg hatte das Gespräch durch die offene Tür gehört und bat die beiden in sein Büro. Katja und Frank stellten sich etwas schüchtern vor seinem Schreibtisch auf. Rossburg lehnte sich auf seinem Drehsessel zurück und sah zu den beiden auf.

«Grüß Gott. Ich hoffe, bis jetzt ist es für euch gut gelaufen. Wie fühlt ihr euch denn nach der ersten Klausur?»

«Na ja, es könnte besser sein», sagte Katja.

«Und du, Frank?»

«Ich glaube, Deutsch hab‘ ich in den Sand gesetzt. Ich hab‘ überhaupt kein gutes Gefühl.»

«So schlimm wird es schon nicht sein. Aber ihr seid nicht wegen der Klausur zu mir gekommen? Was gibt‘s?

«Das ist so», begann Katja zögernd, «wir wissen gar nicht, ob das wichtig ist. Aber vielleicht sollten wir es doch sagen. Vielleicht hätten wir es auch schon längst sagen sollen.»

«Ja, was denn? Jetzt wird's aber spannend.»

«Also wir, der Frank und ich, wir waren am Donnerstagabend in der Stadt und sind dann dort drüben das Wegle von der Sprollstraße her gekommen, und da sind wir Herrn Fellbauch begegnet.»

Rossburg zog die Brauen hoch.

«Um welche Zeit war das?»

«Irgendwann zwischen elf und halb zwölf. Es war ganz dunkel. Erst haben wir ihn gar nicht erkannt.»

«Und er kam aus Richtung Schule?»

«Höchstwahrscheinlich.»

«Hat er euch gesehen?»

«Ich weiß nicht», sagte Frank. «Eigentlich muss er uns gesehen haben. Er ist direkt an uns vorbei. Aber er hat nicht so getan. Der ging stur geradeaus.»

«Und ihr grüßt einen Lehrer nicht, wenn ihr ihm am späten Abend begegnet?», fragte Rossburg.

«Sonst schon. Aber das war so eine komische Situation. Der lief so komisch. Vielleicht ...»

«Was vielleicht?»

«Katja meinte, er sei ziemlich betrunken gewesen. Auf jeden Fall kam der komisch daher, stark angeschlagen.»

Rossburg machte sich ein paar Notizen. Dann sah er von seinem Schreibblock auf und sagte:

«Auf jeden Fall ist es gut, dass ihr das gemeldet habt. Ich gebe das einfach an die Polizei weiter. Und dann sehen wir ja, was die damit anfangen. Vielleicht müsst ihr eure Aussage noch einmal wiederholen. Und dann alles Gute für Englisch. Ich finde es ja toll, dass ihr die Nerven habt und vor der Klausur noch zu mir gekommen seid.»

«Wir wussten halt nicht, ob es so wichtig ist. Aber dann ...»

«Ist schon gut. Jetzt geht mal und schreibt eure Klausur.»

«Ja. Tschüß.»

«Auf Wiedersehen!»

Di 24.4.2007
Lästermaul

Die Kreidestriche im Foyer, wo Schwarz gelegen hatte, waren längst nicht mehr zu sehen. Der Unterricht ging weiter und zudem musste ja das schriftliche Abitur durchgeführt werden. Aber im Lehrerzimmer war es etwas stiller als sonst, und die Blumen fielen auf, die einen leeren Platz schmückten. Ohne Vase hatte sie einfach jemand auf den Tisch gelegt, zwei, drei Tulpen und ein paar Vergissmeinnicht. Allein diese Blumen an einem kleinen freien Platz, der sich von dem allgemeinen Chaos aus Büchern, Heften, Manuskripten, Zetteln und Schreibzeug abhob und damit fast schon etwas Festliches an sich hatte, deuteten darauf hin, dass etwas geschehen war, das manche Kolleginnen und Kollegen sehr bewegte.

Die gestrige routinemäßige Befragung durch die Polizei war den Kolleginnen und Kollegen allerdings kaum einen Kommentar wert. Man hatte anderes zu tun.

Gisela Hirschmüller-Hase las an ihrem Platz einen Abitursaufsatz durch und trank dabei eine Tasse Kaffee. Am Nebentisch sprachen zwei Kollegen mit gedämpfter Stimme über die Anforderungen der Englisch-Klausur, die am Vortag stattgefunden hatte. Roland Rasch war mit dem Thema einigermaßen zufrieden.

«Es war durchaus machbar», meinte er, «eine faire Klausur, und trotzdem ist mir erst wieder wohl, wenn ich dieses ganze Paket korrigiert habe und abliefern kann. Ich habe gestern Abend kurz reingeschaut und gleich wieder zugemacht ...»

«... sagte der Chirurg nach der Operation», kicherte Fred Kirch.

«Und wann ist die Beerdigung», fragte Gisela Hirschmüller-Hase.

Sie hatte die letzten beiden Sätze mitgehört.

«Möglicherweise im Mündlichen, wenn die Religiösen nicht wieder lebensverlängernd eingreifen.»

«Widerspricht das deinem Killerinstinkt?», stichelte sie.

«Nein, von so etwas bin ich doch absolut frei. Mich wundert nur immer wieder, wie hilflos und dumpf manche hier ihre zwei Jahre Oberstufe absitzen und dann doch irgendwie das Abitur schaffen.

Mit nur fünf Punkten in Deutsch und auch nicht mehr in Englisch sollte man den Wisch einfach nicht kriegen. Mich ärgert das ein bisschen, mit wie wenigen soliden Kenntnissen wir die Leute haufenweise von der Schule abgehen lassen müssen. Das ist doch oft nur Realschulniveau; nicht, dass ich etwas gegen die Realschule hätte, die ist schon o.k., aber wenn wir unseren Fünf-Punkte-Helden ein Abiturzeugnis ausstellen, dann betreiben wir Etikettenschwindel. Kein Wunder, dass man überall an uns zweifelt.»

«Wem sagst du das, Roland?», pflichtete Hirschmüller-Hase ihrem Kollegen bei. «Schau, ich habe hier eine Arbeit in der Hand, die nicht mehr als eine Inhaltsangabe bietet, und ich frage mich seit einer Viertelstunde, ob ich diese Inhaltsangabe auch verstehen würde, wenn ich die Textvorlage nicht fast auswendig könnte.»

«Und von welcher Koryphäe stammt der Erguss?», fragte Kirch.

«Von Katja Metzger.»

«Was? Gibt es die immer noch? Ich dachte, die sitzt längst an einer Supermarktkasse oder verkauft irgendwo Brezeln», wunderte sich Kirch.

«Irrtum. Auch bei der steht bald Abi 2007 auf dem Heckfenster von Papas Familienkutsche. Die hat es immer ganz knapp geschafft. Auch eine von denen, die in den letzten Monaten der Klasse 11 hoch und heilig versichert haben, sie würden die Schule verlassen, wenn sie nur versetzt würden», berichtete Hirschmüller-Hase.

«Und dann war sie wieder da, weil sie nirgends untergekommen ist. Das ist doch immer das Gleiche. Und jedes Jahr lässt sich wieder jemand von uns auf diese Weise weich klopfen», sagte Kirch.

«Wir sind eben Gutmenschen», sagte Hirschmüller-Hase, und der ironische Unterton war nicht zu überhören.

«Bis hierher hat uns Gott geführt in seiner großen Gü-hüte», sang Rasch.

«Altes Lästermaul!», sagte Kirch

«Pardon. Ich zitiere nur. Ich habe unsere geschätzte Katja übrigens in Klasse 9 und 10 genossen, und damals haben wir schon alle gezweifelt, ob für sie die Klasse 11 noch sinnvoll wäre», verteidigte sich Rasch.

«Da siehst du mal, was alles möglich ist», sagte Kirch.

«Es geschehen noch Zeichen und Wunder. Man muss nur daran glauben», sagte Hirschmüller-Hase salbungsvoll.

«Und uns wird dann beim Korrigieren übel», klagte Kirch.

«Nicht immer. Du unterschätzt meine professionelle Widerstandskraft und Frustrationstoleranz. Es ist ja nicht immer so schlimm. Nur mit manchen dieser intellektuellen Tieftaucher tu ich mich ab und zu doch recht schwer. Hört euch doch das mal an: ‹Die Ehre des Menschen ist unantastbar, ist das erste der Grundgesetze in der deutschen Verfassung ...›, blablabla, ‹Man musste das eigene Ansehen, das der Familie oder der Nation beschützen ...› Das ist ja schon blöd; aber jetzt kommt‘s noch besser: ‹Wenn eines dieser verletzt war, musste man das Ansehen wieder erlangen, indem man ein Duell machte, was zu vielen Toten führte. Wenn man einem Duell ins Auge sah, erblickte man gleich den Tod dahinter.› Nein, so ein Stuss!»

Sie las halblaut weiter, ohne dass die andern sie verstehen konnten, und fügte dann hinzu: «Und selbst wenn das gut formuliert wäre, wäre es immer noch der absolute Schwachsinn. Die nimmt sicher außerhalb der Schule nie ein Buch in die Hand.»

«Und? Was meint die Fachfrau auf den ersten Blick?», forderte Kirch sie heraus. Sie zog eine Schnute und wiegte ihren Kopf nachdenklich hin und her.

«Ich kann mich natürlich täuschen, aber ich meine, das wird auf drei Punkte hinauslaufen. Ich gebe in einem Anfall von Altersmilde vier Punkte, weil ich es wenigstens lesen kann. Der Zweitkorrektor gibt zwei Punkte, weil er es nicht lesen kann, und der Drittkorrektor mittelt einfach, weil er sich die Lektüre bei dieser Schrift nicht antun will.»

«Und warum gibt der Zweitkorrektor nicht null Punkte? Kann er das nicht?»

«Na, weil wenigstens etwas dasteht.»

«Ich habe mir übrigens heute früh aus einer Arbeit noch eine nette Phrase für meine Sammlung skurriler Dummheiten herausgeschrieben», sagte Rasch. «Hört euch diese These an.» Er erhob seine Stimme: «‹Der gesunde Menschenverstand nimmt jede Demütigung ohne jegliche Selbstjustiz an.› So einen prächtigen Satz kann auch nicht jeder schreiben.»

«Vielleicht sind diese Worte aber wahr, ihr müsst sie nur verstehen wollen», warf Kirch in pastoralem Ton ein. «Bedenkt doch alle: Ihr akzeptiert laufend die Demütigung, solchen Quark lesen zu müssen, ohne dass ihr euch etwas antut, weil euch der gesunde Menschenverstand sagt, dass ihr ja dafür bezahlt werdet. Der Autor hat Recht.» Er wandte sich Gisela Hirschmüller-Hase zu und sagte auffordernd:

«Du solltest ihm für diesen Satz einen Pluspunkt zugestehen.»

Alle lachten; am lautesten Gisela Hirschmüller-Hase. Da meldete sich Rasch noch einmal und sagte mit erhobenem Zeigefinger: «Das Wichtigste muss ich euch noch vorlesen. In meiner Stilblütensammlung findet sich unter anderem auch die Maxime des Innenministeriums der Bundesrepublik: ‹In der Demokratie werden dem Menschen alle Freiheiten gewährt, auch wenn diese zugunsten des Volkes begrenzt werden müssen.› So, jetzt wisst ihr auch das und könnt weiterarbeiten.»

«Ist es nicht eine Freude, wie uns der Beruf an sich schon weiterbildet?», kommentierte Roland Rasch. «Wir erfahren einfach Dinge, die dem Rest der Gesellschaft verschlossen bleiben. Welch ein Genuss!»

Sie lachten ein wenig resigniert und wollten schon auseinanderlaufen. Da kam Otto Wolf ins Lehrerzimmer. «Ist noch etwas Kaffee da?», fragte er und steuerte auf die Ecke mit der Kaffeemaschine zu. «Die Kanne ist hier. Bedien‘ dich.»

Er goss sich eine Tasse ein und betrachtete Hirschmüller-Hase, die eine Abiturarbeit las. Er setzte sich ihr gegenüber.

«Du genießt die Früchte deiner Arbeit?», fragte er.

Sie sah ihn an, zog resigniert die Augenbrauen hoch und seufzte.

«Sie hat gerade eben in einem Anfall von Altersmilde auf vier Punkte erkannt», sagte Rasch.

«Das nenne ich nobel und großzügig», entgegnete Otto Wolf, «und darf ich wissen, wen du so reich beschenkt hast? Kenne ich das Glückskind?»

«Katja Metzger. Wer kennt die nicht!», sagte sie.

«Das ist doch die Dunkelhaarige, die mit der Sina Pitsch immer herumzieht, oder?»

«Wieso kennst du die beiden? Die hast du doch gar nicht, oder?»

«Nein, glücklicherweise nicht. Sie sind mir nur in letzter Zeit immer wieder einmal aufgefallen, und Sina Pitsch ist ja neuerdings ständig im Gespräch», deutete Otto Wolf an.

«Jetzt fängst du auch noch damit an», sagte Rasch. «Was soll denn nun mit der sein? Ich glaub' das alles nicht. Der Blech wird doch nicht so blöd sein und sich mit einer Abiturientin einlassen. Selbst wenn er ein Auge auf sie hätte, könnte er doch wenigstens warten, bis das Abi vorbei ist.»

«Offensichtlich hat er aber nicht so lange gewartet», widersprach Kirch. «Ich mache zwar immer gehörige Abstriche von dem, was unsere Kinder von der Schule heimbringen, aber da bleibt in diesem Fall immer noch genug Merkwürdiges übrig. Die Schüler reden darüber, dass diese Sina abends öfters bei Blech in der Wohnung war. – Wo ist der übrigens?»

«Ich glaube, der hat heute gleich seinen Korrekturtag genommen.»

«Ah, gut so», fuhr Kirch fort. «Von seinem Dreizehnerkurs wohnt ja einer direkt bei ihm gegenüber, und der sagte zu meinem Daniel, das sei für ihn völlig klar, dass da was läuft. Er hätte zwar weder dem Blech noch der Sina nachspioniert. Aber das sei auch gar nicht nötig gewesen. Es sei so offensichtlich, dass man es gar nicht übersehen könnte. Sie war eine Zeit lang wohl fast jeden Abend bei ihm, so dass seine Vermieterin schon in der Nachbarschaft darüber schwätzt, weil sie jedem sagen will, dass ihr das nicht recht sei.»

«So ein Goldstück von Vermieterin hat auch nicht jeder, die einen so fürsorglich auf der rechten Bahn hält», meinte Otto Wolf und fügte dann nachdenklich hinzu: «Dann ist da doch was dran. Na sowas.»

«Wieso? Was hast du gehört?», fragten ihn die andern.

«Gehört habe ich nichts, aber was gesehen. Und zwar im Klassenzimmer der 7A. In der Klasse ist die jüngste Pitsch-Tochter. Da war eine ziemlich hässliche Schmiererei auf einer Bank, die unseren Kollegen in eine eindeutige Beziehung zu dieser Sina brachte. Ich hab's dann weggewischt. Ich hab' mich gewundert, wie es zu so einer gemeinen Schmiererei kommt, wo doch Blech auch noch Klassenlehrer der 7A ist. Und dann hab' ich zweimal beobachtet, wie er mit ihr gestritten hat, hier in der Schule. Das sah aus, als wollte sie etwas von ihm, was er aber ablehnte.»

«Das mit der Schmiererei kann ich mir vorstellen. Ich hab' gehört, dass die kleine Pitsch ziemlich gemobbt wird. Muss aber auch ziemlich eingebildet und affig sein. Und dann gibt es da wohl so eine Bubenclique, auch aus Wurmlingen, mit der sie sich mal angelegt hat. Wir hatten ja deswegen schon eine Klassenlehrerkonferenz, und soviel ich weiß, will die Mutter, dass das Kind möglichst schnell die Klasse wechselt.»

«Aber wenn die sich nicht ändert, dann hilft das bloß kurze Zeit», warf Hirschmüller-Hase ein, «vor allem, wenn ihre große Schwester auf besagte Weise bekannt wird. Ich habe auch schon so etwas läuten hören. Aber mir ging es wie Roland, ich hab' es einfach nicht glauben wollen.»

«Weiß das der Chef?»

«Schwer zu sagen. Wenn er was hört, dann ist er sicher erst einmal vorsichtig. In so einer Sache kann man ja viel falsch machen.»

«Mir fiel noch etwas ganz anderes auf», sagte Otto Wolf, «ich musste Blech in den letzten Wochen recht häufig vertreten. Wenn das also stimmt, was da so geredet wird, dann tut ihm die Sache nicht sehr gut. Und dann sollte er es doch lieber lassen, oder?»

Allgemeines Grinsen und Kopfnicken.

Da klingelte es, und die Gruppe löste sich auf. Jeder ging wieder seiner Arbeit nach.

Mi 25.4.2007 15:00 h

Faulbaum wird patzig

Fellbauch saß breitbeinig und lässig zurückgelehnt Kupfer gegenüber. Seine großen Hände ruhten auf seinen Oberschenkeln. Er hatte den Kopf schräg in den Nacken gelegt und fragte in mürrischem Ton:

«Und können Sie mir mal sagen, warum Sie ausgerechnet mich hierher beordern? Sie haben mich ja schon vorgestern in der Schule gelöchert.»

«Habe ich, habe ich. Nur, Herr Fellbauch, nach Ihrer Befragung haben sich eben noch ein paar Punkte ergeben, die dringend einer gewissen Klärung bedürfen.»

«Dann hätten Sie mich ja auch anrufen können», sagte er patzig. «Wär' schneller gegangen.»

Kupfer überhörte diesen Ton geflissentlich und sagte trocken:

«Sie müssen schon verstehen, dass ich Sie herbitten musste, nachdem wir inzwischen von Ihrem doch sehr gespannten Verhältnis zu Herrn Schwarz gehört haben. Sie selbst haben ja nichts davon erwähnt.»

«Pah, jetzt hört's aber auf», protestierte Fellbauch. Er schaute an Kupfer vorbei zum Fenster hinaus und sagte spöttisch:

«Sie glauben doch nicht, dass ich mich wegen einer Streiterei an einem Kollegen vergreife, auch wenn er noch so eine freche Klappe hat. Das wäre doch ein bisschen primitiv, oder? Wir sind hier doch nicht im Dschungel. Aber ich sag's Ihnen offen und ehrlich: Der fehlt mir nicht, dieser ewig meckernde Zwerg.»

«Sie sollen ihm aber gedroht haben, heißt es.»

«Wer sagt denn so was? Das ist glatte Verleumdung. Wahrscheinlich irgendeiner von seiner Clique. Das ist ja wohl das Letzte.»

Aus seiner Stimme klang Verachtung.

«Herr Fellbauch, hören Sie, es sind ja nicht bloß Ihre Streitereien in den letzten Tagen, da ist ja noch mehr.»

«Was meinen Sie mit mehr?»

«Ich rede von den Aussagen von Frau Schild.»

Fellbauch setzte sich aufrecht hin und sah ihm ins Gesicht. Er schloss einen Moment die Augen und holte Luft.

«Ja, gut, da war mal was, gleich nach dem Studium in der Referendarszeit. Da waren wir mal kurz zusammen, bis wir uns dann zerstritten haben. Aber das ist doch schon eine Ewigkeit her. Mein Gott, das ist eine uralte Geschichte.»

«Und Sie wollten wirklich nicht an diese uralte Geschichte anknüpfen, als sie hier an die Schule kamen? Sie sind doch geschieden, wie ich erfahren habe.»

«Ja, ich bin geschieden, aber wie gesagt, ich hab' dem Schwarz nichts getan, auch wenn ich gute Lust dazu gehabt hätte. Verdient hätte er es gehabt. Und mit Eifersucht war da nichts. Ich hab' mit Frauen gerade nichts am Hut. Mit Weibern macht man sich nur das Leben kompliziert.»

«Und noch was, Herr Fellbauch. Wissen Sie, dass Sie während der Tatzeit in unmittelbarer Nähe der Schule gesehen und erkannt worden sind?»

«Kann schon sein. Ich war beim Gaiser. Wir haben Schach gespielt. Ich bin ungefähr um elf zu Fuß heimgegangen. Konnte nicht mehr fahren.»

«Und Sie waren so fertig, dass Sie einen Meter an zwei Schülern vorbeigegangen sind, ohne sie zu bemerken? Ein Mann von Ihrer Statur. Das ist schon recht seltsam, meinen Sie nicht?»

«Na gut, ich war eben voll. Wir haben nach der Partie noch ein paar gekippt.»

«So dass Sie nicht mehr richtig gehen konnten? So viel?»

«Ich bin auf der Treppe gestolpert und habe den Fuß ein bisschen verstaucht. Hat halt wehgetan.»

«Gut, das werden wir überprüfen. Noch eine Frage: Wie groß sind Sie?»

«Eins dreiundneunzig. Ist das strafbar?»

«Nein, aber vielleicht hilft es weiter. Treiben Sie Sport? Sie sehen so fit aus.»

«Nicht mehr viel. Früher habe ich gerudert. Ich komm' aus der Bodenseegegend. Manchmal fahr' ich noch ein bisschen Kajak. «Warum?»

«Einfach so. Sie fallen halt unter Ihren Kollegen auf, so wie sie gebaut sind.»

«Ach so. – Dann kann ich jetzt wohl gehen?»

«Leider noch nicht. Da ist noch was. Können Sie vielleicht mir, im Gegensatz zum Sicherheitsbeauftragten Ihrer Schule, erklären, warum Sie neulich beim Feueralarm nicht auf den Schulhof hinausgegangen sind?»

«Was geht Sie das an? Das ist auch nicht strafbar!»

«Das nicht. Nur interessiert uns eben, wer im Sekretariat den Reservehauptschlüssel weggenommen hat. Und das könnte während des falschen Alarms passiert sein. Und dass Sie das waren, ist gar nicht so unwahrscheinlich. Sie sehen, da kommt schon einiges zusammen, was Sie für uns interessant macht. Wissen Sie, wer sich an seiner Schule richtig wohl fühlt, was bei Ihnen nachgewiesenermaßen nicht der Fall ist, versucht sicher nicht, nachts die Schule anzustecken.»

Fellbauch war sprachlos und schaute ihn wütend an.

«Nun, Herr Fellbauch, warum sagen Sie jetzt nichts?»

«Ich muss jetzt nichts sagen, oder? Mit Ihnen verkehr‘ ich nur noch über meinen Anwalt. Und jetzt gehe ich.»

Er stand auf und verließ grußlos das Büro. Kupfer verstand jetzt, warum dieser Mann Faulbaum und nicht Faultier genannt wurde, sicherlich wegen seiner athletischen Statur. Er schaute ihm kopfschüttelnd nach. Mit einem solchen Flegel von Lehrer hatte er es noch nie zu tun gehabt.

Er gab die Ergebnisse des Gesprächs an seinen Kollegen Schnaidt weiter und bat ihn, er möge möglichst schnell zu Gaiser gehen und die Aussagen Fellbauchs überprüfen.

Mi 25.4.2007 22:30 h

Brothers in Arms

Polizeihauptmeister Kimmerle wurde schläfrig. Seit zwei Stunden saß er in seinem Auto und bewachte den Schulhof des Gymnasiums und es war ihm schrecklich langweilig. Der Kaffee in seiner Thermosflasche war zu stark und zu bitter gewesen, und jetzt war ihm auch nicht gut im Magen. Es war ihm richtig schlecht. Irgendetwas Mildes hätte er jetzt zu sich nehmen mögen, Maultaschen in der Brühe, so etwas schwebte ihm vor. Aber bis zwölf Uhr waren es fast noch eineinhalb Stunden. Die musste er bis zu seiner Ablösung noch durchhalten. Obwohl das sein Chef nicht gern gesehen hätte, schloss er seinen Discman an den Zigarettenanzünder an und setzte den Kopfhörer auf. Jawohl, die Stones. «I can't get no satisfaction» – das entsprach seiner momentanen Stimmung. Dreimal hörte er den Song an, dann ließ er die CD weiterlaufen. Aber nun kam «Let's spend the night together», nein, das musste jetzt nicht sein. Er nahm die CD raus und legte Dire Straits ein. Der stampfende Rhythmus von «Money for nothing» rüttelte ihn auf. Aber «Brothers in Arms» lullte ihn wieder ein. Er dachte an die Parties in den Achtzigern, als er noch keine fünfundzwanzig und ledig war, und all die starken Gefühle kamen wieder hoch. Er lehnte den Kopf an die Nackenstütze und schloss die Augen. Er sang leise mit.

But its written in the starlight
And every line on your palm
Were fools to make war
On our brothers in arms

Und dann kam Mark Knopflers Gitarrensolo, das er so liebte und immer wieder hören musste. Da klopfte es an die Scheibe. Kimmerle fuhr hoch und riss die Augen auf. Jemand beugte sich an sein Fenster und sagte:

«Ist doch ganz gut, dass ich einmal nach dir schaue.»

Es war Kriminalkommissar Schnaidt. Kimmerle nahm den Kopfhörer herunter und öffnete ihm die Beifahrertür. Er fühlte, wie er rot wurde und war um die Dunkelheit im Auto recht froh. Schnaidt setzte sich neben ihn.

«Das war aber gerade nicht so gut. Wenn da jetzt einer hinein wäre? Den hättest du nicht gesehen.»

«War ja bloß ein Moment. Hier passiert überhaupt nichts. Keine Sau ist unterwegs.»

«Ja, wenn man das immer wüsste, dann könnte man ja nachts daheim bleiben. Aber solange die Tatwaffe dort drin auf dem Tisch liegt, lohnt es sich vielleicht doch, gut aufzupassen.»

«Dann hoffen wir halt mal, dass endlich irgendwas passiert.»

Ein älterer dicker Mann mit einem Dackel an der Leine kam vorbei, ein Junge überquerte auf dem Fahrrad den Schulhof. Dann kam ein Pärchen und setzte sich auf eine der Bänke.

«Hoffentlich wird es denen bald kalt am Arsch», sagte Kimmerle leise.

«Wieso? Bist du neidisch?»

«Das auch, klar. Aber solange die hier sitzen, passiert sicher nichts.»

Er hatte kaum ausgesprochen, da hielt ein Auto keine zehn Meter von ihnen entfernt. Ein schlanker Mann ging über den Schulhof auf den Haupteingang zu und verschwand im Haus.

«Kennst du den?»

«Nein. Ich kann den im Dunkeln nicht erkennen», sagte Schnaidt.

«Was machen wir jetzt?»

«Wir steigen aus und gehen zu seinem Auto rüber und passen ihn ab. Wenn er nichts mit raus bringt, lassen wir ihn einfach vorbeilaufen.»

«Und wenn er was bei sich hat?»

«Dann ist er gleich dran. Wenn wir den nämlich nach Hause lassen, haben wir ohne Durchsuchungsbeschluss Feierabend.»

Das Pärchen stand von der Bank auf und entfernte sich eng umschlungen am Altbau vorbei.

«Notier' dir mal für alle Fälle die Autonummer», sagte Schnaidt.

Er hatte den Satz kaum ausgesprochen, da ging im Foyer das Licht an. Es erhellte den Schulhof ein wenig. Der Mann kam heraus. In der einen Hand trug er eine Plastiktüte, an der sich ein dicker rechteckiger Gegenstand abzeichnete. Als er die beiden Männer an seinem Auto sah, blieb er stehen.

«Schau mal an», sagte Schnaidt.»

«Bingo», meinte Kimmerle.

Da erlosch das Licht im Foyer, der Schulhof versank ins Dunkel. Schnaidt und Kimmerle gingen langsam auf die Gestalt zu. Plötzlich machte der Schlanke kehrt und fing an zu laufen.

«Halt, Polizei», rief Schnaidt, aber der Mann steigerte nur sein Tempo.

«Kimmerle, jetzt gilt's», forderte Schnaidt seinen jüngeren Kollegen auf, der beim Polizeisport als guter Läufer bekannt war. Kimmerle spurtete los, Schnaidt etwas langsamer hinterher. Kimmerle überraschte den Fliehenden mit seinem schnellen Start und kam ihm ziemlich nahe. Er dachte schon, er hätte ihn. Da setzte sich der Gejagte in ein paar kraftvollen langen Schritten von ihm ab. Er überquerte die erste schmale Querstraße und bog in den kleinen Weg zur Sprollstraße hin ein. Dort warf er seine Plastiktüte in hohem Bogen links über die Gartenmauer und setzte zu einem Spurt an, bei dem Kimmerle nicht mithalten konnte. Der Kaffee in seinem Magen setzte ihm zu, sein Blut trommelte gegen seine Schläfen, er konnte einfach nicht so schnell laufen wie sonst. Von der Ruhephase so schnell auf Höchstleistung zu kommen, das schaffte er mit seinen achtundvierzig Jahren nicht mehr. Ohne Einlaufen kam er nicht auf Touren. Als er an der nächsten Ecke ankam, sah er, wie der Mann sich Richtung Stadtgraben davonmachte.

Er ging zurück. Schnaidt war ihm gefolgt. Noch völlig außer Atem traf er auf ihn ungefähr an der Stelle, wo der Schnellläufer seinen Ballast abgeworfen hatte.

«Du warst auch schon schneller», sagte Schnaidt trocken.

«Sei still oder ich kotz dir vor die Füße», hechelte er, «so schnell kann ich nicht mehr aus dem Stand heraus. Mindestens zehn Kilo zu viel.»

«Hier hat er die Tüte reingeworfen», sagte Schnaidt. «Kannst du mal leuchten?»

Kimmerle musste erst seine Taschenlampe aus dem Auto holen.

«Du bist genug gerannt. Ich steig rein», sagte Schnaidt. «Ich mag jetzt nicht die Leute herausschellen.»

Er kletterte auf die Sandsteinmauer und schaute hinunter in den Garten. In dem Gewirr von Pflanzen konnte er aber nichts erkennen. Kimmerles Taschenlampe gab nicht allzu viel her. Schnaidt drehte sich um, ging in die Hocke, stützte sich mit den Händen auf und versuchte sich ganz vorsichtig in den Garten hinunterzulassen. Da brach die Kante einer Sandsteinplatte ab und Schnaidt plumpste den Dreiviertelmeter in den Garten hinunter und kam zu Fall.

«Scheißdornen», schimpfte er, «gib mir mal die Funzel.»

Im Schein der Lampe sah er, dass er in den Brombeeren gelandet war. Mit schmerzverzerrtem Gesicht zog er sich einen Dorn aus der Hand. Als er an sich hinunterschaute, entdeckte er auch noch einen Riss im linken Hosenbein.

«Hol's der Teufel. Müssen diese blöden Kleingärtner ausgerechnet hier ihre Brombeeren hinsetzen? Die Hose ist im Arsch, die kann ich wegschmeißen.»

«Soll ich ...», fragte Kimmerle.

«Nein, bleib lieber draußen. Ich such' schon. – Ich sehe sie schon liegen.»

Schnaidt bückte sich nach der Plastiktüte und schaute hinein.

«Scheiße», sagte er, «kein Wörterbuch. Dieses Arschloch hat zwei Packen Kopierpapier geklaut. Ein feiner Kollege ist das.»

Am nächsten Morgen wurde anhand der Autonummer festgestellt, dass es Gaiser, alias Käser (Fächer Deutsch und Sport) gewesen war, der sich im Kopierraum mit zwei Packen Kopierpapier bedient hatte. Daran sei nichts Unrechtes, verteidigte er sich, jeder Angestellte bekomme sonst jeden Bleistift von seinem Arbeitgeber gestellt, und da könne er sich schon mal etwas Konzeptpapier holen. Und gerannt sei er nur, weil er sich bedroht gefühlt habe. Auf die Frage, warum er sich abends um halb elf mit Papier versorgt hatte, wusste er allerdings nichts zu sagen.

Do. 26.4.2007 15:25 h

Einsfünfundneunzig

Es war gegen halb vier, als Kriminalkommissar Kupfer auf die Uhr schaute. Er schloss die Akte, in der er gelesen hatte, und trat ans Fenster. Da konnte er auch schon beobachten, wie auf dem Parkplatz ein auffällig großer schlanker Mann mit kurzem braunem Haar aus einem Golf stieg. Das muss er sein, dachte er, setzte sich wieder an seinen Schreibtisch, legte einen Notizblock zurecht und öffnete die Akte wieder.

Bald hörte er Schritte auf dem Korridor und es klopfte.

«Herein», rief er, stand auf und blieb hinter seinem Schreibtisch stehen. Blechs Gestalt füllte die Höhe des Türrahmens fast aus.

«Grüß Gott, Herr Blech. Kupfer ist mein Name.»

Er beugte sich über den Schreibtisch und reichte Blech die Hand. Dabei musterte er ihn von oben bis unten.

«Grüß Gott.»

«Sie sind ja absolut pünktlich. Keine Minute zu früh und keine zu spät. Wie schafft man das?»

«Reiner Zufall. Eigentlich wäre ich sogar noch etwas früher hier gewesen, aber auf der B 28 war ein Stau.»

«Bitte, nehmen Sie doch Platz», lud Kupfer ihn ein und wies ihm einen Stuhl gegenüber an. «Ach ja, Sie kommen ja von Wurmlingen her. Und durch Unterjesingen muss man immer langsam fahren. Da läuft's doch nie so, wie man will. Die hätten halt damals doch die Umgehungsstraße bauen sollen. Tja, wenn die Grünen nicht wären, dann hätten wir eine Umgehungsstraße. Und jetzt haben wir den Salat: Wenn bloß ein einziger Traktor unterwegs ist, dann kriecht man nur noch durchs Ammertal. Unsere Autos werden immer schneller, und wir müssen immer langsamer fahren. Aber wem sag' ich das, das wissen Sie ja selbst. Fahren Sie immer mit dem Auto in die Schule?»

«Nur in der kalten Jahreszeit. Sonst mit dem Fahrrad; es ist ja ganz flach.»

«Nachts auch?»

«Nein. Eigentlich nicht. Wenn ich mal abends in der Schule zu tun habe, was ja im Allgemeinen nur bei Elternabenden der Fall ist, dann nehme ich das Auto. Nachts fahre ich nicht gern mit dem Rad.»

«Dann sind Sie ja in zehn Minuten immer daheim, oder?»

«Das wollen Sie aber nicht wirklich von mir wissen», fragte Blech etwas ungeduldig.

«Nein, natürlich nicht – oder sagen wir mal, nicht nur das», lachte Kupfer freundlich. «Aber ehe wir zur Sache kommen: Darf ich Sie fragen, wie groß Sie sind?», fragte Kupfer.

«Natürlich, einsfünfundneunzig.» Er zog die Augenbrauen hoch. «Wieso interessiert Sie das?», fragte er nach.

«Sie fallen mit Ihrer stattlichen Größe einfach auf», sagte Kupfer freundlich lächelnd. «Nach all den Leuten, mit denen ich in letzter Zeit schon gesprochen habe, also in der Angelegenheit Schwarz, meine ich, wirken Sie halt sehr imposant. Sie können stolz darauf sein.»

Blech traute dem Kompliment nicht ganz und antwortete etwas schnodderig:

«Aber das hier ist kein Schönheitswettbewerb, oder?»

«Leider, leider nicht», sagte Kupfer, «aber dann wären wir beide ja auch gar nicht hier, haha, Entschuldigung, Spaß muss sein, oder? Doch kommen wir zur Sache. Wir wissen immer noch nicht, wie Ihr Kollege Bruno Schwarz ums Leben gekommen ist. Ja, ich muss sogar gestehen, dass es geradezu eine Schande ist, wie wir noch im Dunkeln tappen. Sie sind ja auch Beamter, Herr Blech, und als solcher wissen Sie ja, dass man den Wünschen der Steuerzahler entsprechen muss. Einfacher gesagt, die Leute wollen Aktivität sehen, schlichtweg Aktivität, egal, ob die nun immer etwas bringt oder nicht. Wir müssen also etwas tun.»

«Natürlich. Ich verstehe», stimmte Blech zu.

«Ich habe Sie hergebeten, weil ich an Sie, wie natürlich auch an einige andere ihrer Kollegen, noch ein paar Fragen habe. Und am Montagnachmittag habe ich Sie ja nicht in der Schule angetroffen.»

«Natürlich nicht. Ich hatte keinen Unterricht und es hatte mich niemand aufgefordert zu kommen.»

«Richtig. Aber jetzt hätte ich doch noch ein paar Fragen.»

«Bitte, fragen Sie nur.»

«Wie gut kannten Sie Herrn Schwarz?»

«Nur sehr oberflächlich. Wir haben ja nicht dieselben Fächer, wir hatten nur ab und zu miteinander zu tun, wenn wir in derselben Klasse unterrichteten, wie auch jetzt gerade in der Dreizehnten, aber sonst nicht. Privat hatte ich keinen Kontakt mit ihm. Er war ja auch gute fünfzehn Jahre älter als ich. Ich weiß nicht mal, wo er wohnte.»

«Was meinen Sie, war Herr Schwarz beliebt?»

«Ich denke schon. Ich glaube, er hatte einige Freunde im Kollegium, und soviel ich weiß, mochten ihn die meisten seiner Schüler.»

Kupfer schaute Blech in die Augen.

«Von irgendwelchen Streitereien in den letzten Wochen haben Sie nichts gehört?»

«Nein, wissen Sie, was zwischen den Kollegen vorgeht, interessiert mich wenig. Ich habe nicht viele Kontakte im Kollegium.»

«Schwarz war also beliebt. War er damit nicht recht beneidenswert?», fragte er.

«Was meinen Sie damit? Ob ich neidisch auf ihn war? Warum sollte ich? Wir hatten doch gar nichts miteinander zu tun», sagte Blech. «Er war eben einer von denen, die gern im Mittelpunkt stehen und vielleicht auch da hingehören. Und da hat er sich auch wohl gefühlt. Ich glaube, ich bin ein völlig anderer Typ.»

Kupfer schaute seinen Gegenüber fragend an. Was für ein Typ war dieser Blech? Im Moment konnte er ihn noch nicht richtig einschätzen.

«Fällt Ihnen vielleicht irgendetwas ein, ein Ereignis, irgendetwas, was in letzter Zeit passiert ist, was mit dem Ableben von Herrn Schwarz auch nur im Entferntesten zu tun haben könnte?»

«Nein, absolut nicht. Tut mir leid. Wie ich schon sagte, ich bekomme nicht so viel mit. Ich kann mir auch keinen Reim auf diese traurige Sache machen.»

«Tja, dann bleibt mir nur noch eine letzte Routinefrage an Sie. Wo waren Sie in der fraglichen Nacht zwischen zehn und zwölf Uhr?»

«Sie verdächtigen aber jetzt nicht mich?», fragte Blech spöttisch.

«Ich sage doch: Es ist nur eine Routinefrage.»

«Nun, ganz einfach», antwortet Blech, «ich war zu Hause, habe bis gegen elf Uhr etwas gearbeitet, dann vorm Fernseher noch ein Glas getrunken, und dann bin ich schlafen gegangen. So gegen zwölf, wie meistens.»

«Arbeiten Sie immer so spät?», fragte Kupfer verwundert.

«Natürlich nicht immer, aber relativ häufig. Ich schlafe dafür nachmittags oft eine Stunde. Ich brauche das nach dem Unterricht.»

«Kann das denn jemand bezeugen?»

«Nein. Wie denn? Ich war allein.»

«Damit muss ich Sie aber auf die Liste der Kollegen setzen, die theoretisch zur fraglichen Zeit in der Schule sein konnten», sagte Kupfer langsam in sachlichem Ton, während er sich gleichzeitig eine Notiz machte.

«Das ist nicht Ihr Ernst, oder?», fragte Blech mit leichter Empörung in der Stimme.

«Ganz ruhig, Herr Blech. Ich schreibe es mir ja bloß auf, damit ich es nicht vergesse», versuchte Kupfer ihn zu beschwichtigen.

«Soll das heißen», spottete Blech, «dass jeder von uns, der allein lebt und diesen Abend in seinem Arbeitszimmer zugebracht hat, nun verdächtigt wird? Das ist schlichtweg lächerlich.»

Blech stieß zwei Lacher aus, fast als würde er bellen.

«Sie mögen ja ein guter Kriminalist sein, aber, entschuldigen Sie bitte, vom beruflichen Alltag eines Lehrers haben Sie offensichtlich keinen blassen Dunst. Sie sollten in Betracht ziehen», belehrte er ihn, «dass wir mindestens bei der Hälfte unserer beruflichen Aktivität weder Zeugen haben, noch Zeugen brauchen können – im Gegensatz zu Ihnen, haha, Spaß muss sein, nicht wahr? – und deswegen sind wir allein – mutterseelenallein. Wie Sie sicher wissen, gelten wir deshalb auch bei vielen Steuerzahlern als nicht sehr fleißig. Sieht ja keiner, was wir abends arbeiten.»

Er wurde ernst und sprach, als mache er eine offizielle Verlautbarung: «Ich bitte Sie also, Folgendes zu notieren, wenn Sie schon mal dabei sind: Dass ich zu Hause an meinem hauptsächlichen Arbeitsplatz war, wo ich mehr als die Hälfte meiner Arbeit verrichte und wo mir, wie es in der Natur der Dinge liegt, keine Menschenseele zugeschaut hat. Und wenn ich schlafe, habe ich zurzeit auch keine Zeugin, weil ich ohne eine sexuelle Beziehung allein lebe. So!»

Blech fiel in seinen spöttischen Tonfall zurück.

«Ich bin schon gespannt darauf, wie viele Kolleginnen und Kollegen Sie aus denselben Gründen auf die Liste der Verdächtigen setzen. Wir sind ja insgesamt weit über achtzig. Hoffentlich ist Ihr Notizblock dick genug. – Brauchen Sie mich jetzt noch?»

Kupfer sah in aller Ruhe auf seine Aufzeichnungen, hob den Blick und zögerte kurz.

«Nein», sagte er dann nachdenklich, «ich glaube nicht.»

«Gut. Einen schönen Tag noch, Herr ... wie war doch noch Ihr Name?»

«Kupfer – wie Gold oder Silber, – nur nicht ganz so wertvoll, sag' ich immer.»

«Dann auf Wiedersehen, Herr Kupfer.» Blech stand schon in der Tür. «Ach, Herr Blech, eine Frage hätte ich doch noch.»

«Und die wäre?»

Kupfer sah zu Blech auf, suchte dessen Blick und fragte ganz unvermittelt:

«Wie schätzen Sie die Durchschnittsgröße ihrer Kolleginnen und Kollegen ein?» Blech stutzte und schaute Kupfer verständnislos an.

«Können Sie nicht ungefähr schätzen?», bohrte Kupfer nach.

«Schwer zu sagen, vielleicht so zwischen eins fünfundsiebzig und eins achtzig, die Frauen natürlich etwas kleiner.»

«Gut geschätzt, Herr Blech, so ungefähr sehe ich das auch.»

«Und? Ist das wichtig?»

«Schon, für mich und meinen Notizblock schon», antwortet Kupfer.

«Wissen Sie, Herr Blech, ich glaube nämlich, dass ich alle die Nachtarbeiter ohne Alibi, die unter eins fünfundachtzig sind, getrost von meiner Liste streichen kann, und dann langt mein Notizblock wieder. Wissen Sie, die kleineren Kollegen – von den Kolleginnen ganz zu schweigen – haben wahrscheinlich kaum Schuhgröße 45 wie der Täter.»

«Schön für Sie», sagte Blech. «Aber das war's ja dann wohl. Tschüss.»

«Nein, bitte einen Moment noch, Herr Blech. Eine Frage fällt mir gerade noch ein, obwohl mich das vielleicht gar nichts angeht. Vielleicht nehmen Sie noch einmal Platz.»

Blech kam zurück, blieb aber hinter dem Stuhl stehen und stützte sich mit beiden Händen auf die Lehne. Er schaute Kupfer abwechselnd ins rechte und linke Auge, so dass sein Blick hin- und herflackerte.

«Bitte?», fragte er spitz.

«Sie müssen eine gewisse Indiskretion entschuldigen», holte Kupfer aus. «Sie glauben gar nicht, mit wie vielen verschiedenen Sachen wir uns beschäftigen müssen, wenn wir einen Fall lösen wollen, und da stoßen wir manchmal auf Dinge, die auf den ersten Blick ganz unwichtig scheinen, und manchmal sind sie es auch wirklich. Da schauen Sie her», sagte er und griff in seine Akte, «hier habe ich Ihre Krankmeldungen von den letzten paar Monaten.»

Blech zuckte fast unmerklich zusammen und wurde leicht rot. Eine steile Falte bildete sich zwischen seinen Augenbrauen. Er schwieg und blickte nur auf die Papiere, die Kupfer auf seinem Schreibtisch ausbreitete.

«Eigentlich kann ja keiner was für seinen Gesundheitszustand», fuhr Kupfer fort. «Nur sagte mir Ihr Kollege Baermann, dass Sie sich oft wegen Migräne und Magen-Darm-Geschichten krankmelden. Mir ist halt aufgefallen, dass diese Atteste alle vom gleichen Arzt sind, und zwar von einem Radiologen. Und das wundert mich schon ein wenig, muss ich sagen. Könnten Sie mir das erklären?»

«Ich weiß nicht, ob Sie das wirklich etwas angeht, aber bitte, ich bin mit Dr. Kurz verwandt. Er ist mein Halbbruder», antwortete Blech. «Und der verschafft Ihnen ab und zu eine Auszeit?», fragte Kupfer spöttisch.

«Das habe ich nicht gehört, Herr Kupfer», antwortet Blech. «Es ging mir in letzter Zeit wirklich nicht gut. Ich bin etwas überarbeitet und sollte mal richtig ausspannen. Ich rufe Dr. Kurz in so einem Fall an und er schickt mir das Attest per Post. Und wenn ich nach zwei bis drei Tagen nicht wieder dienstfähig wäre, dann würde ich schon zu einem anderen Arzt gehen. Ich mache nicht blau, wie Sie meinen.»

«Schon gut, ich beschuldige Sie ja nicht im Geringsten, ich musste Sie das eben fragen, routinemäßig.»

«War's das dann?»

«Fast. Bis auf eine letzte Kleinigkeit: Sie waren ja am Mittwoch und Donnerstag letzte Woche auch krankgeschrieben. Darf ich Sie fragen, was Ihnen da fehlte? Sie müssen mir nicht antworten, wenn Sie nicht wollen.»

«Das Übliche. Eine Migräne.»

«Und damit haben Sie bis tief in die Nacht gearbeitet? Beachtlich, beachtlich, Herr Blech, ich muss schon sagen ...», fragte Kupfer mit hochgezogenen Brauen. Blech dachte einen Moment nach. Dann sagte er: «Entschuldigung, ich habe mich vorher geirrt. Ich lag tatsächlich im Bett. Lange gearbeitet habe ich am Tag davor. Aber dafür habe ich keine Zeugen, wie ich Ihnen eben schon sagte. Leider.»

«Na dann glauben wir das eben mal. Das war es auch schon, zumindest fürs Erste. Sie können jetzt gehen. Auf Wiedersehen, Herr Blech.»

Blech verabschiedete sich höflich und nannte Kupfer sogar noch seine Telefonnummer:

«Falls Sie noch weitere Fragen haben sollten.»

Fr 27.4.2007

Schlüsseltausch

Otto Wolf war in aller Herrgottsfrühe aufgestanden, hatte gut gefrühstückt und sich schon kurz nach halb sieben auf den Weg zur Schule gemacht. Er hatte von Reusten her kommend Oberndorf passiert und fuhr die neue Landstraße Richtung Wendelsheim entlang. Er fuhr gemächlich, nicht mehr als achtzig. Die Landschaft war einfach zu schön, um durch sie durchzubrettern, sagte er sich. Am Horizont lag der Albtrauf im ersten Sonnenlicht. Der Dunst verlieh ihm ein helles Violett, das nach Westen hin in ein sattes Blau überging. Die meisten Leute haben keinen so schönen Weg zur Arbeit wie ich, sagte er sich immer wieder, vor allem, wenn er einmal mit dem falschen Bein zuerst aus dem Bett gestiegen war und schlechte Laune hatte. Dann konnte ein solcher Ausblick wie heute sein Gemüt aufhellen, noch ehe er in der Schule ankam.

Er fädelte sich am Wendelsheimer Friedhof in den Kreisverkehr ein, fuhr auf zwölf Uhr heraus und hatte freie Bahn. Knapp fünf Minuten später bog er in die Mechthildstraße ein und konnte seinen klapprigen Opel in der erstbesten Parkbucht abstellen.

Als er zwischen den Fahrradständern hindurch Richtung Haupteingang ging und schon in seiner Jackentasche nach dem Schulschlüssel suchte, sah er seinen Kollegen Blech das Haus aufschließen. Auch recht, sagte er sich und ließ seinen Schlüssel in der Tasche stecken. Er sah, wie Blech mit langen, schnellen Schritten das Foyer durchquerte und den Kopierraum aufschloss. Dann war auch er am Haupteingang, trat ein und folgte Blech in den Kopierraum. Sie waren die Ersten. Noch nicht einmal der Hausmeister war da gewesen. Otto Wolf grüßte laut und freundlich, bekam aber nur ein Murmeln zur Antwort, ohne dass Blech ihn auch nur eines Blickes gewürdigt hätte. Jeder schaltete einen der beiden Kopierer ein und dann warteten sie, jeder auf seiner Seite, bis die Geräte auf Betriebstemperatur waren.

Otto Wolf mochte keinen Small Talk, konnte es aber auch nicht ertragen, lange mit einem Kollegen schweigend in einem Raum zu stehen, ohne mit ihm wenigsten die paar freundlichen Worte zu wechseln, die dem anderen anzeigten, dass er ihn wahrnahm.

«So früh habe ich Sie hier noch nie angetroffen, glaube ich», sagte er.

«Ja, ich komme immer erst so gegen halb acht», sagte Blech und verstummte. Nach kurzer Pause fragte Otto Wolf weiter:

«Und? Was gibt es heute Besonderes, dass Sie jetzt schon hier sind?»

«Ich ... ich schlafe zurzeit nicht so gut. Oder ich schlafe schon gut, wache aber spätestens um fünf Uhr auf.»

«Na prima», lachte Otto Wolf, «da können Sie ja morgens noch ein bisschen was arbeiten und abends früher aufhören. Wissen Sie, als unsere Kinder klein waren, da habe ich ...», aber da sah er, dass Blech ihm gar nicht zuhörte, sondern etwas in seiner Tasche suchte und dabei lautlos vor sich hin redete. Komischer Kauz, dachte Otto Wolf, mit dir red' ich noch mal.

Der Kopierer war betriebsbereit. Er kopierte seine Klassensätze für den bevorstehenden Tag. «Dann auf ein frohes Schaffen», sagte er, als er den Kopierraum verließ. Mit Blech würde er heute nicht mehr reden wollen.

Aber es kam anders. Er saß an seinem Platz im Lehrerzimmer und schlug sein Notizbuch auf. Er wollte sich seinen langen Vormittag in Gedanken zurechtlegen, ehe er dann von Viertel vor acht bis kurz vor eins treppauf, treppab von einer Klasse in die nächste rannte. Heute ist wieder Konditionstraining im Dienst angesagt, dachte er. Er legte sein Unterrichtsmaterial auf seinem Tisch bereit, um sich zu versichern, dass er alles parat hatte. Richtig, er brauchte die DVD über den Spanischen Bürgerkrieg, die sich Blech neulich nach der Fachsitzung bei ihm ausgeliehen hatte. Blech hatte gesagt, er nähme sie nicht mit nach Hause, sondern würde sie in seinem Schließfach im Lehrerzimmer aufbewahren. Dann müsste die DVD ja heute zur Verfügung stehen, dachte Otto Wolf.

Blech betrat das Lehrerzimmer und ging an ihm vorbei auf seinen Platz zu.

«Ach, Herr Blech», redete Wolf ihn an, «Sie brauchen doch sicher die DVD über den Spanischen Bürgerkrieg nicht mehr, oder?»

«Nein», antwortete er knapp.

«Könnten Sie mir die dann heute freundlicherweise zurückgeben? Ich sollte Sie in der vierten Stunde haben.»

Blech stand still, sah vor sich hin und zwinkerte nervös mit den Augenlidern.

«Leider kann ich sie Ihnen im Moment nicht zurückgeben», sagte er zögernd.

«Warum? Sie sagten doch, Sie würden sie nicht mit nach Hause nehmen.»

«Sie ist in meinem Schränkchen. Da komme ich heute nicht ran. Ich habe meinen Schlüsselbund verlegt. Es tut mir leid.»

Otto Wolf seufzte laut durch und schaute auf sein Unterichtsmaterial.

«Dann muss ich heute einen Text vorziehen, den ich erst später austeilen wollte. Das ist nicht ideal, aber es geht schon. Aber morgen sollte ich dann die DVD unbedingt wieder haben.»

«Jaja, Sie bekommen sie morgen ganz bestimmt», sagte Blech und wurde rot bis hinter beide Ohren. Er ging zu seinem Postfach. Otto Wolf blieb nachdenklich stehen. Womit hatte Blech dann vorher den Haupteingang aufgeschlossen, wenn er seinen Schlüsselbund verlegt hatte, fragte er sich. Er warf Blech einen forschenden Blick zu, behielt aber seine Frage für sich. Er hatte keine Lust mehr mit ihm zu reden. Dieser Blech war einfach kein Gesprächspartner für ihn.

Mitten in der großen Pause stürzte Ursula König-Schreiner ins Lehrerzimmer, völlig abgehetzt wie immer. Obwohl sie heute erst ab der dritten Stunde unterrichten musste, war ihr die Zeit davongelaufen. Leons Tagesmutter war erkrankt, so dass sie ihn bei einer befreundeten Familie in Herrenberg hatte unterbringen müssen. Es war ihr klar gewesen, dass der Umweg von gut dreißig Kilometern sie in Schwierigkeiten bringen konnte, aber sie hatte keine andere Wahl gehabt.

Sie stürmte mit leicht erröteten Wangen herein und ließ ihre beiden Taschen auf ihren Tisch fallen.

«Geschafft», stöhnte sie.

«Hast du es geschafft oder bist du geschafft?», fragte Gisela Hirschmüller-Hase mitfühlend.

«Beides, wie du siehst. Ich weiß gerade nicht, wo mir der Kopf steht. Und das schon seit gestern.»

«Warum? Wie geht es zu Hause?»

«Immer gleich. Nur musste ich Leon eben auch noch in Herrenberg abliefern, weil ich so schnell keinen Ersatz für seine Tagesmutter finden konnte.»

Sie setzte sich hin und nahm ein paar Bücher und Schnellhefter aus ihrer Tasche.

«Ach du Schande», sagte sie auf einmal.

«Was ist, Ursula? Kann ich dir was helfen?»

«Nein, mir kann keiner helfen; ich bringe doch gerade eine Fehlleistung nach der anderen.»

Gisela Hirschmüller-Hase sah ihre Nachbarin fragend an.

«Ich habe einen fremden Schlüsselbund in der Tasche. Eben finde ich ihn wieder. Gestern habe ich nach dem Unterricht noch etwas kopiert, und da lag er im Kopierraum auf dem Tisch. Ich wollte ihn ins Sekretariat bringen und steckte ihn deswegen in meine Tasche. Aber dann kam der Anruf von Frau Wizemann, dass sie Leon heute nicht nehmen könnte. Und da habe ich nicht mehr an den Schlüsselbund gedacht und ihn versehentlich bis jetzt mit mir herumgeschleppt. Der Arme, dem er gehört, ist sicher am Rande des Nervenzusammenbruchs.»

«Mach dir nichts draus», tröstete sie ihre Kollegin, «das wäre unter diesen Umständen auch anderen passiert. Gib her, das haben wir gleich.» Sie nahm den Schlüsselbund in die Hand, stand auf und schüttelte ihn in hoch erhobener Hand wie eine Glocke.

«Hallo, hallo», rief sie laut, «wer vermisst seinen Schlüsselbund? Hier ist einer gefunden worden.»

Otto Wolf schaute sich um. Blech war nicht im Lehrerzimmer.

Da hob er seine Hand und sagte:

«Gib ihn mir, ich glaube, ich weiß, wo er hingehört.»

Er ging zu seiner Kollegin hinüber und nahm ihr den Schlüsselbund wortlos aus der Hand. In aller Ruhe setzte er sich an seinen Platz und schien sich in die Korrektur einer Schülerarbeit zu vertiefen. Als es klingelte, blieb er sitzen.

«Hast du keinen Unterricht?», fragte ihn Klaus Nussbaum.

«Doch, aber diese Arbeit muss ich unbedingt vorher noch durchlesen. Hab‘ ich gestern vergessen.»

Das Lehrerzimmer leerte sich. Otto Wolf schaute sich um. Er war allein. Er stand auf und ging zu Blechs Schließfach und probierte den Schließfachschlüssel von dem Schlüsselbund, den ihm seine Kollegin gegeben hatte. Er passte.

Er setzte sich an seinen Platz und legte Blechs Schlüsselbund neben sich. Was sollte er damit machen? Sollte er Rossburg Bescheid sagen? Sollte er Blech selbst ansprechen und ihm ins Gesicht sagen, dass er den Reservehauptschlüssel weggenommen hatte? Aber das hieße ja, dass Blech es dann war, der Schwarz ... Nein, das konnte er sich eigentlich nicht vorstellen. Er war unentschlossen und kam mit seinen Überlegungen an kein Ende, denn Blech, mit dem er jetzt gar nicht gerechnet hatte, kam plötzlich herein, ging an ihm vorbei und setzte sich an seinen Platz. Da stand Otto Wolf spontan auf, ging zu ihm hinüber, legte ihm seinen Schlüsselbund auf den Tisch und sagte: «Vielleicht können Sie mir die DVD doch noch vor der vierten Stunde geben.»

Blech stutzte einen Moment. Dann lächelte er und sagte:

«Jetzt habe ich zwei.»

Er legte einen Schlüsselbund auf den Tisch und sagte: «Ich habe nämlich gestern aus Versehen die Schlüssel von Frau Herzog eingesteckt und warte, bis ich sie heute sehe. Sie kommt heute erst zur fünften.»

Otto Wolf wurde fast verlegen. Das hatte er nicht erwartet.

«Jetzt bin ich erleichtert», fügte Blech hinzu. «Es war mir doch vorher sehr peinlich, dass ich Ihnen Ihre DVD nicht zurückgeben konnte.»

«Schön, dass sich das geklärt hat. Aber jetzt muss ich schnell in den Unterricht», schloss Otto Wolf das Gespräch und eilte hinaus.

Als Ingrid Herzog kurz vor elf kam und ganz entnervt erzählte, dass ihr Schlüsselbund fehlte, konnte ihr schnell geholfen werden.

***

Der Hausmeister Töpfer machte gegen sieben Uhr seinen abendlichen Rundgang durch die Schule. Dann wollte er noch kurz auf die Toilette, um in aller Ruhe nach Hause fahren zu können. Gewohnheitsmäßig griff er nach seinem Schlüsselbund. Aber im Schlüsselloch steckte schon ein Schlüssel. Er schloss damit auf und horchte. Das Licht ging an, aber es war kein Ton zu hören.

Die Toilette war verlassen. Hatte jemand den Schlüssel vergessen, oder war es *der* Schlüssel, um den sich die ganze Aufregung drehte? Eine Art anonyme Übergabe? Er zog ihn ab und versuchte damit sein Hausmeisterzimmer nebenan aufzuschließen. Er passte.

Fr 27.4.2007 10:00 h

Kopf oder Zahl

Webster's Encyclopedic Dictionary lag immer noch auf dem Tisch im Rektorat, meldete Rossburg telefonisch. Kupfer beriet mit Schnaidt, ob es überhaupt sinnvoll wäre, die nächtlichen Überwachungen des Schulhauses fortzusetzen. Die Maßnahme kostete Überstunden, und nach dem Fehlschlag und dem Sturz in die Brombeerhecke neigte Schnaidt sehr stark dazu, diese zweifelhafte Maßnahme abzubrechen. Es gab ja zwei Möglichkeiten, erklärte er Kupfer, entweder war das Wörterbuch gar nicht die Tatwaffe oder der Täter vertraute darauf, dass es auf dem Cover sehr viele verschiedene Fingerabdrücke gab, womit er ja Recht hatte. Und außerdem hatte er wahrscheinlich Handschuhe getragen.

Kupfer brütete immer wieder über einer Liste von Verdachtsmomenten. Faulbaum wollte ihm nicht aus dem Kopf gehen. Er hatte die Größe und Kraft, um einen solchen Schlag zu führen, er musste immer noch auf Schwarz eifersüchtig sein, auch wenn er es nicht zugab, und Schwarz hatte ihn so gereizt, dass er ihm offen gedroht hatte. Nur hatte Faulbaum leider ein Alibi, auch wenn es nicht ganz verlässlich war. Gaisers Nachbar sagte aus, dass Fellbauch tatsächlich Gaisers Wohnung am späten Abend verlassen hatte und im Suff auf der Treppe gestürzt war. Für Gaisers Nachbarn war das nichts Besonderes. Offensichtlich hatte Fellbauch nicht zum ersten Mal die Wohnung seines Kollegen in diesem Zustand verlassen. Bedauerlicherweise konnte der Zeuge aber keine genaue Uhrzeit nennen. Die beiden Schüler mussten ihn allerdings ungefähr zur Tatzeit gesehen haben.

«Vielleicht war er es doch. Eigentlich muss doch einer wirklich besoffen sein, um so ein hirnrissiges Ding zu drehen. Und außerdem dürfen wir nicht vergessen, dass die Frau des Ermordeten zuerst einmal an Fellbauch gedacht hat», meinte Kupfer.

«Bis jetzt können wir dem gar nichts nachweisen. Trotz allem hat er so etwas wie ein Alibi, und Blech hat keines. Blech war doch an diesem Tag wegen Migräne zu Hause geblieben und sagte erst mal aus, dass er an diesem Abend lange gearbeitet hätte. Da stimmt auch etwas nicht», entgegnete Schnaidt.

«Schon recht», stimmte Kupfer zu, «aber in all den Gesprächen mit den Kollegen war von Blech nie die Rede. Blech und Schwarz hatten offensichtlich überhaupt nichts miteinander zu tun. Ich sehe kein Motiv. Und Blech ist zwar sehr groß, aber gewalttätig scheint er mir nicht zu sein. Schnaidt, ich traue es ihm einfach nicht zu. Gewalttätig ist der nicht, nur saumäßig arrogant.»

«Akzeptiert», sagte Schnaidt, «aber was machen wir jetzt? Sollen wir losen?» Er legte eine Zweieuromünze auf den Tisch.

«Faulbaum Kopf, Blech Zahl – oder umgekehrt?»

«Ich weiß nicht. Schlafen wir noch einmal drüber», sagte Kupfer ratlos.

Fr 27.4.2007

Elsbeth haut's um

Ungefähr zur selben Zeit, als Ingrid Herzog ihren Schlüsselbund zurückbekam, war Elsbeth Ruckhaberle auf dem Heimweg. Sie hatte in der Apotheke an der Unterjesinger Straße einen Gallen- und Lebertee gekauft und sich beim Zuckerbeck nebenan noch ein süßes Stückle gegönnt. Schwerfällig bewegte sie sich die Bricciusstraße in Richtung Kirche entlang. Auf der Höhe vom Rössle begegnete sie ihrer Nachbarin, der Frau Biesinger. Es kam ihr nicht ungelegen, einen Moment in der Sonne stehen zu bleiben und mit jemandem zu reden. Schließlich hatte sie noch mehr als den halben Weg vor sich, und das auch noch meist bergauf. Frau Biesinger hatte eine große Einkaufstasche dabei und schien in Eile.

«Jetzt griaß Gott Marie, wo willsch du so schnell na?»

«Ich? Zum Bäcker. Wir haben kein Brot mehr, und heute habe ich keine Zeit zum Backen. Bei dem schönen Wetter muss man unbedingt in den Garten.»

«Ja, des will i heit au no.»

«Ach Elsbeth, wo ich dich gerade treffe. Ich habe von meiner Schwester so viele Salatsetzlinge gekriegt, dass ich gar nicht alle in mein Frühbeet hineinbringe. Willst du nicht ein paar?»

«Omsonschd? Oafach so?»

«Na klar. Von dir nehme ich doch kein Geld.»

«Ja no nemme se. Vergelts Gott.»

«Ich schlag sie dann in eine Zeitung ein und leg' sie dir vor der Haustür in den Schatten.»

«Isch guot. Bis nochher. I glaub, i sieh di heit nommol.»

«Ade Elsbeth.»

Elsbeth Ruckhaberle freute sich über die Aussicht auf Salatsetzlinge umsonst und stapfte gut gelaunt den Anstieg zur Kirche hinauf. Dort blieb sie einen Moment stehen und verschnaufte noch einmal. Dann ging sie schnell nach Hause, um ihr Frühbeet herzurichten.

Auf Marie Biesinger war Verlass. Als Frau Ruckhaberle nach dem Mittagsschläfchen vor ihre Tür schaute, lag da ein in Zeitungspapier eingeschlagenes Bündel prächtiger Salatsetzlinge, das ihr Kleingärtnerinnenherz höherschlagen ließ. Sie nahm es auf, legte es auf die Gartenbank, öffnete es und strich das Zeitungspapier glatt. Sie wollte das Bündel vorsichtig auseinandernehmen und die Setzlinge zählen. Schließlich musste sie doch wissen, wie viele Reihen das geben würde. Aber wie sie so dabei war, kniff sie plötzlich die Augen zusammen und starrte auf eine Überschrift der Zeitung. Sie ließ alles stehen und liegen und ging ins Haus, um ihre Lesebrille zu holen. «Mord im Gymnasium» las sie. Um Gottes Willen, doch nicht da, wo der Blech schafft, dachte sie, und machte sich an die genaue Lektüre dieses Artikels. Zwischen Sproll- und Winghoferstraße, ja das ist doch dort, wo der schafft. In der Nacht vom Mittwoch auf Donnerstag ist das passiert. War das nicht die Nacht, in der sie so schlecht schlief? Da machte doch der Blech so einen höllischen Krach. Sie ging ins Haus zurück und schaute an der Innenseite der Küchentür auf den Müllkalender. Jawohl, am

Donnerstag war der Restmüll abgeholt worden. Und das war die Nacht davor gewesen.

Die Salatsetzlinge waren vergessen. Elsbeth Ruckhaberle ging über die Straße und klingelte Sturm bei Familie Biesinger.

Marie Biesinger öffnete das Fenster.

«Jetzt, Elsbeth, was ist los? Hast du sie nicht gefunden?»

«Doch doch, scho, aber i muos di ebbes froga. En dr Zeidong schdohd ebbes vomma Mord em Gimmi en dr Schtadt. Isch dees wohr?»

«Ja, hast du das nicht gewusst?»

«Wohär au! I lies doch koi Zeidong mei, des schdrengt meine Auga so a, ond wenn ebbes Wichtigs bassiert, no kommts au em Radio. Aber des, was i do gläsa han, isch des wohr?»

«Ja, leider.»

«Ond was wois mr do no? An derra Schuol, wo deine Jonge send?»

»Ja. Das war der Mathematiklehrer von unserem Andi. Den haben sie arg mögen. Und jetzt ist er tot. Es heißt, denn hätt' einer totgeschlagen. Aber niemand weiß, warum.»

«Jetzt hairt aber elles uff. I glaub, i schbenn. Mi hauts omm, i muos nahogga», sagte sie und setzte sich auf die Stufen vor der Haustür.

Marie Biesinger wunderte sich über ihre Reaktion, schloss das Fenster und kam aus dem Haus. Elsbeth Ruckhaberle war ganz rot vor Aufregung. Atemlos schilderte sie ihrer Nachbarin, was sie in jener Nacht und am Morgen danach gehört und gesehen hatte. Dabei sah sie immer wieder zu ihrem Haus hinüber, um sicher zu gehen, dass sie von niemanden im Gespräch mit Marie Biesinger gesehen wurde, und schirmte ihren Mund mit der Hand gegen ihr Haus hin ab. Sie hatte Angst, war ratlos und vor allem erschüttert.

«Jetzt mal langsam, das ist ja noch lange nicht bewiesen», versuchte sie ihre Nachbarin zu beruhigen.

«Ond wenn er's doch war, no ben i alloi mit amma Merdr em Haus. Marie, i komm zu dir!»

«Elsbeth, jetzt denk' doch einmal nach. Was soll der von dir wollen?»

«Ond was hot der en dr Schuol wella?»

Auf diese Frage wusste Marie Biesinger allerdings auch keine Antwort. Elsbeth war nicht zu beruhigen. Sie wollte auch nicht mehr in ihren Garten hinüber, Salatsetzlinge hin oder her. Also lud Marie Biesinger sie in ihr Haus ein, setzte sie an den Küchentisch, schloss die Tür und machte zunächst einmal einen Kaffee.

«Gell, du trinkst ihn mit Milch und Zucker?», fragte sie ihren Gast.

«Jo, bitte.»

«Dann trink einen Schluck. Ein Kaffeele tut dir sicher gut.»

Aber Elsbeth zitterte so sehr, dass sie erst einmal Kaffee mit Fußbad machte.

«Tschuldigong.»

Dann nahm sie die Tasse in beide Hände und schlürfte Schluck um Schluck hinunter.

Marie Biesinger wurde sachlich. Das Beste wäre doch, Elsbeth würde sofort zur Polizei gehen, schließlich hatte die Polizei ja um Hinweise gebeten, und dass sie dort gewesen war, das würde ja niemand wissen. Und falls doch Blech der Täter sei, dann müsste sie auf jeden Fall so tun, als wisse sie nichts, und alles der Polizei überlassen. Die würden den schon am Schlawittich kriegen.

«Aber wenn er's no gar net war, was no?»

«Nichts. Dann passiert dir gar nichts. Geh nur hin.»

«Oh Mariele, sechsch du Sacha. Vielleicht gang i morga oder am Meedich, heit uff jeda Fall nemme. I schlof nommol drieber, wenne ka.»

«Mach dir doch einen Baldriantee. Dann kannst du schlafen.»

«Jo, dees mache vielleicht.»

Volle zwei Stunden saß Elsbeth Ruckhaberle noch bei ihrer Nachbarin, und das Gespräch drehte sich wie ein Mühlrad.

Fr 27.4.2007 23:00 h

Sarahs Tagebuch

Marcel hat mich vom Hiphop-Training nach Hause begleitet. Er erzählt komisches Zeug. Ihre Nachbarin, die alte Ruckhaberle, bei der Blech wohnt, ist heute Nachmittag ganz aufgeregt zu seiner Mutter gekommen, weil sie aus irgendeiner Zeitung, in der irgendwelcher Gartenkram eingewickelt war, von dem Mord gelesen hat. Die lebt wohl hinter dem Mond! Die Ruck. sei ewig bei seiner Mutter in der Küche gesessen und hätte wirres Zeug von einem Mülleimer gelabert. War wohl Blechs Mülleimer, dann aber auch wieder ihr eigener. Sie ist voll rotiert. Er hat nicht alles verstehen können, weil seine Mutter die Tür zugemacht hat. Marcel weiß nicht, warum die Ruck. so aufgeregt war, und seine Mutter sagte ihm null.

Ich hab' Angst vor dem, was da noch raus kommt. Die Ruck. war ja auch die Erste, die über Blech «ond dia jonge Mädle» herumgetratscht hat. (Das hätte mir Marcel ja damals gleich stecken können. Nur waren wir halt damals noch nicht zusammen, als die Ruck. losgequatscht hat.) Wenn der Blech mit dem Mord etwas zu tun hat und über Sina dann auch noch wegen Blech gelästert wird, das halt ich nicht aus. Was mach' ich dann? Marcel sagt, ich sollte mir in keinem Fall was draus machen. Ihm würde es nichts ausmachen, wenn sein Bruder irgendwelchen Scheiß bauen würde. Dafür sei er nicht verantwortlich. Ich sollte mich also nicht aufregen. Ich sei ich, und Sina sei Sina, egal, was passiert ist oder passiert. Ich sagte, er hätte gut reden, denn Andi würde nie solchen Scheiß machen wie Sina. Und dann sagte er: «Ich bin doch bloß auf dich scharf, und nicht auf Sina.» Und dann nahm er mich in den Arm und wir knutschten eine Weile rum. Mir ging es dann wieder ein bisschen besser. Marcel hält auf jeden Fall zu mir. Da bin ich sicher.

Bei Biesingers im Haus geht wenigstens noch etwas ab. Hier herrscht Totenstille. Mama läuft mit ernstem Gesicht herum und spricht auch mit mir und Sandralein nur wenig. Und Sina sagt keinen Pieps mehr. Sie schleicht nur leise durchs Haus, wenn sie nicht, wie meistens, in ihrem Zimmer sitzt. Fast könnte sie mir leidtun. Manchmal höre ich sie telefonieren, wahrscheinlich mit Katja, und dann wird sie immer so leise, dass ich gar nichts verstehen kann. Ich glaube, dass sie vor irgendetwas Mordsschiss hat. Aber ich will es gar nicht wissen und will auch nicht, dass das herauskommt, egal, was sie verbockt hat.

Mo 30.4.2007 9:30 h

Oi oinzige Kugelfuhr

Drei fast schlaflose Nächte – trotz Baldriantee! – und drei weitere Besuche bei der Nachbarin Biesinger hatte es gebraucht, bis Elsbeth Ruckhaberle sich schließlich entscheiden konnte, doch der Polizei von ihren Wahrnehmungen in jener Nacht vor einer Woche zu berichten. Während sie in letzter Zeit abends häufiger lauschend im Treppenhaus gestanden war, um dem Lebenswandel ihres Mieters auf die Spur zu kommen, schloss sie sich nun ein und tat zwischen Abenddämmerung und Sonnenaufgang keinen Schritt vor die Tür. Es schreckte sie jedes Mal auf, wenn sie auch nur die Wasserspülung vom Klo ihres Mieters hörte, was wegen der Hellhörigkeit ihres Hauses und des chronisch nervösen Verdauungstrakts ihres Mieters eigentlich nichts Außergewöhnliches war. Völlig verängstigt ließ sie bei Sonnenuntergang sofort ihre Rollläden herunter, schloss ihre Korridortüre ab, hängte die Kette ein und legte sich gegen ihre Gewohnheit schon vor neun Uhr ins Bett, ohne aber einschlafen zu können. Stundenlang wälzte sie sich von einer Seite auf die andere, stand zwischendurch auf, um in der Küche ein Stück Schwarzwurst oder Schwartenmagen zu essen, – vielleicht würde das ja den ersehnten Schlaf bringen –, legte sich wieder hin, stand wieder auf, weil sie sich nun einen Gallen- und Lebertee machen musste, schlürfte ihn im Bett in sich hinein und lag dann wieder wach. Sie hörte es vom Kirchturm her noch vier Uhr schlagen. Dann schlief sie ein.

In der zweiten Nacht plagte sie gegen Morgen ein Albtraum. Sie hatte das Fenster ihres Frühbeets abgenommen und war dabei, die Salatsetzlinge einzupflanzen. Sie nahm sie aus dem Zeitungspapier, wobei ihr wieder die fett gedruckte Überschrift ins Auge fiel: Mord im Gymnasium. Hinter sich hörte sie Schritte. Blech kam den Gartenweg entlang auf sie zu, hatte eine Hand lässig in der Hosentasche und in der anderen, die er leicht erhoben hatte, ließ er eine graue Wolljacke leicht hin- und herbaumeln. Sie richtete sich auf und drehte sich zu ihm um. Zynisch lächelnd kam er auf sie zu.

«Schau'n Sie mal, was ich in ihrer Garderobe gefunden habe?», sagte er und hielt ihr mit gemeinem Grinsen die Jacke vor die

Nase. «Wozu wollen Sie denn die? Die stinkt doch nach Benzin! Wollen Sie die etwa anziehen?»

«Noi, i will, i will ...», mehr brachte sie nicht heraus.

«Nun sagen Sie es», drängte er sie, «sonst, sonst ...»

Dabei machte er Anstalten, ihr die Jacke wie einen Sack über den Kopf zu ziehen. Sie wollte um Hilfe rufen, brachte aber keinen Ton heraus. Blech kam noch einen Schritt auf sie zu. Sie wollte etwas zurückweichen, aber da war das Frühbeet. Die Kante der niederen Seite drückte gegen ihre Waden. Sie konnte nicht weiter ausweichen und beugte sich leicht nach hinten. Plötzlich lachte Blech schrill auf, warf die Jacke in weitem Bogen von sich und gab ihr einen Stoß vor die Brust, so dass sie rückwärts in das Frühbeet fiel. Weich kam sie im Torf auf. Eine braune Wolke erhob sich um sie herum und sie spürte den trocknen Torfstaub auf ihrer Zunge. Sie wollte sofort aufstehen. Aber ehe sie sich auch nur aufstützen konnte, erschallte wieder sein höhnisches Gelächter, und mit einem lauten Schlag schloss er das Glasfenster über ihr und verriegelte es. Ihr wurde heiß, sie rang nach Luft. Sie versuchte mit beiden Händen, das Fenster über sich aufzudrücken, aber sie schaffte es nicht. In Atemnot fing sie an, um sich zu schlagen und wischte dabei ihre Teetasse vom Nachttisch. Sie zersplitterte auf dem Boden mit einem Knall und Elsbeth Ruckhaberle fuhr hoch und saß schweißüberströmt laut keuchend im Bett. Ihr Mund war furchtbar trocken. Sie musste geschnarcht haben.

Ihr Wecker zeigte acht Uhr. Sie stand auf.

Ein Stunde später klingelte sie bei ihrer Nachbarin.

«Mariele, i halts nemme aus», sagte sie ohne Begrüßung. «Hilf mir au.»

«Guten Morgen, Elsbeth», sagte Frau Biesinger, «jetzt, was ist denn? Hast du nicht gut geschlafen?»

«Oh Mariele, i ond guoat schlofa, dees got grad net. I ben färdich.»

«Jetzt komm erst mal rein.»

Marie Biesinger setzte ihre entnervte Nachbarin wieder an ihren Küchentisch, goss ihr einen Kaffee ein und ließ sich erzählen, was für einen furchtbaren Traum sie gehabt hatte.

«Ond no lacht der Kerle oafach und schuggt mi en des Beed nei. I sag dirs, wenn i blos d'Auga zuamach, no lieg i glei wieder en dem Beed dren. Furchtbar isch dees, ganz furchtbar.»

Marie Biesinger hörte sich ruhig ihre Klagen an und sagte dann ruhig, aber bestimmt:

«Wir gehen heute zur Polizei.»

Ohne auf Elsbeths Wenn und Aber zu hören, griff sie nach dem Telefon und rief die Polizei an, und nach kurzem Hin und Her war der Termin mit Kupfer gemacht.

«Reg dich nicht auf, ich fahr dich ja hin und komme auch mit.»

«Dätsch du des? Du dätsch mit mir noch Diebenga nei fahra? – Danke. I wois gar net, was i ohne di dät.»

Marie Biesinger begleitete die verängstigte Frau Ruckhaberle in ihr Haus, damit sie sich für die Stadt zurechtmachen konnte, und gegen elf fuhren die beiden Frauen in Biesingers Auto «noch Diebenga nei» zur Kriminalpolizei.

***

Elsbeth Ruckhaberle schwitzte vor Aufregung. Sie keuchte etwas, und wenn sie den Mund schloss, pfiff ihr Atem durch die Nase. Der Pförtner hatte die beiden Frauen gebeten noch einen Moment zu warten, und da saßen sie nun nebeneinander in so großer Anspannung, dass ihnen die Sprache abhanden gekommen war. Elsbeth Ruckhaberle zerknüllte ein Tempo nach dem anderen in ihren feuchten Händen und schaute ihre Nachbarin Hilfe suchend an.

«Jetzt warten wir halt noch ein Weilchen», sagte Marie Biesinger und legte ihre Hand beruhigend auf Elsbeths Arm, und dann schwieg auch sie wieder. Schließlich erklangen Schritte. Kupfer kam schnell den Gang entlang und holte die beiden Frauen ab.

«Nehmen Sie doch bitte Platz», sagte er in seinem Büro und wies ihnen zwei Stühle gegenüber seinem Schreibtisch an.

«Sie sind also die Hauswirtin von Herrn Studienrat Blech, wie man mir gesagt hat, und wollen im Zusammenhang mit dem Todesfall am Gymnasium eine Aussage machen, nicht wahr?»

«Jo, scho. Eigentlich will i jo nix gsait hau, aber i han ebbes g'hairt ond ebbes g'fonda», antwortet sie.

«Was haben sie denn gehört?»

«Jo, des sag i eane, oi oinzige Kugelfuhr isch dess gwä, von de zehne bis noch de elfe.»

«Kugelfuhr?»

«Erschd isch er noch de zehne no en da Kellar na, dees hot der sonschd nia dau, ond no isch er wieder nuff und wieder na, dees isch rom- und nommgange, ond no isch er fort, ond no isch er bald wieder komme ond romm- ond nommgloffa, ond erschd noch de elfe isch a Rua gwä.»

Kupfer hörte interessiert zu und sagte dann:

«Sie sagen also aus, dass ihr Mieter an dem Abend seine Wohnung für eine gewisse Zeit verlassen hat?»

«Dees ka mr wohl sage, so wia der's Gaardadiarle zuobatscht hot. Am dreiviartl elfe.»

«Warum wissen Sie die Zeit so genau?»

«Weils mi g'ärgaret hot, han i uff d'Uhr guggt. Ond no han i grad a weng g'schlofa, no kommt der am halb zwelfe wiedr.»

«Das heißt, er ist zwischen 22:45 und 23.30 Uhr nicht zu Hause gewesen.»

«Gwies net. Des han i g'hairt.

«Gut, dann nehmen wir das mal zu Protokoll. Und Sie haben etwas gefunden, sagen Sie?»

«Jo. An Kiddl, an guota sogar. Also des war so. I han so viel G`schnipf vom Gaarda ghet, wiaschts Zeig, wo net uff da Komboschd derf, ond dees isch net elles en mein Kuddroimar neigange. Ond no han i dees, was ibrich war, beim Blech neidau. I gugg jo sonschd gwies net en dem sein Kuddroimar nei, dees got mi nix o, was der wegschmeisst, aber dees G'schnipf von meim Gaarda hot naus miasa. Dees schdengt sonsschd.»

«Schon gut, Frau Ruckhaberle, was Sie in den Mülleimer hineintun wollten, ist mir gleichgültig. Was haben Sie gefunden oder gesehen?»

«Was i gsea hau? G'schdonka hots noch Benzin. Ond no isch zwischa deane Blaschdiggugga a Kiddel drenna gläga. Den han i glei raus. Wissetse, mai Markus, also mai Enkl, der macht grad a Lähr, ond der verdient et viel, der ka so an Kiddl braucha.»

«Und wo haben Sie die Jacke?»

«Ha in dr Reinigong, dasse nemme so schdengt.»

«Welche Farbe hatte die Jacke?»

«Donglgrau.»

«Gut. Würden Sie das auch vor Gericht aussagen?»

«I wois net. Langt dees jetzt net?»

«Können Sie uns die Quittung von der Reinigungsfirma geben? Dann holen wir sie ab.»

«Dia hau i dahoim. Abr dia kriagatse.»

«Also: Wir setzen jetzt ein Protokoll auf, das Sie bitte unterschreiben, und wenn es zu einem Prozess kommt und das Gericht Sie vorlädt, dann sollten Sie diese Aussagen schon noch mündlich bestätigen.»

Elsbeth Ruckhaberle schaute mit aufgerissenen Augen ihre Nachbarin an.

«Elsbeth, dir passiert doch nichts. Die Polizei holt ihn. Bald bist du allein im Haus.»

«Herr Kupfer, i mag nemme hoim, i han Angschd. Welldet Sia mit amma Merdr em Haus wohna?»

«Also Frau Ruckhaberle, erstens wissen wir trotz ihrer Aussage noch nicht sicher, ob Herr Blech tatsächlich der Täter ist. Und wenn wir das sicher wüssten, dann wäre er nicht mehr lange bei Ihnen im Haus. Dann logiert er hinter Gittern.»

«Jo, sperrat S‘en no ei, so schnell wia meglich.»

«Frau Ruckhaberle, bleiben Sie ganz ruhig, Sie brauchen keine Angst zu haben. Wir laden ihn so bald wie möglich vor. Und wenn er es war, dann kommt er nicht mehr allein in ihr Haus zurück. Einer unserer Beamten in Zivil kommt übrigens im Laufe des Tages bei Ihnen vorbei und holt die Quittung von der Reinigung ab.»

«Jo. Ond wenn er‘s et war? Was no? Wo i doch jetzt ebbes gsait hau? Holet S‘ en doch glei.»

«So schnell geht das nicht.»

Mo 30.4.2007 16:00 h

Sarahs Tagebuch

Anruf von Marcel. Als er von der Schule heimkam, war seine Mutter nicht da. Kurze Zeit später, kam sie mit dem Auto an, mit der alten Ruck. zusammen. Und die trompetete dann über die Straße, dass sie das Marcels Mutter nie vergisst, dass sie mit ihr zur Polizei gegangen ist. Marcel konnte aus seiner Mutter nur herausbringen, dass die Ruck. etwas beobachtet hat, was die Polizei wissen sollte. Mehr hat sie nicht gesagt. Aber sie hat auch nicht gerade abgestritten, dass es mit der Sache in der Schule etwas zu tun hat. Was soll die Geheimniskrämerei? Es kommt doch sowieso alles räus.

Hat der Blech vielleicht was mit Schwarz zu tun? Ich weiß nicht, was ich denken soll, und Marcel weiß es auch nicht. Sandras Klassenlehrer, der auch Sina unterrichtet, bei dem Sina abends in der Wohnung war, der soll ein Mörder sein? Das kann und will ich mir nicht vorstellen. Das ist zu schlimm. Ich wäre dann die Schwester von einer, die sich an einen Mörder rangeschmissen hat!!! – Wieso passiert das alles um mich herum? Wieso bin ich nicht zum Beispiel Silvie, die von alledem kilometerweit weg ist? – Scheiße! So weit kommt es noch, dass ich lieber Silvie wäre als ich selbst. Nein! Marcel hat recht: Ich bin ich und Sina ist Sina.

Mi 2.5.2007 gegen 11 h

Freifahrt nach Tübingen

Es ging wirklich nicht so schnell, genau wie Kupfer zu Elsbeth Ruckhaberle gesagt hatte. Blech hatte sich am Montag krank gemeldet und war, weil sein Auto wegen einer überfälligen Reparatur endlich in der Werkstatt war, mit der Bahn weggefahren. Erst am späten Dienstagabend hörte Elsbeth Ruckhaberle, wie er das Haus aufschloss und in seine Wohnung ging. Und dann ging sie, wie mit Kupfer abgesprochen, sofort ans Telefon: «Herr Kupfer, er isch wieder do.»

***

Da sich die gesamte Schulgemeinde auf die Beerdigung von Bruno Schwarz vorbereitete, fiel der Unterricht nach der vierten Stunde aus. Blech stand an der Bushaltestelle in der Sülchenstraße und wartete auf den Bus nach Wurmlingen. Die Schülerinnen und Schüler um ihn herum würdigte er keines Blickes. Selbst wenn ihn die Siebener aus seiner Klasse mit einem freundlichen «Hallo, Herr Blech!» grüßten, reagierte er nur mit einem leichten Kopfnicken in ihre Richtung, und als Niklas Pavlovic ihn sogar fragte, ob denn heute sein Auto kaputt sei, konnte er ihm nur wortlos zunicken. Er wollte lächeln, aber mehr als ein nervöses Zucken seiner Mundwinkel brachte er nicht zustande. Etwas enttäuscht zogen sich die Schüler wieder zurück und ließen ihn in Ruhe.

Er setzte sich ganz vorn in den Bus und schaute stur geradeaus. An der Haltestelle am Sülchenfriedhof verkrampften sich seine gefalteten Hände so sehr, dass er seine eigenen Knochen knacken hörte. Erschrocken steckte er seine Hände in die Jackentaschen und versuchte sich zu entspannen.

Am Rössle stieg er aus und lief mit schnellen Schritten nach Hause. Er wollte niemanden mehr sehen und auch nicht gesehen werden. Geistesabwesend ging er durch das Dorf, nahm nichts und niemanden wahr und hätte sicher auch den blauen Ford Mondeo auf seinem eigenen Stellplatz übersehen, wenn nicht zwei Männer ausgestiegen und auf ihn zugekommen wären.

«Grüß Gott, Herr Blech», sagte der eine. Blech blieb stehen.

«Guten Tag.»

«Kriminalkommissar Schnaidt, und das ist mein Kollege Kimmerle. Herr Blech, wir müssen Sie leider bitten, mit aufs Präsidium zu kommen. Unser Kollege Kupfer muss einige Ihrer Aussagen mit Ihnen zusammen noch einmal durchgehen.»

Schnaidt war anzuhören, dass er sich auf keine Diskussion einlassen wollte.

«Muss das denn jetzt gleich sein?», fragte Blech.

«Wir denken schon. Also bitte, steigen Sie ein.»

***

Zu ihrer großen Erleichterung konnte Elsbeth Ruckhaberle von ihrem Küchenfenster aus zusehen, wie Kimmerle die Fondtür des Wagens öffnete und Blech einstieg und «noch Diebenga nei» abtransportiert wurde. Schnell lief sie über die Straße, klingelte bei Marie Biesinger und rief:

«Mariele, jetzt hen sen fort. Jetzt kommsch aber zo mir, jetzt mach i an Kaffee. Ond a Schnäpsle kriagsch au, wenn d'witt.»

***

Blech schloss die Augen und versuchte sich zu sammeln. Er hatte Kupfer doch gesagt, dass er an dem bewussten Abend mit Migräne im Bett lag und keine Zeugen dafür hatte. Was wollte er jetzt von ihm? Was würde er ihm nach den ärztlichen Attesten und Krankmeldungen noch auftischen? Hatte Otto Wolf ihn wegen des Schlüssels angeschwärzt? Aber da konnte er doch nachweisen, dass er versehentlich Ingrid Herzogs Schlüsselbund eingesteckt hatte. Er wollte sich das Verhör – nein, es würde nur ein Gespräch –, das Gespräch wollte er sich in Gedanken zurechtlegen. Was sollte er sagen? Er stellte sich vor, wie er Kupfer gegenübertreten würde, aber schon sah er wieder jenes hintergründige Lächeln auf dessen Gesicht, das ihn vor ein paar Tagen fast aus der Fassung gebracht hatte. Er schüttelte nervös den Kopf, als könnte er diese Vorstellung verscheuchen, öffnete die Augen und sah aus dem Fenster. Noch eine leichte Linkskurve, und sie würden das Ortsschild von Tübingen passieren. Schon wieder krampfte sich alles in seinem Innern zusammen.

Er machte seine Augen erneut zu. Das Auto wurde langsamer und hielt. Sie mussten an der Ampel auf Höhe des Handwerkerparks angekommen sein. Etwas später sagte ihm der Widerhall, dass sie durch den Schlossbergtunnel fuhren, und als sie kurz danach in die Konrad-Adenauer-Straße einbogen, konnte er seinen Kopf nicht länger in den Sand stecken. Nun blieb ihm nichts mehr übrig, als seinen Gegnern offenen Auges gegenüberzutreten.

«Ich lass' ihn gleich hier auf der Straße stehen», sagte Schnaidt und parkte den Ford am Straßenrand. «Man weiß ja nie, wen man noch herholen muss.»

Bei dieser Bemerkung zuckte Blech zusammen und war froh, dass keiner der beiden Kriminalisten eben zu ihm hersah. Sie stiegen aus und schritten über den Vorplatz auf das hellgraue Gebäude aus Beton und Glas zu, das sich drohend vor ihm auftürmte. Er wischte seine feuchten Hände an seiner Hose ab. Ein Gefühl der Beklemmung überkam ihn, als sich die Tür des Haupteingangs hinter ihm schloss. Im Fahrstuhl hielt er es fast nicht aus. Er schaute auf den Boden und atmete leise pfeifend durch die Nase.

«Warten Sie bitte hier einen Moment. Mein Kollege bleibt bei Ihnen», sagte Schnaidt und öffnete die Tür eines spärlich möblierten Raums, der nur ein paar Stühle und einen Tisch enthielt. Der Aufforderung Platz zu nehmen, kam Blech nicht nach. Er blieb stehen und musste sich beherrschen, um nicht in diesem kleinen Zimmer wie ein Panther im Käfig hin- und herzugehen, während sich der Kriminalkommissar ruhig mit verschränkten Armen neben der Tür an die Wand lehnte.

Es dauerte. Blech ärgerte sich, dass man ihn hier in diesem öden Raum so lange warten ließ. Das ist Taktik, sagte er sich, üble Taktik, um mich mürbe zu machen. Obwohl er das erkannte, konnte er sich aber gegen seine ansteigende Unruhe nicht wehren, was ihn noch mehr ärgerte. Er musste nach außen hin Ruhe bewahren. Er durfte jetzt nicht mit den Zähnen knirschen oder sich die Hände reiben oder die Handknochen knacken lassen. Sein Mund wurde trocken und alles in ihm schrie nach Bewegung. Am liebsten hätte er einen der Stühle genommen und auf dem Tisch zertrümmert. Stillstehen war das Schlimmste für ihn, aber er wollte sich auch nicht vor seinem Wächter hinsetzen. Der Kriminalkommissar schaute ihn nicht einmal an. Aber merkte er wirklich nicht, welch unerträgliche Spannung ihn quälte?

Endlich erschien Schnaidt und bat ihn mitzukommen. Er führte ihn nur drei Zimmer weiter. Dann blieb er stehen, deutete auf eine Tür und sagte:

«Gehen Sie nur hinein, der Kollege Kupfer erwartet sie schon.»

Damit trat er einen Schritt zurück, sodass Blech selbst die Türklinke in die Hand nehmen musste. Er trat ein und war geblendet. Gleißendes Mittagslicht fiel durchs Fenster herein. Im Gegenlicht erkannte er die Konturen Kupfers, der über den Schreibtisch gebeugt etwas wegwischte. Er roch Benzin. Das Herz schlug ihm bis zum Hals.

«Sie entschuldigen bitte, Herr Blech, dass Sie so lange warten mussten. Sehen Sie, mir ist hier ein Malheur passiert», erklärte Kupfer in jovialem Ton, wobei er weiter wischte. «Ich wollte vorher eben noch dieses Feuerzeug hier mit Benzin füllen, Geburtstagsgeschenk für einen Kollegen, ich rauche ja schon lang nicht mehr, und habe dabei dummerweise dieses Fläschchen umgestoßen. Und mit diesem Gestank kann man ja nicht leben. Ich mach' auch noch gleich das Fenster auf. Aber grüß Gott erst mal, und setzen Sie sich doch bitte.»

Mit diesen Worten drehte er sich um, öffnete ein Fenster und blieb einen Moment still stehen, als wollte er frische Luft schnappen, Blech den Rücken zugewandt.

Blech erstarrte. Auf dem Tisch lag eine graue Wolljacke und ein dickes rotes Buch, Webster's Encyclopedic Dictionary, und was da auf dem Boden stand, direkt neben Kupfer, sah aus wie sein eigener 5-Liter-Benzinkanister. Er wollte sich den Stuhl zurechtrücken und merkte, dass er zitterte. Er setzte sich und hängte seine Daumen in die Hosentaschen, um seine Hände ruhig zu halten.

Warum drehte sich Kupfer nicht endlich zu ihm um? Warum verbarg er sein hintergründiges Lächeln vor ihm? Drehen Sie sich um, sagen Sie endlich, was Sie wissen, hätte er am liebsten geschrien. Von der Straße dröhnte ein Lastwagenmotor herauf. Da schloss Kupfer das Fenster und sagte: «Jetzt mach ich doch lieber wieder zu, damit wir uns besser verständigen können.» Aber er zeigte Blech immer noch den Rücken.

«Herr Blech, ich will Sie jetzt gar nichts fragen, sondern erzähle Ihnen einfach etwas. Also, Ihr armer Kollege Bruno Schwarz, Gott hab ihn selig, – ist nicht jetzt gerade seine Beerdigung? – egal, Ihr armer Kollege Bruno Schwarz geht am Abend des 18. April gegen 23 Uhr in die Schule, um ein paar Kopien zu machen. Als er das Foyer betritt, bemerkt er, dass jemand im Rektorat ist, und das kommt ihm seltsam vor. Beherzt, wie er ist – oder besser war, aber egal – er geht auf jeden Fall beherzt ins Rektorat, um nach dem Rechten zu sehen. Der Mann im Rektorat hört ihn kommen, nimmt dieses rote Wörterbuch da vom Tisch und stellt sich hinter die Tür. Wie Schwarz die Tür öffnet, riecht er Benzin, aber kein Feuerzeugbenzin, wie Sie es eben gerochen haben, sondern richtiges Superbenzin von der Tankstelle, wie man es mit einem Golf 4 tanken muss. Aber das war's dann auch schon, was er mitbekommen hat. Er bekommt mit diesem Totschläger von Wörterbuch einen Mordsschlag auf den Kopf und sackt ohnmächtig zusammen. Er war nicht sofort tot, nein, das war er nicht. Vielleicht hätte man ihn noch retten können. Wer weiß? Das Dumme ist nur, dass er vorher noch den kleinen Benzinkanister umgekickt hat, der da vor dem Safe auf dem Boden stand. Ganz aufgeschraubt war er glücklicherweise noch nicht, aber leider auch nicht mehr ganz zu, und so gab es da eine große Benzinpfütze direkt vor dem Safe. Diese Pfütze will der Täter aber aus mir unerfindlichen Gründen nicht zurücklassen. Deshalb zieht er dem armen Bruno Schwarz das Jacket aus, guter Wollstoff übrigens, hervorragende Qualität, und wischt damit das Benzin auf. Aber die Jacke reicht dazu nicht aus. Zu dumm, dass der arme Bruno Schwarz nicht von der verfrorenen Sorte war und keinen langen Mantel anhatte. Also müssen noch ein paar Rollen Klopapier herhalten, die man ja aus der Lehrertoilette nebenan holen kann, wenn man sich so gut auskennt wie Sie, und mit dem Papier gelingt es, das restliche Benzin aufzunehmen. Dann spült der Täter das benzingetränkte Papier im Klo hinunter, er packt die Jacke und sein Kanisterchen ein, wahrscheinlich in eine große Plastiktüte, legt den armen Bruno Schwarz ins Foyer und macht sich auf und davon.»

Stille.

Langsam dreht sich Kupfer um, geht auf seinen Schreibtisch zu, schiebt seinen Stuhl beiseite, stützt sich mit beiden Händen auf und beugt sich Blech zu.

«Herr Blech, ich habe nur eine Frage an Sie: Was wollten Sie mit dem Benzinkanister im Rektorat anrichten?»

Blech schwieg. Kupfer wiederholte seine Frage, aber Blech sagte nichts.

«Sie wollen sich nicht mit mir unterhalten? Auch gut, dann will ich Ihnen doch etwas vorlesen, damit wir uns nicht allzu sehr langweilen.» Wieder zeigte er sein hintergründiges Lächeln, öffnete eine Schublade und nahm eine Akte heraus.

«Also hören Sie mal gut zu. Sie kennen ja Frau Ruckhaberle. Ich kann mir also die Personalien sparen und sofort zu den entscheidenden Sätzen kommen: ‹*Die Zeugin Elsbeth Ruckhaberle sagt aus, dass ihr Mieter, Herr Studienrat Blech, am 18. März 2007 abends zwischen 22:30 und 22:45 h seine Wohnung verließ und ungefähr 23:25 Uhr wieder zurückkam. Der Zeugin fiel auf, dass Herr Blech sowohl vor dem Verlassen seiner Wohnung als auch nach seiner Rückkehr mehrmals laut hin- und herging und vor allem auch in seinem Keller war. Letzteres erscheint der Zeugin besonders bemerkenswert, weil das noch nie zuvor von ihr bei Nacht bemerkt worden war.*› Ja ja, die gute alte Frau Ruckhaberle.»

Kupfer suchte eine andere Stelle in seinem Protokoll.

«Blah blah blah blah – ach ja, hier wird es wieder interessant für uns: ‹*Als die Zeugin am nächsten Morgen ca. 6:30 h notgedrungenermaßen, wie sie versichert, Gartenabfälle im Mülleimer ihres Mieters unterbringen wollte, fiel ihr der starke Benzingeruch auf, der dem Mülleimer entströmte. Zwischen den mit dem üblichen Müll gefüllten Plastiktüten befand sich ein benzingetränktes Kleidungsstück aus grauem Wollstoff. Die Zeugin nahm die Jacke an sich, da sie ihr für eigene Zwecke brauchbar zu sein schien.*› Blah blah blah blah – hier noch ein wichtiger Satz: ‹*Die Zeugin erklärt sich bereit, Ihre Aussage vor Gericht zu beeiden.*› Datum und Unterschrift. Herr Blech, jetzt habe ich Ihnen so viel erzählt, jetzt sind Sie dran. – Herr Blech, Sie sind ja ganz weiß. Ist Ihnen nicht gut?»

Blech schwieg. Nur ein leichtes Zucken seiner Nasenflügel verriet seine Erregung. Kupfer wartete geduldig und verharrte in seiner Haltung. Mit beiden Händen auf dem Schreibtisch aufgestützt und leicht vorgebeugt schaute er Blech unverwandt ins Gesicht. Aber Blech sagte immer noch nichts.

«Na gut, dann wollen wir uns ein bisschen anders unterhalten», sagte Kupfer schließlich, setzte sich und schlug lässig die Beine übereinander. «Wissen Sie, Herr Blech, was Sie gemacht haben, ist uns ganz klar und wir können es auch beweisen. Nur das Motiv haben wir noch nicht gefunden, und vor allem können wir uns auch nicht erklären, warum ein so intelligenter Mensch wie Sie so saudumme Fehler macht. Gehen wir doch einmal die Geschichte miteinander durch. Sie schaffen es also, einen falschen Feueralarm auszulösen und sich so einen Hauptschlüssel für das Schulgebäude zu verschaffen, mit dem Sie überall Zugang haben.»

«Fellbauch war auch im Haus. Nicht nur ich.»

«Schon richtig; aber Ihr Kollege hat für die Tatzeit ein wasserdichtes Alibi, das wir überprüft haben, im Gegensatz zu Ihnen. Gut, Sie holen sich also den Schlüssel, aber Sie bringen es als gewissenhafter Beamter hinterher nicht fertig, den Schlüssel zum Beispiel in den Neckar zu schmeißen. Wieso denn nicht? Das wäre doch das Einfachste gewesen? Stattdessen stecken sie ihn nach ein paar Tagen in die Tür der Toilette. Was haben Sie sich bloß dabei gedacht?»

«Mir taten unsere Sekretärinnen leid. Es wäre ja vielleicht an denen hängen geblieben.»

«Ja, das passt zu Ihnen. Eine Übersprungshandlung des gewissenhaften Beamten. Das ist ja ihr Pech, dass sie den Beamten nicht ablegen können. Sie verwischen im Rektorat fast alle Spuren, aber dann fällt Ihnen nichts Besseres ein, als die Jacke Ihres armen Kollegen Bruno Schwarz in den Mülleimer zu stecken, immer schön ordentlich! Uns ist schon klar, dass Sie damit gerechnet hatten, dass am nächsten Morgen ziemlich früh die Müllabfuhr kommt. Aber lieber Herr Blech, auch Sie hätten doch erkennen müssen, dass das Risiko viel zu hoch war, nicht wahr? Und das restliche Benzin in Ihrem Kanisterle, das hätten Sie doch weiß Gott in Ihren Tank leeren können. So was stellt man doch nicht in den Keller zurück! Gute dreieinhalb Liter waren noch drin. – Und dann überhaupt: Welcher Teufel hat Sie denn geritten, dass Sie nachts mit einem Benzinkanister bewaffnet ins Rektorat eindringen und dann noch nebenbei einen Kollegen kaltmachen? Das sieht Ihnen doch gar nicht ähnlich. Ein intelligenter Mensch wie Sie macht plötzlich so sträflichen Unsinn. Wieso? Sagen Sie es mir!»

Blech schaute nur vor sich hin.

«Wir haben übrigens einen Blick in Ihre Personalakte werfen dürfen», setzte Kupfer neu an. «Haben Sie schon einmal Ihre Personalakte gelesen? Nein? Sollten Sie aber tun, solange Sie noch können. Auf diese Akte können Sie stolz sein, mein Lieber. Lauter Lob steht da drin, hohe Qualifikation, nichts als Einsen. Und so einer macht so einen Scheiß. Herr Blech, sagen Sie mir endlich, was mit Ihnen los ist. Sie sitzen bereits hoffnungslos in der Falle und können Ihre Lage nur verbessern, indem Sie etwas kooperativ sind. So gescheit, wie Sie sind, sehen Sie das doch sicher ein, oder? Also, welcher Teufel hat Sie geritten?»

Blech schaute immer noch vor sich nieder, aber antwortete leise und tonlos:

«Ich wurde erpresst.»

Er schluckte und bat um ein Glas Wasser.

«Vom wem? Wie?»

«Von Schülern. Cyberbullying. Wissen Sie, was Cyberbullying ist?», fragte er Kupfer und schaute ihm zum ersten Mal in die Augen. «Jemand macht von Ihnen kompromittierende Fotos oder Fotomontagen und stellt Sie ins Internet.»

«Und was waren das für Fotos – oder Fotomontagen?»

«Von mir und einer meiner Schülerinnen.»

«Können Sie mir die Fotos zeigen?

«Nein. Die Internetseiten waren nur immer ein paar Stunden im Netz, und die Fotos habe ich verbrannt.»

«Warum haben Sie nicht nachgeforscht, wer die Bilder ins Netz gestellt hatte?»

«Ich sagte doch schon: Sie waren immer nur ein paar Stunden drin. Wie sollte ich das herausbringen?»

«Das wäre sehr einfach gewesen», sagte Kupfer und fügte spöttisch hinzu: «Sie kennen sich aber in diesen Dingen nicht sehr gut aus.»

«Wie sollte ich? Das ist nicht mein Fach», winkte Blech müde ab.

«Hätte ja trotzdem sein können. – Worum ging es bei der Erpressung? Begünstigung?»

«Ich bekam E-mails mit der Forderung, dass ich das Mathematik-Abitur sabotieren sollte.»

«Das macht doch keinen Sinn. Die Abiturienten hätten doch in jedem Fall eine Prüfungsarbeit schreiben müssen.»

«Ja, das schon. Aber eben erst zum Nachtermin. Und da hatte sich wohl jemand Vorteile ausgerechnet.»

«Und mit wem wurden Sie fotografiert?»

«Mit Sina Pitsch und Katja Metzger, eigentlich nur mit Sina Pitsch, der Tochter von Rechtsanwalt Dr. Pitsch.»

Kupfer notierte diese beiden Namen. Er dachte einen Moment nach. Dann fragte er vorsichtig:

«Wie standen Sie zu den beiden Mädchen?»

«Wie zu allen anderen Schülerinnen und Schülern auch, nur mit dem Unterschied, dass die beiden mich ein paarmal in meiner Wohnung aufgesucht haben.»

«Ist das üblich, dass Schülerinnen Lehrer in ihrer Wohnung aufsuchen?»

«Nein. Eben nicht. Ich hatte nur dummerweise einmal gesagt, sie könnten mich auch außerhalb des Unterrichts etwas fragen, wenn sie Probleme mit den Abiturthemen hätten.»

«Und bei diesen Besuchen wurden Sie fotografiert? Und wieso ergaben sich dabei kompromittierende Fotos?»

«Ich habe mir in dieser Hinsicht nichts vorzuwerfen.»

«Entschuldigen Sie, Herr Blech», lachte Kupfer spöttisch, «aber dann hätte man Sie ja nicht erpressen können.»

«Ich habe mir in dieser Hinsicht nichts vorzuwerfen», wiederholte Blech monoton. Kupfer sah, dass er an dieser Stelle nicht weiterkam. Er lehnte sich zurück, schlug die Arme ineinander und fragte Blech, als würde er mit ihm einen Handel abschließen wollen:

«Nun gut, aber dann sagen Sie mir wenigstens, was Sie mit dem Benzin im Rektorat anfangen wollten.»

«Die Mathe-Aufgaben waren ja im Safe sicher verschlossen. Da kam ich nicht ran. Ich wollte einen kleinen Brand legen, wenn es gegangen wäre, im Safe selbst. Oder um den Safe herum. Ich konnte mir ja den Safe nie genau ansehen. Und wenn es in der Nacht im Rektorat gebrannt hätte, hätten die Klausuren doch sicher alle verschoben werden müssen. Es hätte zwangsläufig lauter Nachtermine an der Schule gegeben.»

Kupfer grinste.

«Warum lachen Sie mich aus?», fragte Blech leise.

«Haben Sie denn keine Ahnung, wie feuerfest so ein Safe ist?»

Blech ignorierte diese rhetorische Frage.

«Mit dem Brand hätte ich mindestens gezeigt, dass ich wirklich etwas für die Mädchen tun wollte. Und dann hätten sie ...», er brach ab. «Was hätten sie?»

«Vielleicht hätte sie mich dann in Ruhe gelassen.»

«Wollen Sie damit sagen, dass die Mädchen selbst Sie erpresst haben?»

«Nein. Aber sie hatten sicher damit zu tun.»

«Wann ging denn das los mit der Erpressung?»

«Mitte März.»

«Und wieso nahmen Sie an, dass sich Ihr kleiner Brand auf das Rektorat beschränken würde», forschte Kupfer nach.

«Das Warnsystem in der Schule reagiert schnell, und die Feuerwehr hat es ja nicht weit, die paar hundert Meter vom Rettungszentrum in der Sülchenstraße her.»

«Das haben Sie ja ausprobiert.» Kupfer klang sarkastisch. Blech schwieg.

«Kommen wir noch einmal auf die beiden Mädchen zurück», fing Kupfer wieder an.

«Ich habe mir in dieser Hinsicht nichts vorzuwerfen», sagte Blech zum dritten Mal.

«Wenn Sie sich nichts vorzuwerfen haben, wie Sie sagen, dann hätten Sie sich ja wehren können. Warum haben Sie sich nicht gewehrt oder uns zu Hilfe gerufen?»

«Die Internetseiten waren ja nach ein paar Stunden immer wieder weg. Nur einmal bekam ich Fotos zugeschickt; aber die habe ich gleich verbrannt, weil ich wütend war. So hatte ich ja gar nichts in der Hand.»

«Was war auf den Fotos?»

«Sie waren eben kompromittierend.»

«Erinnern Sie sich noch an die Links?»

«Nein, aber ich kann sie in meinen E-mails noch finden.»

Dann schwieg er wieder. Kupfer sah ihn gereizt an. Er verlor die Geduld.

«Schön, wenn Sie nicht wollen, dann war es das für heute. Ich formuliere alles, was Sie mir gesagt haben, in zeitlichem Zusammenhang und schreibe noch dazu, was wir herausgefunden haben. Dann können Sie das als Geständnis unterschreiben. Betrachten Sie sich ab jetzt als verhaftet. Sie befinden sich in Untersuchungshaft und sollten sich einen Anwalt nehmen. Wie wär's denn mit Herrn Dr. Pitsch?»

Da schaute ihn Blech wütend an.

Er wurde abgeführt.

Mi. 2.5.2007
Sarahs Tagebuch

Die Beerdigung war voll der Hammer. Ich hab' geglaubt, ich überleb' es nicht. Die Frau hat sich nicht mehr eingekriegt. Man hat ihr einen Stuhl gebracht, und da saß sie ganz allein. Viel Verwandtschaft hat die nicht. Nur ein Ehepaar stand neben ihr, wahrscheinlich ihre Schwester mit Mann. Und wenn die nicht gewesen wären, dann wüsst' ich auch nicht, was passiert wäre. Die Lehrer standen alle weiter weg, manche sogar ganz hinten, als gehörten sie gar nicht dazu. Und dabei wurde doch so geredet, als sei Schwarz mit allen gut Freund gewesen. (!??)

Überhaupt das ewige Geschwätz am Grab! Als würde ihn das wieder lebendig machen oder irgendjemandem helfen! Klar war er ein super Lehrer und wohl auch sonst ein cooler Typ. Aber muss man deshalb am Grab endlos herumlabern? Am wenigsten hat es der armen Frau geholfen. Als sie den Sarg hinuntergelassen haben, ist sie schier zusammengebrochen, trotz Stuhl. Ihre Schwester und deren Mann mussten sie halten.

Und dann wollten gleich alle ans Grab. Alle sind hintereinander gestanden und haben ewig gewartet, bis sie dran waren. Ich wäre auch gerne ans Grab, aber das ging mir dann doch zu lange und ich bin mit Marcel einfach früher gegangen. Wir saßen dann noch lange irgendwo auf einer Bank. Habe mich an ihn gelehnt. Brauchte das. Geredet haben wir kaum was. Es war uns einfach nicht danach. Die Lehrer waren alle da, bis auf Blech!! Ich will's nicht glauben! Das darf einfach nicht wahr sein.

Mi 2.5.2007 nachmittags
Mit freundlichen Grüßen!

Frau Engels trat an Rossburgs Schreibtisch mit einem Briefumschlag in der Hand.

«Hier ist was für Sie persönlich gekommen, persönlich an Sie von Frau Pitsch. Das ist sicherlich ein recht netter Brief», sagte sie mit einem viel sagenden Lächeln.

«Soll ich Ihre Ironie erfrischend finden?», fragte Rossburg und lächelte zurück, wobei er allerdings leicht die Stirn runzelte. «Lassen Sie mal sehen», sagte er und nahm ihr den Brief aus der Hand.

Er riss den Umschlag auf und las den Brief.

«Was soll das? Muss ich das verstehen?», sagte er vor sich hin. Dann rief er sie wieder zu sich.

«Frau Engels, ich verstehe diesen Brief nicht. Hören Sie sich das einmal an.»

Er setzte sich in Position und las ihr den Brief vor.

Sa 28.4.2007

Sehr geehrter Herr Rossburg!

Die jüngsten Geschehnisse an Ihrer Schule, mit der meine Familie, wie Sie ja wissen, sehr eng verbunden ist, beunruhigen uns sehr, und ich möchte Ihnen an dieser Stelle unser ausdrückliches Mitgefühl und Bedauern versichern. Mein Mann und ich sind fest davon überzeugt, dass Sie es nicht an dem Maß an Urteilsvermögen und Entschlusskraft fehlen lassen werden, welches die Bewältigung einer derartigen Krise erfordert.

Mit Bekümmerung haben wir allerdings von den Gerüchten gehört, die auch unsere Tochter Sina betreffen, und ich darf mir erlauben, Ihnen hier meine Sicht des Tatbestandes auseinanderzusetzen.

Im Zuge ihrer gewissenhaften Vorbereitung auf die schriftliche Abiturprüfung in Englisch bat unsere Tochter Herrn Studienrat Blech um Informationen zu einem Prüfungsthema, die wegen der unzuträglichen Größe des Kurses (26 Teilnehmer) und der allgemein mangelnden Leistungsbereitschaft der übrigen Kursteilnehmer nur unzureichend vermittelt werden konnten. Herr Blech kam diesen Bitten nach und erklärte sich bereit, nicht nur Sina, sondern auch ihre Freundin Katja Metzger mit einigen zusätzlichen Materialien zu versorgen, an denen die übrigen Kursteilnehmer kaum interessiert gewesen wären. Ich möchte betonen, dass es sich hier um keinerlei Begünstigung handelte, da Herr Blech sicherlich allen Kursteilnehmern die Materialien zur Verfügung gestellt hätte, wenn er darum gebeten worden wäre. Aus diesem pädagogischen Bezug entwickelte sich zwischen Herrn Blech und den beiden Mädchen eine harmlose freundschaftliche Beziehung, die nun von manchen Stimmen in ehrenrühriger Weise interpretiert wird. Es werden geradezu absurde Zusammenhänge konstruiert.

Meinem Mann und mir ist es darum zu tun, in dieser wichtigen Phase des Abiturs sämtliche absurden Anschuldigungen von Sina fernzuhalten. Ich möchte Sie daher dringend ersuchen, auch Ihrerseits derartigen Gerüchten mit aller Entschiedenheit entgegenzuwirken.

Wir danken Ihnen für Ihre diesbezüglichen Bemühungen.
Mit freundlichen Grüßen!
Ihre Sibylle Pitsch

P.S. Gleichzeitig möchte ich Ihnen mitteilen, dass wir unsere Tochter Sandra, Kl. 7a, sobald wie möglich an eine andere Schule schicken wollen. Wir bitten darum, ihr ein Zwischenzeugnis auszustellen.

«Am Schluss noch eine Abmeldung. Na ja, dann hat sich dieser Fall von Mobbing selbst erledigt. Aber haben Sie eine Ahnung, worauf sich Frau Pitsch hier bezieht? Von welchen Gerüchten redet die da? Frau Engels, Hand aufs Herz, haben Sie schon etwas von diesem Gerede gehört?»

«Ja, schon. Ich habe ja meinen eigenen Geheimdienst in der Schule, zwei Kinder, zwei Neffen und eine Nichte. Da hört man schon etwas.»

«Und was?»

«Der Herr Blech ...», sagte sie, schob die Unterlippe vor, neigte den Kopf leicht auf die Seite und zog die Schultern hoch.

«Was, der Herr Blech? Würden Sie mich bitte darüber aufklären, was ich längst wissen sollte?»

«Nun, es ist so, dass erzählt wird, dass Sina Pitsch und ihre Freundin in letzter Zeit öfters bei Herrn Blech in der Wohnung waren, und der lebt doch schon seit letztem Herbst allein. Und es heißt, Sina Pitsch hätte abends oft erst nach zehn Uhr Herrn Blechs Wohnung verlassen, und zwar allein.»

«Wer sagt das?»

«Nun, es gibt Schüler, die in derselben Straße wohnen.»

«Und den Blech hat niemand zur Rede gestellt?»

«Herr Rossburg, wer hätte das denn machen sollen? Wo Blech doch ohnehin immer ein bisschen schwierig im Umgang ist.»

Rossburg schüttelte den Kopf und überflog den Brief noch einmal, wobei ihm seine Sekretärin abwartend zuschaute. Dann sah er von dem Schreiben auf und fragte: «Und was weiß ihr Geheimdienst noch? War da nicht auch etwas im Unterricht zu bemerken?»

«Da habe ich kaum was gehört. Aber einmal hat Blech wohl den Unterricht abgebrochen, weil ihm die beiden Mädchen zu sehr auf die Nerven gegangen sind.»

«Ist das schon länger her?», forschte Rossburg nach.

«Ich weiß nicht, nicht so sehr lang, ich glaube, kurz vor den Osterferien.»

«Na gut, dass ich das jetzt auch weiß. Dafür könnte sich unter Umständen auch die Polizei interessieren. Und jetzt schreibt mir Frau Pitsch so einen Brief. Das ist doch die absolute Unverschämtheit. Ausgerechnet ich soll irgendwelchen Gerüchten entgegenwirken. Wer bin ich denn? Was können wir denn dafür, wenn eine Schülerin sich so verhält, dass sie ins Gerede kommt?»

«Eine Frechheit ist das», pflichtete Frau Engels bei, «und den Brief hat diese Person nicht allein geschrieben; da war ihr Mann federführend», sagte Frau Engels.

«Ich lese da eine versteckte Drohung heraus. Wir sollen wohl meinen, dass er einen Prozess anstrengt, falls Sina uns durchs Abi fliegen sollte. Aber ich glaube es ihm eigentlich nicht, denn da würde ja mehr Staub aufgewirbelt, als ihm lieb sein kann. Ich hätte ihn eigentlich für intelligenter gehalten.»

«Wo soll ich den Brief ablegen?», kam die sachliche Frage.

«Erst mal gar nicht. Machen Sie bitte eine Kopie für den Aushang im Lehrerzimmer, damit die Kollegen wissen, dass hier Vorsicht geboten ist, und dann legen Sie ihn mir wieder her. Ich muss erst mal drüber nachdenken, wie wir Herrn Dr. Pitsch in seine Schranken weisen.»

Do 3.5.2007

Sarahs Tagebuch

Jetzt weiß ich endlich, warum ich gestern und heute so oft drangekommen bin. Als gäb' es nur mich in der Klasse! Jede Lehrerin und jeder Lehrer fragte mich irgendwas. Das war schon komisch. Aber klar, wenn deine Alten einen blöden Brief an die Schule schreiben, weil deine Schwester Scheiße gebaut hat, dann denken die ganzen Pauker schon mal mehr an dich. Ich halte es fast nicht mehr aus. Marcel hat es von Andi, und der hat es wieder von Daniel Kirch, und der hört immer, was sein Vater seiner Mutter erzählt. Also stimmt's.

Papa musste wieder einmal den Juristen rauskehren und hat einen «Schriftsatz erstellt», den Mama dann wieder einmal unterschreiben musste. So läuft das doch immer bei denen. Er kümmert sich um nichts, bis die Kacke am Dampfen ist, und dann meint er, er kann mit einem seiner bescheuerten Schriftsätze alles graderichten. Wenn ich ihn bloß Schriftsatz sagen höre, kriege ich voll die Krise. Jetzt hat er es wieder einmal geschafft. Na toll! Möchte gar nicht wissen, was er da wieder verzapft hat. Drehen denn jetzt alle in dieser Familie hohl? Ich könnte mich in einem Mauseloch verkriechen.

Ich habe nur mitgekriegt, dass Mama am Spätnachmittag ein langes Telefongespräch hatte, wahrscheinlich mit der Schule.

Toll, wie die mich morgen wieder angucken.

Ich muss hier raus. Ich hau jetzt einfach ab und geh ein paar Stunden zu Marcel. Wenn er nicht wäre, tät' ich glatt davonlaufen.

Do 3.5.2007 14:30 h

DENIC

Als Kupfer sich mit Rossburg in Verbindung setzte und ihn über den Stand der Dinge informierte, war Rossburg so schockiert, dass er zu keinem Kommentar fähig war. Natürlich hatte alles darauf hingewiesen, dass der Täter jemand aus dem Lehrerkollegium war. Aber nun, wo man diesen Jemand benennen und ihn sich in Fleisch und Blut vorstellen konnte, war diese Vorstellung doch unfassbar. Ein völlig unauffälliger Kollege wie Blech sollte wegen einer Erpressung so unter Druck gestanden haben, dass er im Rektorat Feuer legen wollte und einen möglichen Zeugen kurzerhand erschlug. Eigentlich unvorstellbar – und doch war es an seiner Schule geschehen. Und nun stand dieser Kollege auch noch im Verdacht, zu Schülerinnen Beziehungen gepflegt zu haben, die auch noch im harmlosesten der anzunehmenden Fälle als unprofessionell bezeichnet werden mussten. Beim Gedanken an den Skandal, der hier möglicherweise hochkochen könnte, wurde ihm unwohl.

Kupfer bat um eine Liste der Schüler, von welchen man annehmen konnte, dass sie in der Lage waren, einfache Webseiten anzufertigen und ins Netz zu stellen. Vielleicht wären es gar nicht so viele, sagte er, und wenn man die paar Namen nach der Wahrscheinlichkeit der Täterschaft anordnete, dann müsste man den oder die Täter schneller am Haken haben, als sie es sich vorstellen konnten. Nach kurzer Beratung der Kollegen, die mit der Homepage der Schule, der Informatik-AG und der Foto-AG zu tun hatten, ließ sich eine erstaunlich kurze Liste erstellen. Ungefähr ein Dutzend Namen. Das war alles. All die anderen Schülerinnen und Schüler, die in den letzten paar Jahren in der Schule mit diesen Dingen in Berührung gekommen waren, hatten nach kurzer Zeit die Lust verloren oder von Anfang an derart klägliche Produkte hergestellt, dass sie zunächst einmal aus dem Kreis möglicher Täter ausgeschlossen werden konnten. Denn schließlich setzte ja die Täterschaft auch eine gewisse Vertrautheit mit dem Medium voraus.

Kupfer kontaktierte die DENIC-AG (Deutsches Network Information Center) und bat darum, die aufgeführten Namen in die Datenbank der Domänenverwaltung einzugeben und ihm die Seiten mit Datum zu nennen, die die jungen Leute für jeweils nur ein paar Stunden ins Netz gestellt hatten.

Die Antwort kam postwendend per Fax und das Ergebnis war klarer, als Kupfer es sich hätte träumen lassen. Während die Seiten aller anderen Hobbywebmaster der Schule noch im Netz waren und ihre Links entweder den Vor- oder den Familiennamen des Verantwortlichen enthielten, hatte ein gewisser Frank Sauer aus Klasse 13 kurzfristig fünf Seiten mit eindeutigem Titel hochgeladen:

www. guckmalreinblech.de Do 1.3.,
www.sieh-mal-an-der-blech.de Di 6.3.,
www.finger-weg-blech.de Fr 9.3.
www.das-tut-man-doch-nicht.de Mi 28.3.
www.jetzt-sei-halt-nicht-so.de So 15.4.

Alle Seiten waren nur für wenige Stunden im Netz zu sehen gewesen. Für die Leute von DENIC war das nichts Besonderes, da ja täglich Hunderte von so genannten B-Versionen zwischendurch einmal zur Probe hochgeladen werden. Aber für Kupfer war es eine Erfolgsmeldung. «Der sitzt schon in der Falle; er weiß es nur noch nicht», sagte er zufrieden vor sich hin. Er holte sich Sauers

Adresse im Schulsekretariat und bemühte sich bei der Staatsanwaltschaft um einen Durchsuchungsbeschluss von Frank Sauers Wohnung.

«Eine Kleinigkeit findet sich immer», sagte er sich, wenn er sich an solche Unternehmungen machte, und meistens hatte er auch Recht damit.

Do 3.5.2007

Zweihundertfünfzig Plastikfigürchen

Als Kupfer und Schnaidt bei Familie Sauer klingelten, rührte sich zuerst nichts. Sie klingelten wieder und wieder. Dann ein Knacken in der Sprechanlage.

«Hallo? Wer da?», tönte es undeutlich.

«Sind Sie Frank Sauer? Bitte machen Sie auf. Polizei. Wir hätten ein paar Fragen an Sie.»

Pause.

«Herr Sauer! Sind Sie noch dran?», fragte Kupfer.

«Ja, einen Moment bitte.»

Nach einer Weile ging die Haustür auf.

«Entschuldigen Sie, ich war noch nicht angezogen», sagte Frank Sauer.

Ungewaschen und barfuß stand er in einer abgewetzten Jeans und einem schmuddeligen grauen Sweatshirt klein und schmächtig vor ihnen. Unsicher sah er zwischen den beiden Männern hin und her.

«Sind Sie allein zu Hause?», fragte Kupfer.

«Ja, meine Eltern sind bei der Arbeit. Was wollen Sie von mir? Können Sie sich überhaupt ausweisen?»

«Klar. Entschuldigung, hier ist mein Ausweis.»

«Danke.»

«Bitte lassen Sie uns herein. Sehen Sie, wir haben hier einen Durchsuchungsbeschluss, weil Sie im Verdacht stehen, anstößige Fotos von einem ihrer Lehrer ins Internet gestellt zu haben.»

«Ich? Davon müsste ich ja auch was wissen», gab er zurück.

Kupfer nahm das Dokument aus einem Aktendeckel und reichte es ihm. Er las es durch und gab es kommentarlos zurück.

«Sie sind doch sicher volljährig», fragte Kupfer. Frank Sauer bejahte.

«Gut, dann brauchen wir Ihre Eltern überhaupt nicht zu informieren. Würden Sie uns bitte in ihr Zimmer führen.»

«Ich weiß nicht, was Sie von mir wollen», sagte der Junge. «Aber suchen Sie nur, wenn Sie meinen. Eigentlich könnten Sie es sich auch sparen. Sie werden nichts finden. Da können Sie das ganze Hause auf den Kopf stellen.»

«Das werden wir sicher nicht tun. Ihr Zimmer reicht vielleicht schon.»

Der Junge ging voran. Schnaidt schaute Kupfer fragend an. Kupfer nickte zuversichtlich. Sie stiegen die schmale Treppe ins Obergeschoss hinauf, genau auf ein Wandregal zu, das voll von kleinen Plastikfiguren war, alle säuberlich in gleichem Abstand aufgestellt.

«Was ist denn das?», fragte Kupfer.

«Meine Sammlung von Figürchen aus Überraschungseiern. Zweihundertfünfzig Stück», sagte der Junge stolz.

«Ist ja süß. Und wie lange haben Sie gesammelt?», fragte Kupfer mit scheinbarem Interesse.

«Zehn Jahre. Mit neun habe ich angefangen. Das machen viele Leute. Man kann übers Internet Tauschpartner finden, wenn man Figuren doppelt oder mehrfach hat.»

Kupfer und Schnaidt machten sich gegenseitig auf manche Figürchen aufmerksam.

«Stellen Sie die ja wieder richtig hin», sagte Schnaidt zu Kupfer. «Ich glaube nicht, dass die beliebig angeordnet sind, oder, wie ist das, Herr Sauer?»

«Nein, nicht beliebig, das hat schon alles seine Ordnung», bestätigte Frank Sauer die Vermutung.

«Und wie sauber die dastehen, kein Staub dazwischen. Alle Achtung!», lobte Kupfer. «Ist denn so eine Sammlung nicht ein ziemlicher Staubfänger?»

«Natürlich, aber die staube ich schon regelmäßig ab», sagte Frank.

«Gut», Kupfer kam auf den eigentlichen Zweck des Besuchs zurück, «jetzt aber zu Ihrem Zimmer und Ihrer Fotoausrüstung.»

Frank öffnete die Tür. Sein Zimmer lag an der Stirnseite des Hauses und hatte zwei Dachschrägen. Aber es war geräumig und durch die beiden Fenster fiel das Sonnenlicht herein. Im ganzen Zimmer herrschte peinliche Ordnung. Rechts neben dem Fenster stand ein Computertisch mit PC und Monitor, darüber hing an der Wand ein großer Ausdruck des Fotos vom Reichstag, das Kupfer in kleinerem Format schon in der Schule gesehen hatte.

«Beeindruckend dieses Foto, mein Kompliment», lobte Kupfer, und der Junge wusste vor Stolz gar nicht, wo er im Moment hinschauen sollte.

«Wir möchten eigentlich nicht lange suchen und viel Unordnung machen», sagte Kupfer freundlich.

«Würden Sie uns also einfach mal ihre Fotoausrüstung zeigen?»

Frank Sauer öffnete einen Einbauschrank und nahm einen Fotokoffer heraus, verschiedene Objektive, unter anderem auch ein 500mm-Objektiv von Sigma in einem besonderen Futteral, ein Stativ, eine analoge Nikon und eine neue digitale Canon EOS.

«Toll, was Sie da alles haben», sagte Schnaidt anerkennend, «das hat sicher eine ganze Stange Geld gekostet.»

Kupfer nahm das große Tele aus dem Futteral und wog es abschätzend in der Hand.

«Mit so einem Fünfhunderter-Tele kann man sicher recht schöne Aufnahmen machen», sinnierte Kupfer. Er drehte spielerisch an den Ringen des Objektivs und fragte auf einmal ganz unvermittelt:

«Und wo ist Ihr Notebook?»

Frank stutzte. Dann fing er sich, nahm es gelassen aus einer Schreibtischschublade und legte es auf den Schreibtisch.

«So, und jetzt fahren Sie uns doch bitte das Notebook und den PC hoch – oder sagen Sie uns das jeweilige Passwort», forderte Kupfer ihn auf.

«Passwörter gibt es keine. Wozu denn?», sagte der Junge spöttisch, «ich habe doch keine Geheimnisse vor mir selbst.»

Schnaidt setzte sich an den PC, Kupfer nahm am Tisch hinter ihm Platz und öffnete das Notebook. Die Rechner wurden eingeschaltet.

«Sieh mal einer an, schönen guten Tag, Fräulein Pitsch», lachte Schnaidt plötzlich. Kupfer drehte sich verwundert nach ihm um und sah auf dem Bildschirm eine glamourös geschminkte Sina Pitsch, die dem Betrachter lächelnd ein Küsschen zuwarf. Ein durchaus reizendes Foto.

«Ja ja, dieses Fräulein haben wir auch schon kennengelernt, allerdings noch nicht persönlich. Sie wurde uns nur auf der Homepage der Schule gezeigt, von Herrn Rossburg. Sie haben sie ja auf der Studienfahrt in Barcelona öfters fotografiert. Da sind übrigens ganz reizende Bilder, die Sie gemacht haben», sagte Kupfer und schaute sich nach Frank Sauer um. Mit hängenden Schultern stand er völlig hilflos da und wusste nicht, was er entgegnen sollte.

«Ist das Ihr Schwarm – oder gar Ihre Freundin?»

«Nein, nein, ich ... ich habe das Foto einfach hier drauf gemacht, einfach so.»

Seine Verlegenheit war nicht zu übersehen.

«Einfach so», imitierte Kupfer seinen Tonfall und fragte dann trocken: «Und das beruht sicher auf Gegenseitigkeit. Fräulein Pitsch hat doch dann auch Ihr Konterfei auf ihrem Bildschirm, oder etwa nicht?»

Frank Sauer wurde knallrot.

«Das weiß ich nicht», sagte er tonlos.

«Ist ja eigentlich auch fast gleichgültig, fast. Wir suchen ja etwas ganz anderes.»

Er klickte sich durch zu «Eigene Bilder» und sah sich einem Sammelsurium von Fotos verschiedener Art gegenüber, alle von bester Qualität, aber von den Motiven her sehr verschieden, und vor allem waren alle älteren Datums.

«Wie sieht es bei Ihnen aus?», fragte Kupfer seinen Kollegen.

«Viele ältere Bilder, alles genau datiert, aber nichts Neueres», kam die Antwort.

Kupfer saß eine Weile ganz still. Dann drehte er sich zu Frank Sauer um und sah, wie der gerade an seinen Fingernägeln knabberte.

«Herr Sauer, würden Sie mir bitte einen Gefallen tun?», fragte Kupfer.

Er hörte auf, Nägel zu beißen und sagte unsicher:

«Gerne. Und was soll ich tun?»

«Zeigen Sie mir doch bitte einmal die Dateien, mit denen Sie dieses tolle Bild vom Reichstag gemacht haben. Die würden mich wirklich interessieren.»

«Kann ich leider nicht. Ich hatte neulich einen Absturz, da sind sie alle verloren gegangen.»

Kupfer schaute ihm in die Augen und sagte:

«Das dürfte doch so einem Ass wie Ihnen nicht passieren.»

Frank Sauer hielt dem Blick stand, aber Kupfer sah, wie sein Hals rot wurde. Kupfer genoss seine Verlegenheit und hielt den Blickkontakt aufrecht, bis der Junge die Augen schloss und dann auf die Seite schaute.

«Herr Sauer, zu Ihrer Information: Wir haben bei DENIC angefragt, ob Sie in letzter Zeit irgendwelche Domänen reserviert und benutzt haben. Soll ich Ihnen die Links dieser Domänen vorlesen, oder wissen Sie sie noch auswendig? *guckmalreinblech*, um nur eine zu nennen.»

«Das waren ganz harmlose Seiten. Damit können Sie mir nichts anhängen. Ich weiß überhaupt nicht, was Sie von mir wollen.»

«Wirklich nicht? Jetzt sagen Sie mir eben, wo Sie Ihre externe Festplatte versteckt haben.»

Er wurde bleich.

«Ich habe keine», leugnete er.

«Und ob Sie eine haben.» Nun wurde Kupfer immer lauter und deutete mit dem Zeigefinger auf den Jungen. «Jemand wie Sie, der zweihundertfünfzig kleine Plastikfiguren aufstellt und regelmäßig abstaubt und als Neunzehnjähriger in einem so ordentlich aufgeräumten Zimmer wohnt, der hat seine Bilder irgendwo in einem Speicher ganz systematisch geordnet. Und das mit dem Absturz, das können Sie erzählen, wem Sie wollen. Jemand wie Sie hat seine wichtigen Dateien irgendwo gesichert.»

Am Ende schrie er fast. Frank Sauer schluckte und sagte nichts. Kupfer wandte sich seinem Kollegen zu und sagte, nun aber ganz fröhlich, als hätte er endlich eine erstaunlich einfache Lösung für ein schwieriges Problem gefunden:

«Herr Schnaidt, fahren sie den Rechner runter. Wir machen das viel einfacher.»

Er zog sein Handy aus der Tasche. Dann wählte er eine Nummer.

«Guten Morgen Frau Engels, hier ist Kupfer.»

«Wir besuchen gerade einen Schüler Ihrer Schule, den Herrn Sauer, ja, Frank Sauer, Jahrgangsstufe 13.»

...

«Nein nein, wir wollen ihn nicht in die Schule bringen; wenn er nicht mehr will, ist das seine Sache», lachte Kupfer vergnügt, «ich hätte bloß eine Bitte. Sie können mir doch sicher ohne große Umstände sagen, ob der Herr Sauer noch ein Schließfach in der Schule hat?»

...

«Hat er? Großartig. Ganz herzlichen Dank. Dann sehen wir uns ja gleich. Auf Wiederhören.»

Frank Sauer war bleich geworden und hatte sich hingesetzt.

«So, Herr Sauer», sagte Kupfer, «dann nehmen Sie doch einmal Ihren Schließfachschlüssel zur Hand und begleiten Sie uns in die Schule.»

Frank Sauer saß auf der Rückbank des Wagens und sagte kein Wort. Kupfer aber redete wie ein Buch.

«Und ich sage Ihnen, in dem Schließfach liegt eine relativ neue externe Festplatte, so was von Western Digital mit 500 Giga oder noch mehr, die Dinger kriegt man heute schon für 120 bis 150 Euro, und wenn man Glück hat, kann man sie auch für weniger im Internet ersteigern. Wär' auch geeignet als Geschenk zum bestandenen Abitur, haha, aber ganz so weit sind wir ja noch nicht. Diese externen Speicher sind gar nicht so groß und sehen schick aus. So groß wie ein Kirchengesangbuch, falls Sie das Format kennen. Was Sie da draufkriegen, das fotografieren Sie in zehn Jahren nicht, und ich auch nicht. Und dann noch die Backups von Ihren ganzen Webseiten dazu. Da kann dann Ihr PC oder Ihr Notebook noch so oft abstürzen. Wenn Sie ein ordentlicher Mensch sind, wie der Herr Sauer zum Beispiel, und alles Neue gleich sichern, kann Ihnen gar nichts mehr verloren gehen. Wissen Sie was, Herr Schnaidt, wir könnten uns heute eigentlich einen gemütlichen Abend machen. Sie kommen zu mir nach Hause, wir trinken gemeinsam ein Bier und schauen uns in aller Ruhe Fotos von allerbester Qualität an. Vielleicht hat der Herr Sauer Lust, uns Gesellschaft zu leisten, und kann uns dann gleich in die Geheimnisse der Bildbearbeitung einweisen. – Hätten Sie keine Lust auf diesem Gebiet etwas zu lernen? Wo wir doch jetzt Beziehungen zu einem Experten haben. Mit ein bisschen Geschick können Sie dann alle ihre lieben Mitmenschen in jede Umgebung versetzen, wo Sie sie haben wollen. Wir können mit ihnen machen, was wir wollen. Super, oder? Schauen Sie zum Beispiel diesen silbergrauen Peugeot 407 Sport vor uns an. Den könnten wir jetzt fotografieren und auf einem Foto bei Gegenverkehr riskant überholen lassen, und schon könnten wir den Fahrer in ganz schöne Schwierigkeiten bringen. Also ich finde es absolut fantastisch, was man heute so machen kann, absolut fantastisch. Kollege Schnaidt, wir sollten das unbedingt lernen, unbedingt. Hätten Sie denn keine Lust, die Wirklichkeit nach ihrem Geschmack zurechtzubiegen?»

Schnaidt sagte aber nichts. Er grinste nur vor sich hin.

Die Aktion war schnell vorüber. Frank Sauer blieb nichts anderes übrig, als die beiden Herren zu seinem Schließfach im ersten Stock zu führen, aufzuschließen und ihnen das gesuchte Objekt zu übergeben.

«Und bitte auch das Passwort, Herr Sauer, sonst müssen unsere IT-Experten so lange herumtüfteln.»

«Undergroundpix», sagte Frank Sauer etwas verschämt.

«Na das klingt ja vielversprechend. Vielen Dank. Wir quittieren Ihnen, dass wir ihre Festplatte eingezogen haben. Dann können Sie nach Hause gehen. Sie müssen allerdings in der Stadt bleiben für den Fall, dass wir noch Fragen an Sie haben.»

Frank Sauer nickte schweigend, nahm die Quittung in Empfang und ging.

Fr 4.5.2007 23:00 h

Sarahs Tagebuch

Schlimmer kann es nicht mehr kommen! Wenn ich das überleb', überleb' ich alles. Blech ist verhaftet worden. Könnte mir ja egal sein. Ist es aber nicht, weil Sina eine Vorladung von der Polizei bekommen hat. Muss am Montag nach Tü. zur Kripo. Also ist doch jedes Wort wahr, das über sie gequatscht wurde! Andi hatte immer recht, und die Ruck. auch. Ich könnte im Boden versinken.

Riesentheater!! Hier spinnen alle. Es geht hier zu wie im Irrenhaus. Mama und Papa drehen gerade durch. Passen schon gar nicht mehr auf, wer was mitkriegt. Sina flennt die ganze Zeit herum, Papa kriegt einen Wutanfall nach dem anderen und beschuldigt Mama, nicht auf Sina aufgepasst zu haben. (Möchte mal wissen, wie er sich das vorstellt!!??) Hoffentlich will er uns jetzt nicht abends alle einsperren!

Mama will, dass Papa mitgeht. Der will aber nicht. Sagt, er wird den Böri mitschicken. (Ausgerechnet diesen Smartie. Es geht ja nicht um Klamotten, sondern um Verteidigung!) Das würde schon nach einem Geständnis aussehen, wenn er selbst mitgehen würde. Sina sagt gar nichts mehr. Ist auch besser so.

Papa fragt sie die ganze Zeit, was sie nun eigentlich gemacht hat. Aber sie sagt nichts. Sie will den Böri nicht dabei haben, und ihn schon gar nicht. Es würde ihr auch nichts mehr helfen, wenn einer dabei wäre. Das bringt Papa zum Wahnsinn. Er tigert den ganzen Abend schon im Haus rum und redet auf Sina ein und dann auf Mama und dann wieder auf Sina und und und ...

Sina heult nur und Mama (heult auch immer wieder mal) bittelt und bettelt, er soll sich endlich beruhigen, sein Rumgerenne und Geschimpfe macht auch nichts besser.

Sandralein hat sich in ihr Zimmer verkrochen.

Ich habe mit Marcel hin- und hergesimst. Die wichtigste SMS von Marcel: egal was passiert du bist nicht sina ich liebe dich m

Jetzt weiß ich, dass ich's überleb'. Ich liebe Marcel und
Marcel liebt mich, und die andern können mich!!!

Mo 7.5.2007

Beschlossne Sache war es nie

Wie immer hatte Kupfer sich gut vorbereitet und stellte sich wieder einmal ans Fenster, um nach seiner Kundschaft Ausschau zu halten, wie er immer sagte. Pünktlich um 14 Uhr hielt auf dem Parkplatz unten ein silberner Audi A3. «Das Auto eines Kanzleiangestellten oder der Frau Gemahlin», sagte Kupfer vor sich hin. «Der Chef möchte die Sache herunterspielen und kommt nicht selbst.»

Außer Sina Pitsch stieg ein junger Mann im Nadelstreifenanzug aus, der sich dann als Dr. Böhringer von der Kanzlei Dr. Pitsch & Partner vorstellte. Nach einer kühlen Begrüßung saßen Sina und Dr. Böhringer vor Kupfers Schreibtisch.

«Sie wissen sicher, warum ich Sie habe vorladen müssen», begann Kupfer.

«Nein, weiß ich nicht. Woher soll ich das wissen?», antwortete Sina patzig. Kupfer ignorierte ihren Ton und wandte sich in aller Ruhe an den jungen Anwalt.

«Herr Dr. Böhringer, würden Sie bitte Ihrer Mandantin klarmachen, dass sie sich mit solchem Verhalten in ein sehr schlechtes Licht rückt? Bitte sagen Sie ihr doch, dass wir auf der externen Festplatte ihres Freundes Frank Sauer eine große Menge eindeutiges Bildmaterial gefunden haben, das uns zeigt, wie stark sie in die Erpressungsaffäre Blech verwickelt ist.»

Sina sah Dr. Böhringer fragend an und er nickte ihr zu.

«Nun ja, ich kann es mir denken», gestand sie ein.

«Sehen Sie, ich habe hier ein paar Ausdrucke von Bildern, die wir auf dieser Festplatte gefunden haben.» Dabei deutete er auf die Festplatte, die er an sein Notebook angeschlossen hatte. Er legte ihr die Fotos der ersten Webseite und ein paar der Bilder aus Barcelona vor.

«Würden Sie mir bitte erklären, wie diese Fotos zustande gekommen sind?»

«Das weiß ich nicht. Ich war bei Herrn Blech in der Wohnung, um mir Unterrichtsmaterial abzuholen, aber von den Fotos weiß ich nichts», sagte sie forsch.

«So, nicht? Aber ich darf Ihnen noch etwas Interessantes zeigen.»

Er stand auf und drehte ihr den Monitor seines Laptops zu.

«Haben Sie schon einmal Digitalfotos auf dem Bildschirm angeschaut?», fragte Kupfer.

«Nein, wieso denn? Ich fotografiere nicht.»

«Und Sie, Herr Dr. Böhringer?»

«Aber natürlich. Wer fotografiert denn heute noch analog!», antwortete der junge Anwalt, als hätte Kupfer gefragt, ob er Auto fahren könne.

«Gut, dann kann ich vielleicht wenigstens Sie überzeugen, wenn Fräulein Pitsch von Digitalfotografie nichts versteht.»

Zwischen Sinas Augenbrauen bildete sich eine scharfe senkrechte Stirnfalte. Sie öffnete den Mund, als wollte sie etwas sagen, hielt dann aber ihre Äußerung zurück.

«Schauen Sie also bitte genau hin», begann Kupfer seinen kleinen Vortrag, «ich zeige Ihnen jetzt diese Fotos auf dem Bildschirm, und dabei vergrößern wir sie ein bisschen. Ich weiß nicht, Fräulein Pitsch, ob Sie so etwas Aufschlussreiches schon einmal gesehen haben. Jetzt nehmen wir einmal dieses schöne Bild, wo Sie mit Herrn Blech an dessen Wohnzimmerfenster stehen, und vergrößern es einmal.»

Er vergrößerte das Bild auf das Sechzehnfache und scrollte hin und her, so dass die gesamte Bildfläche genau betrachtet werden konnte.

«Fällt Ihnen an diesem Bild etwas auf?», fragte Kupfer.

«Nein.», kam es von beiden Seiten.

«Wunderbar. Dann sind wir uns ja in diesem Punkt einig.»

«Was soll das?», unterbrach ihn Dr. Böhringer. «Ich habe weder Zeit noch Lust, mit Ihnen lang und breit irgendwelche Fotos zu betrachten.»

«Ich verstehe Ihre Ungeduld, Herr Dr. Böhringer», sagte Kupfer mit sanfter Freundlichkeit, «möchte Sie aber herzlich bitten, mir doch noch ein paar Minuten Ihrer kostbaren Zeit zu widmen. Ich verspreche Ihnen, es wird auch für Sie noch interessanter.»

«Nun also bitte», sagte Dr. Böhringer gereizt.

«Wie Sie selbst sagen, ist also auf diesen Bildern nichts Auffälliges. Was ich damit zeigen will», fuhr Kupfer fort, «wird nur deutlich, wenn wir uns zum Beispiel dieses Bild auf dieselbe Weise ansehen.»

Er vergrößerte das Bild, auf dem Blech und Sina an der Plaza Catalunya zu sehen sind.

«Vielleicht fällt Ihnen jetzt etwas auf?» Er schaute fragend zwischen den beiden hin und her und vermisste eine Reaktion.

«Nun, Sie können oder wollen es nicht sehen. Schauen Sie her: An diesen unregelmäßigen Pixeln – Pixel sind Bildpunkte, Fräulein Pitsch –, also an diesen unregelmäßigen Pixeln ist deutlich zu erkennen, dass dieses Bild gefälscht ist. Herrn Blechs Kopf ist eingefügt. Erkennen Sie das, Herr Dr. Böhringer?»

«Natürlich, aber was tut das zur Sache? Das heißt doch nur, dass meine Mandantin damit nichts zu tun hat.»

«Ich wollte Ihnen damit nur demonstrieren, dass die anderen beiden Fotos, also das vor der Haustür und das am Wohnzimmerfenster, echt sind, also keine Montagen. Die sind für uns von besonderem Interesse.»

«Das haben Sie jetzt. Und nun?», fragte Dr. Böhringer trocken.

«Wie Sie ganz richtig sagen, kann Ihre Mandantin möglicherweise mit dieser Fotomontage von Barcelona nichts zu tun haben. Das heißt aber andererseits, dass sie mit den anderen beiden Fotos wohl etwas zu tun gehabt haben muss, und zwar unbedingt.»

«Ja, klar. Ich war in der Wohnung. Was denn sonst?» Sinas Stimme klang verständnislos und trotzig.

«Sie waren nicht nur in der Wohnung, sondern Sie hatten sich offensichtlich mit dem Fotografen verabredet», sagte Kupfer trocken.

Sina schluckte.

«Diese haltlose Beschuldigung meiner Mandantin ist gegenstandslos», sagte Dr. Böhringer arrogant.

«Das sehen wir völlig anders. Schauen Sie sich einmal den Lageplan der Blech'schen Wohnung an.» Er deutete auf ein Pinboard neben seinem Schreibtisch, an dem ein Lageplan hing. Mit roten Punkten waren zwei Positionen markiert.

«Hier, der Punkt 1 ist die Stelle, von der aus das Bild am Wohnzimmerfenster gemacht worden sein muss. Näher dran kann er nicht gewesen sein, sonst wäre er gesehen worden. Vom Gartenzaun bis zu dem Fenster sind es zwanzig Meter. Und diese Position hier, Punkt zwei, muss die Stelle sein, von der aus Herr Sauer die beiden vor der Haustür fotografiert hat. Nur hier hatte er Deckung. Das sind sogar dreißig Meter, und es war nicht mehr allzu hell.»

«Was wollen Sie damit sagen?», fragte Dr. Böhringer wieder etwas gereizt.

«Ich glaube, Sie fotografieren doch nicht so viel», reizte ihn Kupfer, «sonst wüssten Sie, dass das ohne Stativ gar nicht geht. Und das bedeutet wiederum, dass der Fotograf sich gut vorbereitet hatte. Er hatte seine Kamera auf das Stativ aufgesetzt, das lange Tele aufgeschraubt, sein Motiv anvisiert, die Schärfe eingestellt und – gewartet. Verstehen Sie jetzt, was ich meine?»

Dr. Böhringer schwieg und Sinas Blick pendelte unsicher zwischen Kupfer und dem Anwalt hin und her.

«Diese nötigen Vorbereitungen trifft ein Fotograf nur, wenn er weiß, was er fotografieren will oder soll. Das heißt, dass diese beiden Bilder keine Schnappschüsse sind, sondern bestellte Aufnahmen. Also, Fräulein Pitsch, warum haben Sie für diese Aufnahmen posiert und was hatten Sie mit diesen Aufnahmen vor?»

Sina sah Dr. Böhringer an, der sich sofort einschaltete.

«Sie wissen, dass meine Mandantin keine Aussagen machen muss, mit denen sie sich selbst beschuldigen würde», sagte er förmlich.

«Das weiß ich schon, und sie kann es ja auch gerne sein lassen», stimmte ihm Kupfer zu. «Sie können ja auch gleich gehen, aber nicht, ohne dass ich Ihnen noch zwei, drei weitere Bilder aus Herrn Sauers Album gezeigt habe. Einen Moment bitte.»

«Müssen wir uns das ansehen?», fragte Sina ihren Beschützer und stand von ihrem Stuhl auf. Aber Kupfer antwortete schnell an seiner Stelle.

«Sie müssen nicht, natürlich nicht, Sie sollten nur, und es wäre auch besser für Sie, wenn Sie Ihren Komplizen Sauer einmal genau kennenlernen würden», sagte Kupfer in aller Ruhe.

Sina setzte sich wieder hin.

«Wenigstens für zwei Bilder sollten Sie sich noch Zeit nehmen, es geht ganz schnell», bat Kupfer und klickte auf einen Ordner. Als das Bild sich öffnete, klappte Sina der Kiefer herunter und sie riss schockiert die Augen auf. In einem Zimmer, das anhand seiner Möblierung leicht als Hotelzimmer zu identifizieren war, sah sie sich nackt auf Blechs Schoß sitzen, der ebenfalls nackt war, und frech in die Kamera lachen, während Blech sie mit stolzer Besitzermiene betrachtete. Hinter ihnen auf dem Bett liebte sich ein weiteres Paar. Die Szene war in rotes Schummerlicht gehüllt.

«Momentchen, schnell wenigstens das noch, das ist noch besser», sagte Kupfer, als würde er Freunden Schnappschüsse von einem Fest zeigen. Und auf diesem Bild war sie mit Blech allein in diesem Zimmer, und zwar in einer eindeutigen Position. Sina verbarg ihr Gesicht in den Händen und fing an zu schluchzen.

«Könnten Sie uns bitte einen Moment allein lassen? Ich sollte kurz mit meiner Mandantin unter vier Augen reden», fragte Dr. Böhringer.

«Aber gerne», antwortete Kupfer. «Rufen Sie mich dann. Ich bin draußen auf dem Korridor. Aber Sie gestatten doch?», fragte er, unterbrach den Kontakt der externen Festplatte mit seinem Laptop und nahm sie mit sich. Er holte sich aus dem Getränkeautomaten einen Kaffee und setzte sich in aller Ruhe auf einen Stuhl im Korridor. Ein paar Minuten später wurde er wieder in sein Büro gerufen.

«Sollen wir weitermachen, oder wie haben Sie sich inzwischen entschieden?», fragte Kupfer. «Ich könnte Ihnen noch viele solche Bilder zeigen. Herr Sauer war sehr produktiv.»

Sina weinte und quittierte Kupfers letzten Satz mit einem lauten Schluchzer. Dr. Böhringer ergriff das Wort.

«Meine Mandantin gibt zu, dass sie von den ersten beiden Fotos etwas gewusst hat.»

«Einen Moment, bitte», unterbrach ihn Kupfer, «Sie gestatten doch, dass ich unser Gespräch von jetzt an aufzeichne?»

«Wie Sie wollen, bitte», sagte Dr. Böhringer höflich. Kupfer schaltete einen Rekorder ein und bat den Anwalt seine letzte Aussage zu wiederholen.

Der Anwalt wiederholte den Satz und fuhr fort:

»Sie versichert aber, und wenn es sein muss, auch unter Eid, dass ihr die anderen Fotos nicht bekannt waren, und sie fühlt sich von diesen Fotos kompromittiert, verletzt und beleidigt. Sie kann ihre Gefühle gar nicht beschreiben, wie Sie sich vielleicht vorstellen können.»

Kupfer gab sich nun sehr freundlich.

«Ich kann es mir vorstellen und möchte Ihnen, Fräulein Pitsch, auch versichern, dass wir bei der Sichtung des ganzen Materials zu dem Schluss gekommen sind, dass Sie und Ihre Freundin von den meisten dieser Fotos nichts gesehen oder gewusst haben können. Andererseits aber führen die ersten beiden Fotos zu dem zwingenden Schluss, dass Sie an dieser Erpressungsaktion beteiligt waren. Es wäre das Beste für Sie, wenn Sie mir erzählen würden, was Sie eigentlich erreichen wollten und wie Sie Herrn Blech unter Druck gesetzt haben. Ich glaube nicht, dass Herr Dr. Böhringer etwas dagegen haben dürfte.»

«Nein, das ist schon in Ordnung», stimmte der Anwalt zu.

«Gut, dann möchte ich ein paar Fragen stellen. Zunächst einmal würde mich interessieren, wie Sie auf diese Idee gekommen sind und wann das eigentlich losging», fragte Kupfer. Sina drehte den Kopf zur Seite und schaute zum Fenster hinaus.

«Eigentlich wollten wir das nie. Oder wir wussten eigentlich nicht, was wir wollten», sagte sie leise.

«Aber dafür gibt es doch sehr viele Fotos. Wann und wie hat denn die ganze Sache begonnen?»

«Auf unserer Studienfahrt, am ersten Abend in Barcelona. Zufällig hatte einer von unserer Klasse, der Johannes Durst, dasselbe an wie Herr Blech, und Herr Blech sagte selbst, er würde wie sein Doppelgänger aussehen, und da haben wir halt angefangen rumzublödeln.»

Sie griff nach ihrem Taschentuch und schnäuzte sich.

«Ich verstehe nicht. Wie ergaben sich dabei diese Fotos?», hakte Kupfer nach.

«Die andern sagten zu mir, der Blech steht auf dich, weil er mich auf dem Flughafen immer so angeschaut hat und meistens mit mir geredet hat, und da kamen wir auf die Idee, solche Fotos zu machen, das heißt, eigentlich kam Frank Sauer auf die Idee. Der hat ja die ganze Zeit wie wild herumgeknipst.»

«Und was wollten Sie mit den Fotos machen?»

«Nichts, das war nur so ein Spaß, wirklich, in Barcelona war ja auch noch nicht Blechs Gesicht auf den Bildern. Frank sagte nur, er würde das schon noch machen, und wir würden sehen, wie gut das geht. Er wollte halt zeigen, was er drauf hat.»

Kupfer wurde etwas ungeduldig.

«Aber jemand muss doch angefangen haben, Blech zu erpressen. Wer war es denn nun? Und was sollte er eigentlich tun?», bohrte er weiter.

«Katja, also meine Freundin, und ich, wir haben Mathe überhaupt nicht geblickt, und da kamen wir auf die Idee, dass wir im Abi ein bisschen mehr Chancen hätten, wenn wir in Mathe erst beim Nachtermin antreten könnten. Das haben wir einfach mal so erzählt, und da kamen wir auf die Idee, dass wir versuchen könnten, Herrn Blech so weit zu bringen, dass er für uns etwas tut, dass er die Aufgaben klaut oder so.»

«Was oder so?»

«Das wussten wir auch nicht. Es ist uns auch irgendwann klar geworden, dass das eine Schnapsidee war, aber Blech war schon so nervös geworden, da wollten wir einfach sehen, wie weit er gehen würde, was er machen würde.»

«Ein Experiment also, ein ziemlich brutales allerdings. Und Frank Sauer hat alle die Bilder gemacht?»

«Ja, der ist auch schlecht in Mathe.»

«Jetzt werden Sie bitte mal ganz konkret, Fräulein Pitsch. Sehen Sie, auf diesem Foto, das zweifelsfrei echt ist, geben Sie Ihrem Lehrer unter seiner Haustür einen Kuss. Wie konnte Frank Sauer diese Aufnahme machen?»

«Es war verabredet.»

«Und das Bild am Wohnzimmerfenster?»

«Auch.»

«Wollen Sie mir vielleicht sagen, wie das mit dem Kuss war?»

Sina schaute Dr. Böhringer an, der ihr zunickte.

«Er konnte nichts dazu. Ich habe ihn mit dem Kuss einfach überrascht», gestand sie.

«Was zwischen Ihnen und Herrn Blech sonst gelaufen ist ...», fuhr Kupfer fort.

«Nichts ist gelaufen, absolut nichts», unterbrach ihn Sina.

«Was zwischen Ihnen und Herrn Blech sonst gelaufen ist, interessiert mich überhaupt nicht», sagte Kupfer.

«Es ist nichts gelaufen. Sie denken doch nicht etwa, ich lasse mich mit einem Lehrer ein», beteuerte sie.

«Ich denke gar nichts. Ich habe nur gehört, dass Sie mehrmals spät abends bei ihm allein in der Wohnung gewesen sein sollen, und mehr will ich auch gar nicht wissen. – Aber was mich wirklich interessiert, ist, wann und wie diese Erpressung begonnen hat.»

«Frank Sauer hat zwei Webseiten gemacht und ihm zwischendurch auch einmal Fotos geschickt. Er hat die Seiten beide Male gleich wieder aus dem Netz genommen. Und dann hat er Herrn Blech per E-mail aufgefordert, das Mathe-Abi zu sabotieren. Wie er das machen würde, war uns egal.»

«Jetzt Moment mal. Sie sprechen eben von zwei Webseiten und einer Postsendung. Es gab aber insgesamt fünf Webseiten. Wollen Sie sie sehen?»

«Nein, bitte nicht», wehrte sie ab. «Wir haben nur die zwei ersten gesehen und die Fotos, die per Post geschickt wurden.»

«Aber Sie wussten, dass Frank Sauer weitere Seiten machte. Wollten Sie die denn nicht sehen?»

«Interessiert hätten sie uns schon. Aber ich bekam Krach mit ihm. Er wurde sehr aufdringlich, gab furchtbar an, und das war mir zu viel.»

«Und wann war das?»

«Das muss Anfang März gewesen sein, ja, Anfang März, kurz vor der letzten Mathearbeit. Ich habe mich nicht mehr mit ihm verabredet, weil er immer frecher wurde. Er hat mich ausgelacht, weil ich keinen Mut mehr hätte, und hat immer gesagt, dass er jetzt eben die Sache allein durchzieht und ich schon sehen würde, was er erreicht.»

Kupfer dachte einen Moment nach und sagte dann:

«Das glaube ich Ihnen sogar, es passt ins Bild. Trotzdem habe ich zu der Herkunft mancher Bilder noch eine Frage. Sehen Sie, da gibt es Montagen, die mehrere spärlich begleitete Personen, und zwar Jungen und Mädchen, in einem Zimmer zeigen, Herr Blech zwischendrin. Und wir sehen doch genau, dass zwei oder drei Personen auf den Bildern echt sind. Und unter diesen echten Personen sind leider auch Sie. Wie sind diese Bilder entstanden?»

Sina schloss die Augen und hielt den Kopf gesenkt. Sie atmete hörbar. Dann schaute sie wieder aus dem Fenster und sagte:

«Es war an einem Abend bei mir zu Hause. Wir waren bekifft. Frank hatte ein großes Stativ dabei, und da machten wir Aufnahmen mit dem Selbstauslöser.»

«Wussten Sie denn nicht, wozu die Aufnahmen waren?»

«Nein, und wir wollten am nächsten Tag auch, dass er sie löscht. Aber das hat er wohl nicht gemacht.»

Dann schwieg sie und starrte vor sich hin. Dr. Böhringer versuchte das Verhör zu beenden.

«Nun, Herr Kupfer, das war es ja dann wohl. Können Sie damit meine Mandantin entlassen?»

«Leider noch nicht; aber es dauert nicht mehr lange. Zwei, drei Fragen sind noch offen. Hat sich denn Herr Blech nie an Sie gewandt und Sie zur Rede gestellt?»

«Ja, das hat er. Wir haben alles abgestritten und gesagt, wir wüssten nichts davon. Und wir wussten es ja auch nur zur Hälfte. Aber er hat uns wohl nicht geglaubt und wollte uns dann im Unterricht auch nicht mehr vorne vor ihm sitzen haben.»

«Haben Sie denn nicht gemerkt, wie sich Herr Blech verändert hat? Hat Ihnen das nicht leidgetan?»

«Doch. Er wurde immer nervöser. Und er tat mir leid.»

Sina schluckte zwischen jedem Halbsatz. «Ich habe halt gehofft, dass das wieder vorbeigeht. Und wie er einmal im Unterricht durchgedreht ist, da kriegten wir dann schon Angst.»

«Aber Sie haben dem armen Mann nicht geholfen. Sie hätten es doch in der Hand gehabt, das ganze Theater abzubrechen, wenn er Ihnen schon leid tat.»

Kupfer wurde richtig laut. «Verdammt noch mal, warum haben Sie das nicht getan?»

«Bitte mäßigen Sie Ihren Ton», sagte Dr. Böhringer.

«Entschuldigung», sagte Kupfer etwas ruhiger, «aber regt es Sie denn nicht auf, wenn Sie sehen, wie wegen einer Schnapsidee und einer guten Portion Feigheit am Ende ein Mann seine Existenz verliert und noch einer umkommt? Und alles bloß wegen, wegen – nein, ich will nicht beleidigend werden.»

Kupfers Ausbruch brachte Sina wieder zum Weinen.

«Ich glaube nicht, dass hier Ihr Urteil gefragt ist, Herr Kupfer», warf Dr. Böhringer ein. «Meine Mandantin, das sollten Sie jetzt gesehen haben, ist ja nur zu einem kleinen Teil für das Geschehene verantwortlich.»

Sina hörte nicht mehr zu. Sie sah vor sich hin, schüttelte leicht den Kopf und sagte mehrmals hintereinander:

«Nein, das habe ich nicht gewollt, das habe ich nicht gewollt.»

«Gewollt oder nicht gewollt: Es ist passiert. Und damit müssen Sie nun leben. Ich möchte nicht in Ihrer Haut stecken», musste Kupfer noch sagen, sonst wäre er geplatzt.

Di 8.5.2007

Sarahs Tagebuch

Bin ich im Kloster oder im Leichenhaus? Keiner redet, Mama schluchzt die ganze Zeit. Meine lieben Schwestern haben sich in ihren Zimmern verschanzt. Totenstille.

Bis Superman nach Hause kommt. Hat nur den Strafprozess im Kopf. Labert Mama die Ohren voll, als könnte sie sein Juristengequatsche verstehen. Dabei hat die doch null Peilung. Vielleicht denkt er auch mal daran, was mit Sina hinterher wird, egal, ob er «seinen» Prozess wieder mal gewinnt oder auch nicht!!!

Freispruch und alles Friede, Freude, Eierkuchen? Du hast ein Brett vorm Kopf, Alter!

Und wer hilft mir? Sina baut den größten Scheiß der Welt. Folge? Alles dreht sich nur um sie. Ich existiere fast gar nicht mehr.

Meine große Schwester ist kriminell.

Meine kleine Schwester ist ein zickiges Biest.

Soll ich mir jetzt die Haare schwarz färben, damit ich ihnen nicht so ähnlich sehe? Lieber nicht.

Mein Handy pfeift. SMS von Marcel. Lieber, süßer Marcel.

Nicht ganz neu, aber es tut so gut:

du bist du ich liebe dich m

Anhang

Übersetzung der Sätze in schwäbischem Dialekt

Sauerkraut und Krokusse

«Grüß Gott, Herr Blech. So, hat man Feierabend?»

...

«So so, und wie nehmen Sie es denn?»

...

«Herr Blech, ich muss mit Ihnen etwas besprechen.»

...

«Sie wissen ja, dass wir immer gut miteinander ausgekommen sind, nicht wahr? Und dass ich Sie auch als Mieter immer mochte, aber ...»

...

«Nein, das nicht. Es ist nur wegen dem jungen Mädchen, das da abends immer zu Ihnen kommt. Es geht mich ja nichts an, aber die Leute reden im Dorf, und wenn das einmal angefangen hat, dann hört es nicht mehr auf, und mein Haus ist ein anständiges Haus, wissen Sie, das ist immer ein anständiges Haus gewesen, und ich will das einfach nicht.»

«Wenn das Mädchen nachmittags alleine zu Ihnen kommt, ist mir das schon nicht recht. Aber jetzt kommt sie ja auch schon am Abend. Das geht zu weit. Am Ende bleibt sie noch über Nacht.»

...

«Wenn das nur eine Schülerin ist, kommen dann die andern auch alle? Wird jetzt bei den Lehrern zu Hause unterrichtet? Ist es das? Das glaube ich Ihnen einfach nicht. Ich muss wohl einmal in der Schule nachfragen. Ich möchte Ihnen auch nur sagen, dass mir das nicht recht ist, weil ich nicht ins Gerede kommen möchte. Und über Sie wird im Dorf schon geredet. Nur damit Sie das auch wissen.»

Elsbeth haut's um

«Jetzt grüß Gott Marie, wo willst du so schnell hin?»

...

«Ja, das will ich heute auch noch.»

...

«Umsonst? Einfach so?»

...

«Ja dann nehme ich sie. Vergelt's Gott.»

...

«Ist gut, bis nachher. Ich glaube, ich seh' dich heute noch einmal.»

«Doch doch, schon, aber ich muss dich etwas fragen. In der Zeitung steht etwas von einem Mord am Gymnasium in der Stadt. Ist das wahr?»

...

«Woher auch! Ich lese doch keine Zeitung mehr, das strengt meine Augen so an, und wenn etwas Wichtiges passiert, dann kommt es auch im Radio. Aber das, was ich da gelesen habe, ist das wahr?»

...

«Und was weiß man da noch? An dieser Schule, wo deine Kinder sind?»

...

«Jetzt hört aber alles auf. Ich glaub', ich spinne. Mich haut's um, ich muss mich hinsetzen»...

...

Und wenn er es doch war, dann bin ich mit einem Mörder allein im Haus. Marie, ich komm zu dir.»

«Und was wollte der in der Schule?»

...

«Entschuldigung.»

...

«Oh Mariele, sagst du Sachen. Vielleicht gehe ich morgen, heute auf jeden Fall nicht mehr. Ich schlaf noch einmal drüber, wenn ich kann.»

«Ja, das mache ich vielleicht.»

Eine einzige Kugelfuhr

Kugelfuhr = chaotisches Hin und Her

«Mariele, ich halte es nicht mehr aus», sagte sie ohne Begrüßung.
«Hilf mir auch.»

...

«Und dann lacht der Kerl einfach und stößt mich in das Beet hinein.

Ich sag' es dir, wenn ich bloß die Augen zumache, dann liege ich gleich wieder in dem Beet drin. Furchtbar ist das, ganz furchtbar.»

«Würdest du das tun? Du würdest mit mir nach Tübingen hineinfahren? Danke. Ich weiß nicht, was ich ohne dich tun würde.»

«Ja, schon. Eigentlich will ich ja nichts gesagt haben, aber ich habe etwas gehört und gefunden.»

...

«Ja, das sage ich Ihnen, es war ein einziges Hin und Her von zehn bis nach elf.»

...

«Zuerst ist er nach zehn Uhr noch in den Keller, das hat er sonst noch nie getan, und dann ist er wieder hinauf und wieder hinunter, das ging herüber und hinüber, und dann ist er fort, und dann ist er bald wieder gekommen und herüber- und hinübergelaufen, und erst nach elf ist Ruhe gewesen.»

...

«Das kann man wohl sagen, so wie der das Gartentürchen zugeschlagen hat. Viertel vor elf.»

...

«Weil es mich geärgert hat, hab' ich auf die Uhr geschaut. Und dann hatte ich gerade ein wenig geschlafen, dann kommt er Viertel nach elf wieder.»

«Gewiß nicht. Das habe ich gehört.»

...

«Also das war so. Ich hatte soviel Kleingeschnittenes vom Garten, wüstes Zeug, das nicht auf den Komposthaufen darf, und das ging nicht alles in meinen Mülleimer. Und da habe ich das, was übrig war, bei Blech hineingetan. Ich schau sonst gewiss nicht in seinen Mülleimer, das geht mich nichts an, was der wegschmeißt, aber das Kleinzeug von meinem Garten musste hinaus. Das stinkt sonst.»

...

«Was ich gesehen habe? Nach Benzin hat es gestunken. Und dann ist da zwischen den Plastiktüten eine Jacke drin gelegen. Die habe ich gleich herausgenommen. Wissen Sie, mein Markus, also mein Enkel, der macht gerade eine Lehre, und der verdient nicht viel, der kann so eine Jacke brauchen.»

...

«Na, in der Reinigung, damit sie nicht mehr so stinkt.»

...

«Dunkelgrau.»

...

«Ich weiß nicht. Reicht das jetzt nicht?»

«Die habe ich daheim. Aber die kriegen Sie.»

«Herr Kupfer, ich mag nicht mehr heim, ich habe Angst. Wollten Sie mit einem Mörder im Haus wohnen?»

...

«Ja, sperren Sie ihn nur ein, so schnell wie möglich.»

...

«Und wenn nicht? Was dann? Wo ich doch jetzt etwas gesagt habe? Holen Sie ihn doch gleich.»

Freifahrt nach Tübingen

...

«Herr Kupfer, er ist wieder da.»

«Mariele, jetzt haben sie ihn weggebracht. Jetzt kommst du aber zu mir, jetzt mach‘ ich einen Kaffee. Und ein Schnäpschen kriegst du auch, wenn du willst.»